Der schwarze Mond

www.gabriele-beyerlein.de

Gabriele Beyerlein

Der schwarze Mond

Edition
Gegenwind

Beyerlein, Gabriele
Der schwarze Mond
ISBN: 978-1492859673

Dieses Buch erschien erstmals 2001 im Thienemann Verlag Stuttgart

Neuausgabe als Paperback
in der Edition Gegenwind 2013
www.edition-gegenwind.de.vu

Coverbild: Kathrin Treuber
Covergestaltung: Christian Korthals
Schrift: Garamond

Herstellung und Verlag: CreateSpace Independent Publishing Platform,
North Charleston (USA),
DBA On-Demand Publishing innerhalb der Amazon-Gruppe
Druck: Siehe letzte Seite

Das Buch ist nur online beziehbar über Amazon.

Kapitel 1

Zugegeben, ein Freibad gleich gegenüber hatten wir daheim nicht. Daheim mussten meine Eltern mich mit dem Auto fahren, wenn ich ins Schwimmbad wollte, oder die Eltern von Alex oder von Peter, meinen Freunden.

Hier brauche ich bloß über die Straße zu gehen, und schon bin ich in einem Freibad mit Riesenrutsche und Zehnmetersprungturm und einer Glaswand, durch die man die Schwimmer im Becken sieht wie Fische in einem Aquarium.

Vom Zehnmeter zu springen, trau ich mich sowieso nicht, die Riesenrutsche ist wegen Reparatur gesperrt, und das mit dem Autofahren war gar nicht so schlimm, wir haben immer jemanden gefunden, der uns gefahren hat, Alex, Peter und mich.

Ohne die beiden ist es langweilig im Wasser, so allein. Na ja, allein auch wieder nicht, jede Menge Kinder kreischen um mich herum, tauchen sich gegenseitig unter Wasser, balancieren auf dem Absperrseil und kennen sich alle. Nur ich kenne sie nicht.

Den Jungen dort drüben, den mit den kurzen blonden Haaren und der Narbe an der Backe, habe ich schon ein paarmal gesehen. Der muss irgendwo in der Nähe wohnen. In unserer Reihenhaussiedlung nicht, da wohnen nur alte Leute oder Familien mit ganz kleinen Kindern. Mama hat sich gefreut, als sie die kleinen Kinder gesehen hat.

„Da haben Anne und Marie immer jemanden zum Spielen!“, hat sie gesagt. Mal wieder typisch. An die Freunde von Anne und Marie denkt sie, obwohl die beiden gar keine brauchen, weil sie eh nichts anderes tun als schlafen oder brüllen, aber an meine Freunde denkt sie nicht.

„In deinem Alter, Jens, ist es doch kein Problem, neue Freunde zu finden!“, hat Papa behauptet, als er mir eröffnet hat, dass wir wegziehen müssen, weil er eine Stelle in einer anderen Stadt angenommen hat.

„Ich will aber keine neuen Freunde, ich will Peter und Alex!“, habe ich gesagt. „Und außerdem ziehe ich nicht mit.“

Ich bin doch mitgezogen. Was hätte ich sonst tun sollen, kann mir das mal einer sagen?

Neue Freunde habe ich nicht gefunden, obwohl ich schon zehn Tage hier bin und die Ferien nächste Woche vorbei sind. Das ist der Gipfel von allem: Vier Wochen Ferien sind mir geklaut worden, weil wir von Bayern nach Hessen gezogen sind und hier die Ferien viel früher anfangen als bei uns. Während Peter und Alex im Ferienlager in den Alpen sind, darf ich schon wieder in die Schule!

Der Junge mit der Narbe geht aus dem Wasser. Drei andere Jungen hinter ihm her. Ich glaube, sie sind älter als ich.

Ich versuche noch mal eine Bahn zu schwimmen, aber ein paar große Kerle paddeln mir im Weg rum und da habe ich keine Lust mehr.

Mit Peter und Alex habe ich manchmal gespielt, wir wären Spione in geheimer Mission und müssten Leute beschatten, ohne dass die es merken.

Ich bin allein im Feindesland eingesetzt, ganz auf mich gestellt. Mein Auftrag ist es, eine bestimmte Person mit kurzen blonden Haaren und einer Narbe an der Backe ausfindig zu machen, einen unverfänglichen Kontakt mit ihr zu knüpfen und ihre Identität festzustellen.

Ich verlasse das Schwimmbecken und schlendere unauffällig über die Liegewiese. Die Person ist nicht zu sehen. Ich prüfe den Kiosk vor der Glaswand, den Gang vor den Umkleidekabinen, die Ballwiese und die Tischtennisplatten. Die Person ist wie vom Erdboden verschluckt. Sehr verdächtig. Ich gehe den Weg an den Rosenhecken entlang und lass mir nicht anmerken, dass ich jemanden suche. Da entdecke ich die Person. Sie hat sich im hintersten Winkel des Freibades zwischen Rosenhecke und Stützmauer mit drei anderen Personen zu einem geheimen Treffen zurückgezogen. Die vier sitzen dicht beieinander und reden, und die Person fasst sich an die Wange und knetet ihre Narbe zwischen Zeige- und Mittelfinger. Dann zeigt sie den anderen einen Gegenstand. Mehr als verdächtig.

Nun weiß ich, dass mein Auftrag viel gefährlicher ist, als ich dachte. Ich bin einer heißen Sache auf der Spur.

Durch die Rosenhecke verdeckt, nähere ich mich gebückt. Als ich auf gleicher Höhe bin, lasse ich mich am Wegrand nieder und tu so, als würde ich die kleinen Kinder im Planschbecken beobachten. Leider quietschen sie so laut, dass ich nicht jedes Wort verstehen kann, das hinter der Hecke gesprochen wird. Die Fetzen, die ich höre, sind sensationell: „Wahrscheinlich in der Burg gefangen – aber der Bannwald – erst mal müssen wir diesen Jungen finden – wenn wir die schwarzen Krieger in einen Hinterhalt locken und mit ihnen kämpfen ..."

Ich bin dabei, eine höchst gefährliche Verschwörung aufzudecken. Es braucht einen Spion meines Kalibers, um dieser Situation gewachsen zu sein.

Damit ich besser hören kann, rutsche ich näher an die Rosenhecke heran. „Au!" Ich habe mich in die Dornen gesetzt. Und leider so laut geschrien, dass die Verschwörer es gehört haben und allesamt über die Hecke glotzen. Für heute kann ich meine geheime Mission vergessen. Ich humple zu den Umkleidekabinen und ziehe mir die Dornen aus dem Hintern. Daheim wäre mir so was nie passiert.

Ich ziehe meine Jeans über meine Badehose, nehme mein Handtuch und verlasse das Schwimmbad. Vielleicht gehe ich am Abend mit Papa gemeinsam noch einmal schwimmen und wir machen wieder Wettschwimmen, ich Kraulen und er Brustschwimmen, denn im Kraulen ist er so schnell, dass ich mit Hinterherschauen kaum nachkomme. Ich darf einen Startsprung machen und er nicht und er zählt immer erst langsam bis drei, ehe er losschwimmt. Aus Gründen der Chancengleichheit, hat er mir erklärt.

Einmal habe ich ihn schon besiegt, und er hat mir Currywurst mit Pommes und dann noch ein Rieseneis dafür spendiert. Papa hält eine Menge von Sport und ich auch. Er spielt Fußball, Sturmspitze bei uns daheim im Sportverein, ihn hält so leicht keiner auf, und er ist Übungsleiter und Spielertrainer. Sport macht stark und selbstbewusst, sagt er.

Stark auf jeden Fall. Und ich bin immerhin schon ein ganz passabler Mittelfeldspieler, das findet sogar Papa.

Der dicke Nachbar wäscht auf dem Weg zu unseren Reihenhäusern sein Auto. „Grüß Gott", sage ich, als ich mich an ihm vorbeiquetsche.

„Wenn ich ihn sehe!“, antwortet er und lacht blöd. Ich merke, dass ich einen roten Kopf bekomme. Habe ich schon wieder vergessen, dass man hier nicht Grüß Gott sagt! Trotzdem, so eine doofe Antwort bräuchte er nicht zu geben!

Kurz darauf klingel ich an unserer Haustür. Während ich warte, dass Mama öffnet, höre ich Anne brüllen. Oder ist es Marie?

Mir ist es ziemlich gleich, welche von beiden brüllt. Es nervt jedenfalls immer. Vor allem nachts, wenn ich wach werde von ihrem Geschrei, weil ich jetzt mein Zimmer direkt neben ihrem habe und nicht mehr im anderen Stockwerk wie daheim, und wenn Mama die brüllende Anne oder Marie oder alle beide dann auch noch über den Flur an meiner Tür vorbeiträgt und in ihr Bett holt, obwohl Anne-Marie ein Zimmer haben, das viel größer ist als meines. In mein Zimmer passen gerade ein Bett und ein Tisch und ein Schrank, nicht einmal Platz für meine Lego-Eisenbahn ist darin.

Ich habe mich bei meinen Eltern darüber beschwert und gesagt, ich will das größere Zimmer haben. Aber da war ich bei ihnen an der falschen Adresse. Weil Anne und Marie zu zweit ein Zimmer haben und ich eines allein, haben sie gesagt. Dabei liegen die zwei ja doch bloß in ihrem Bettchen oder krabbeln einem zwischen den Beinen rum und haben gar nichts von dem vielen Platz. Aber so ist das, seit die Zwillinge da sind. Alles dreht sich um die, bei Mama auf jeden Fall. Dauernd ist sie mit einem von denen zu Gange oder mit beiden gemeinsam und wickelt und füttert und wiegt und singt ihnen Lieder und so.

Früher hat sie sich meistens Zeit für mich genommen und mit ihrem Übersetzen Pause gemacht, wenn ich das mal wollte, und hat mit mir gespielt und mir vorgelesen.

Was soll's, ich will das eh nicht mehr. So was ist nur für Kleine. Und außerdem, ich hab ja Papa. Wenn der nur noch um Anne-Marie rumhüpfen würde wie Mama und nichts mehr mit mir unternehmen würde, das wäre viel schlimmer. Die letzten Monate, als Papa schon hier gearbeitet hat und wir noch zu Hause gewohnt haben und er nur am Wochenende heimkam, fand ich ziemlich beschissen. Weil er da nur am Samstag Zeit gehabt hat, mal mit mir Fußball zu spielen. Und überhaupt.

Das Brüllen kommt näher. Mama macht endlich die Tür auf, mit dem Ellbogen, denn sie hält Marie im Arm. Ich glaube jedenfalls, dass es Marie ist, so ganz sicher bin ich mir nicht, die beiden sind sich schrecklich ähnlich.

„Bin ich froh, dass du heimkommst", stöhnt Mama, „du musst mir Anne-Marie abnehmen, Jens, nur für eine Stunde, ja? Wenn du sie im Wagen spazieren fährst, schlafen sie bestimmt bald ein, und ich muss doch morgen die Übersetzung abliefern und bin noch lang nicht fertig und finde meine Akten nicht, weil ich immer noch keine Zeit hatte, meine eigenen Kisten auszupacken. Da, halt mal Marie!" Damit drückt sie mir meine kleine Schwester in die Hände.

„Ich hab aber keine Zeit", erkläre ich und setze Marie am Fußboden ab.

„Es wird doch nicht zu viel verlangt sein, wenn ich ein Mal eine einzige Stunde deiner kostbaren Zeit beanspruche!", schnauzt Mama mich an, hebt Marie wieder vom Boden auf und stopft sie in den Kinderwagen. „Ich weiß nicht mehr, wo mir der Kopf steht, und du bist dir zu gut, mir ein bisschen zu helfen! Du fährst jetzt Anne-Marie spazieren und drehst den Sonnenschirm so, dass sie immer im Schatten sitzen, und bist nicht vor halb fünf zurück, hast du das verstanden?!" Wenn Mama so gereizt ist, hält man besser den Mund. Sie kann ganz schön ausflippen.

Daheim hat sie nie von mir verlangt, die Zwillinge spazieren zu fahren. Daheim waren Oma und Opa, die sich darum gerissen haben, die beiden von oben bis unten abzuknutschen, und Karin, Mamas Freundin, die immer mal eingesprungen ist, wenn Mama einen Abgabetermin für ihre Übersetzungen hatte, und die behauptet hat, sie passe gern auf Anne-Marie auf.

Mama hat inzwischen auch Anne im Kinderwagen verstaut, schiebt den Wagen zur Haustür raus, mich hinterher und knallt hinter mir die Tür zu. Hat die eine Laune!

Anne und Marie veranstalten einen Wettbewerb, wer lauter brüllen kann. Ich schiebe den Kinderwagen den Berg hinter dem Schwimmbad hinauf. Endlich haben sie sich müde gebrüllt, nuckeln an ihren Daumen und sitzen so friedlich da, als wären sie nicht die reinsten Nervensägen. Ich stell die Lehne tiefer. Wenn sie halb liegen, schlafen sie eher ein. Hoffe ich.

Das hätte mir früher jemand sagen sollen, dass ich einmal Babys spazieren fahre! Zum Glück sehen mich Peter und Alex nicht. Und erst recht nicht dieser Scheiß-Bastian mit seiner Clique. Sonst würden die wieder „Mädchen“ zu mir sagen oder „Weichei“ oder sogar ...

Wenn ich bloß daran denke!

Dabei habe ich mich früher mal mit Bastian ganz gut verstanden. Anfangs habe ich sogar auch zu seiner Clique gehört und es hat mir nichts ausgemacht, dass er der Boss war. Einer muss eben der Boss sein, das war schon okay. Bis er das mit den Mutproben eingeführt hat. Klauen im Supermarkt und solchen kriminellen Schwachsinn – so was mach ich doch nicht mit! Und als ich ihm das gesagt habe, hat er geantwortet: „Hast wohl Schiss, was? Musst erst Mami fragen?“

Dabei war es das gar nicht. Oder höchstens ein bisschen – wegen Papa. Weil der mir gerade kurz vorher wegen einer gewissen anderen kriminellen Sache mächtig eingeheizt hatte und ich nicht unbedingt Lust hatte, das ein zweites Mal auszuprobieren.

Ich habe Bastian bloß geantwortet. „Quatsch! Ich finde es einfach Scheiße.“ Und da hat er das gesagt, das von der „homosexuellen Missgeburt“. Und alle haben es gehört. Und gegrinst.

Ich könnte ihn heute noch umbringen. Aber ich habe einfach nichts gesagt und bin gegangen. Seither habe ich nichts mehr zu melden bei denen.

Na ja, muss ich jetzt ja sowieso nicht mehr.

Aber solche gibt’s hier bestimmt auch. Nur solche wie Peter und Alex nicht, die damals zu mir gesagt haben: „Mach dir nichts draus! Die haben doch nicht mehr alle! Und außerdem sind nämlich wir deine Freunde.“

Die Sonne brennt auf den Weg. Vom Schwimmbad herüber dringen Kreischen und Quietschen. Ich schau hin und sehe, dass sie die Riesenrutsche wieder eröffnet haben.

Ich habe noch meine Badehose unter den Shorts an und meine Dauerkarte in der Hosentasche. Und Anne und Marie schlafen bestimmt gleich ein ...

Ich renne bergab zum Freibad. Die beiden werden im Wagen nur so gerüttelt. Als ich am Schalter ankomme und meine Karte zeige, schlafen sie. „Sind die süß!“, sagt die Frau an der Kasse. Hat die eine Ahnung!

Ich schiebe den Kinderwagen bis in die Nähe der Riesenrutsche, ziehe meine Jeans und mein T-Shirt aus und renne zur Leiter. Die Schlange ist ziemlich lang. Als ich oben auf der Plattform bin, schau ich kurz mal zum Kinderwagen runter. Alles in Ordnung.

Ich rutsche immer wieder. Das Schwimmbad hier ist gar nicht so übel. Wenn man nur nicht so lange anstehen müsste. Als nächster bin endlich ich wieder dran. Vor mir rutscht ein Mädchen, das dauernd bremst. Ich warte, bis es fast unten ist, sonst rutsche ich ihm hinten drauf. Zeit genug, die Aussicht von hier oben zu genießen.

Anne-Marie! An die hab ich ja gar nicht mehr gedacht.

Ich schau zum Beckenrand. Da steht kein Kinderwagen. Auf der Wiese auch nicht -

„Rutsch endlich!“, sagt der Junge, der hinter mir steht, und gibt mir einen Schubs. Ich stolpere, falle, rutsche, stoße mich, plumpse ins Wasser, verschlucke mich, tauche auf, kraule zum Beckenrand, der Kinderwagen, der Kinderwagen -

Ich renne um das Nichtschwimmerbecken, das große Schwimmbecken, den Sprungturm. Kein Kinderwagen, nirgends. Ich trau mich kaum ins Wasser zu schauen, tu's doch, renn noch einmal ums Becken, immer die Augen im Wasser, dann die Treppe hinunter bis zur Glaswand, stehe da und starre unter Wasser. Wenn ein Kinderwagen drin läge, das müsste ich doch sehen, oder?

Wenn sie entführt worden sind! Es gibt böse Männer, die entführen kleine Kinder und machen ganz schlimme Sachen mit ihnen –

Auch mit Babys?! Mama dreht durch, wenn sie das erfährt.

Ich renne zum Bademeister und frage ihn nach den Zwillingen. „So einer bist du also!“, sagt er und mustert mich scharf. „Lässt deine kleinen Schwestern einfach stehen. In der Sonne! Einen Hitzschlag hätten sie kriegen können, geschrien haben sie und geschwitzt, aber der Herr Bruder denkt ja nur an sein Vergnügen und schert sich gar nicht darum! Geh ins Büro, dort sind sie! Aber eines sage ich dir, wenn ich dein Vater wäre, dann würde ich dir -“

„Danke“, murmle ich schnell und renne davon. Auf einen Vater wie den kann ich verzichten. In der Nähe der Umkleidekabinen höre ich sie schon schreien, Anne-Marie. Ich stürze ins Büro, eine Frau ist bei Anne-Marie und schaukelt den Kinderwagen.

„Das sind meine Schwestern“, sage ich, schnappe mir den Kinderwagen und ehe sie auch noch etwas sagen kann, schiebe ich

Anne-Marie schnell zur Umkleide, schlüpfe in meine Kleider und rase mit den beiden nach Hause.

Die Haustür geht auf. Mama hat mich vom Küchenfenster aus gesehen. „Du warst lang weg, ich hab richtig was geschafft in der Zeit, Dank dir, das hat gut getan“, sagt sie, und dann sieht sie mich an und stutzt und sagt: „Mein Gott, Jens, was ist denn mit dir, du bist ja ganz aufgelöst!“, und sie zieht mich an sich und streichelt meine Haare. Anne und Marie wollen aus dem Wagen raus, aber Mama drückt mich immer weiter und sagt: „Ist ja gut! Ich bin ja bei dir!“ und „Was ist denn passiert?“

Da erzähle ich ihr alles und sage, es war meine Schuld, aber Mama sagt, nein, es war ihre Schuld und es tut ihr leid, und dann füttern wir beide die Zwillinge mit dem Grießbrei, den Mama gekocht hat, ich füttere Anne und sie füttert Marie.

Anne greift immer wieder nach dem Löffel, ich lasse ihn ihr und sie schmiert sich den Brei um den Mund und lacht mich an, so lang, bis ich zurücklachen muss, und dann esse ich den ganzen Rest und kratze sogar noch den Topf aus, denn Grießbrei ist der einzige Brei, den ich mag.

Kapitel 2

„Willst du wirklich deine Lego-Eisenbahn auf dem Flohmarkt verkaufen?“, hat Mama gefragt und mich zweifelnd angesehen.

„Was soll ich denn machen, wenn mein Zimmer in diesem blöden Haus hier zu klein ist, um Eisenbahn zu spielen!“, habe ich geantwortet und meine Loks und Waggons in die Kiste gepackt.

„Hör mal, Jens, lass uns darüber nochmal reden“, hat sie gesagt, aber ich hab meine Kiste genommen und bin damit zu meinem Fahrrad gegangen. Damit meine Eltern wenigstens einmal merken, was sie mir angetan haben.

Doch wie meine Züge da jetzt so vor mir auf der Decke mitten auf dem Rathausplatz stehen, auf dem der Flohmarkt stattfindet, merke ich, dass ich es nicht kann: sie verkaufen. Ein Mädchen bleibt vor meiner Decke stehen und fragt, was eine Lok kostet. Schnell nenne ich einen Preis, der höher als eine neue Lok ist, und sie tippt sich an die Stirn und geht weiter zu dem dürren weißhaarigen Mann neben mir. Rollenspiel-Sachen bietet der an: Kettenhemden wie von Ritterrüstungen aus dem Mittelalter, Schwerter und Dolche, die echt aussehen, aber nur aus Kunststoff oder so was sind, und merkwürdige Hüte und Umhänge, wie ich sie von Flo kenne, Peters großem Bruder.

Flo ist bei einer Gruppe, die Live-Rollenspiele macht, richtig echte Abenteuer in Kostümen mit Kämpfen und allem. Aber manchmal spielen sie auch Rollenspiel-Abenteuer aus einem Heft, nur in der Phantasie und mit Würfeln. Am Anfang der Ferien, als seine Freunde alle verreist waren, hat er uns die Regeln beigebracht, wie man das macht. Er war der Meister, der die Aufgabe stellt und aus dem Heft die Geschichte kennt und die Personen spielt, denen die Helden im Abenteuer begegnen. Wir haben uns aussuchen können, was für Typen wir sein wollten, und haben nach den Regeln und mit Würfeln unsere Charaktere erstellt, das heißt festgelegt, wie wir so sind und was wir können und was nicht. Ich war ein Streuner in zerlumpten Kleidern und konnte klauen, ohne dass es jemand gemerkt hat, und mit dem Dolch kämpfen oder von hinten einem eins überbraten und ganz klasse die Leute reinlegen mit den tollsten Taschenspielertricks und kannte keine Skrupel. Ein ziemlich fieser Charakter, aber es war lustig, ihn zu spielen und zu tun, als wäre man so. Wir haben uns gegenseitig erzählt, was wir machen, und versucht, unsere Aufgabe gemeinsam zu lösen. In einem Land, in dem es so ähnlich zuging wie im Mittelalter – nur irgendwie magischer, mit Elfen, Zwergen und Zauber und so –, mussten wir den Stein der Weisen finden und eine Stadt befreien, und ob wir beim Kämpfen gewonnen haben, hing von unseren Stärkepunkten und unserer Geschicklichkeit ab und von unserem Glück beim Würfeln. Aber als wir mittendrin waren und es so richtig Spaß gemacht hat, bin ich weggezogen.

Drei Jungen bleiben bei dem alten Mann vor dem Stand stehen und scheinen ganz begeistert zu sein. Einer von ihnen ist der Blonde mit der Narbe, die beiden anderen habe ich mit ihm im Schwimmbad gesehen, nur der vierte fehlt.

„Cool!“, sagt der Blonde mit der Narbe. Er nimmt ein Schwert, fuchtelt damit in der Luft herum und tut so, als wollte er seinem rothaarigen Freund den Kopf abschlagen. „Krass! Genau das, was ich brauche!“

„Heh, eine echte Gauklermütze für mich!“, sagt der dritte und zieht sich ein buntes Ding mit mehreren Zipfeln und Schellen über den Kopf.

Der Rothaarige mit den vielen Sommersprossen greift nach einem Bogen und Pfeilen mit Saugnäpfen statt Pfeilspitzen: „Und das wäre das Richtige für mich! Was kostet das?“

„Das Schwert ist für 40 Mark zu erstehen, Pfeile und Bogen für 50 Mark, die Mütze für 20“, erklärt der Alte.

„Schade, das können wir uns nicht leisten!“, seufzt der Blonde und reibt seine Narbe zwischen Zeige- und Mittelfinger, das scheint so eine Angewohnheit von ihm zu sein. Die anderen nicken und wiederholen: „Schade!“

Der Alte beobachtet die drei ziemlich scharf, wie sie mit den Sachen herummachen. Dann scheint er zu überlegen. Er kratzt sich am Ohr. Merkwürdige Ohren hat der, irgendwie so spitz. „Ihr seid begierig, die Dinge zu erstehen?“, fragt er.

Sie nicken und sagen, dass sie Rollenspieler sind.

„Rollenspieler?“, wiederholt der Mann, als hätte er das Wort noch nie gehört.

„Klar“, sagen alle wie aus einem Mund und nicken wieder. Und der mit der Narbe stellt vor: „Ich bin ein Krieger und der da ist ein Gaukler und der ist ein Jäger. Wir haben auch einen Magier in unserer Gruppe, aber bei unserem jetzigen Abenteuer macht er den Meister, der nicht mitspielt, sondern alles anleitet, und heute ist er nicht da, weil er im Euro-Disney-Land in Paris ist.“

„Der Ärmste“, kommentiert der mit der Gauklermütze und grinst.

„Bisher haben wir nur nach Heften und mit Würfel gespielt, doch wir würden auch gerne Kostüme und Waffen haben, die zu unseren Rollen passen. Aber bei den Preisen ...“

Der Alte schaut sie noch einmal so seltsam an. „Aufgemerkt! Ich gebe euch die Gegenstände wohlfeil für den halben Preis! Und die Kugel hier überlasse ich euch für eueren Magier. Als magische Kugel!“ Damit hält er ihnen eine Glaskugel hin.

Der hat vielleicht eine komische Art zu reden!

„Krass!“, sagen die Jungen und „Stark!“ und „Danke!“

Ich hätte ja alles für möglich gehalten, aber nicht, dass der Alte so nett ist und ihnen sogar noch etwas schenkt.

Ein Krieger, ein Jäger und ein Gaukler. Vielleicht könnten sie noch einen Streuner brauchen in ihrer Gruppe?

Der Alte drückt den Jungen die Sachen in die Hand und als sie fragen, was man mit einer magischen Kugel macht, lächelt er ganz merkwürdig und erklärt: „Begebt euch an einen verborgenen, geheimen Ort, dort reibt die Kugel und dreht sie dreimal“ Die Jungen tun so, als wäre es ihnen ganz ernst damit. Dann zahlen sie und gehen zu ihren Fahrrädern.

Der alte Mann schaut ihnen lange nach, mit so einem merkwürdigen Lächeln um den Mund. Dann sieht er mich an. Er hat sehr helle, durchdringende Augen. Und einen Blick ...

Plötzlich kriege ich eine Gänsehaut. Und schaudere zusammen. Ich glaube, es war doch kein guter Kauf, den die Jungen gemacht haben.

„Was kostet denn deine Lego-Eisenbahn?“, fragt mich eine Frau. An ihrer Hand zappelt ein kleiner Junge herum.

„Die ist schon verkauft“, antworte ich, lege die Sachen schnell in meinen Karton zurück, raffe die Decke zusammen und renne zu meinem Fahrrad. Die Jungen radeln eben um die Ecke des Platzes davon.

Ich zurre die Kiste auf dem Gepäckträger fest und fahre auch los. Ich trete fest in die Pedale. Tatsächlich, da vorn sind sie. Sie fahren immer geradeaus, am Schwimmbad und unseren Reihenhäusern vorbei und dann den Weg in den Wald.

Ein paar Minuten fahren sie durch den Wald, ich mit großem Abstand hinterher. Sie halten bei einer alten runden Mauer etwas abseits vom Weg an und verstecken ihre Fahrräder so im Gebüsch, dass man absolut nichts von ihnen sehen kann. Dann verschwinden sie hinter der Mauer. Das Schwert, die Mütze, Pfeil und Bogen und die Kugel haben sie mitgenommen.

Ich steige vom Fahrrad und warte. Ich kenn die Stelle dort vorn. Ein bisschen unheimlich ist sie: ein alter Brunnen, in den man auf einer Steintreppe wie in einen dunklen Turm hinabsteigen kann, und unten ist eine kleine Quelle, aus der aber fast kein Wasser kommt.

Soll ich zu ihnen hingehen und ihnen sagen, dass ich gern mitspielen würde? Aber sie sind längst mitten in einem Abenteuer. Und sie sind untereinander alle befreundet und warten nicht gerade auf mich. Und wollen nicht entdeckt werden, sonst hätten sie ja ihre Räder nicht so gut versteckt. Da kann ich doch nicht einfach in den Brunnen runtersteigen und sagen: Hallo, ich komm grad so zufällig hier vorbei und zufällig möchte ich gern mitspielen ...

Ich drehe mein Rad wieder um und fahre heim.

Die Lego-Eisenbahn verstecke ich in der Garage. Damit ich meinen Eltern sagen kann, ich hätte sie wirklich verkauft. Damit sie ein schlechtes Gewissen kriegen wegen dem Zimmer und dem Umzug. Endlich einmal.

Kapitel 3

Heute ist der letzte echte Ferientag und ich wollte noch einmal so richtig ausschlafen. Aber jetzt liege ich hier rum und werde immer wacher.

Nur noch ein Ferientag. Dann kommt das Wochenende und dann muss ich in die Schule. In eine neue Schule, in der ich kein Aas kenne. Scheiße.

Wenn ich nur dran denke, wie alle grinsen, falls ich aus Versehen „Grüß Gott" sage! Oder wenn sie an meiner Aussprache hören, dass ich aus Bayern komme.

Außerdem ist es eine Gesamtschule, die dreimal so groß ist wie das Gymnasium, auf das ich bisher gegangen bin.

Papa hat gestern Abend gemeint, ich soll froh sein, die neue Schule ist bestimmt leichter als meine alte. „Vielleicht wirst du jetzt sogar Klassenbester", hat er gesagt und gelacht.

Der hat ja keine Ahnung.

In einer Gesamtschule sind furchtbar viele Schüler, glaube ich jedenfalls. Bestimmt auch solche wie die Großen, mit denen ich daheim im Schulbus fahren musste.

„Ich will überhaupt nicht Klassenbester werden, da hat man bei den anderen doch gleich verschissen!", habe ich zu Papa gesagt. „Und ich will nicht in so eine blöde Gesamtschule mit lauter doofen Kerlen, die ich nicht kenne! Und neue Freunde, wie du behauptet hast, habe ich hier übrigens auch nicht gefunden!"

„Meine Güte, Jens", hat er geantwortet und mich mit diesem Kopfschütteln angesehen, bei dem ich immer so ein flaues Gefühl im Magen kriege, „reiß dich zusammen, ich kann es nicht mehr hören! Bist du eine Junge oder ein Jammerlappen? Es gibt noch mehr Kinder, die umziehen und die Schule wechseln müssen, und die stellen sich auch nicht so an! Sprich ein paar Jungen an, die nett aussehen, und sag, dass du mitspielen willst, dann ist die Sache doch gelaufen!"

Ich bin aufgestanden und gegangen.

Auf der Treppe habe ich gehört, wie Mama zu Papa gesagt hat: „Musste das jetzt sein mit deinen Machosprüchen? ‚Jammerlappen' – also wirklich! Der Umzug ist nicht leicht für ihn."

„Weiß ich. Aber je eher er lernt, mit Schwierigkeiten fertigzuwerden, desto besser!", hat Papa geantwortet. „Er ist viel zu ..."

Da habe ich meine Tür hinter mir zugezogen und bin ins Bett gegangen. Weil ich nicht hören wollte, was er sonst noch alles über mich sagt. Denken kann ich es mir sowieso. Ich glaube, manchmal wünscht sich Papa einen anderen Sohn als mich.

Einen zum Beispiel, der mit solchen Kerlen fertig wird wie mit diesen Großen an unserer Bushaltestelle. Die immer damit angegeben haben, wie viel sie wieder gesoffen haben, und die geraucht haben und mir den Rauch direkt ins Gesicht geblasen haben. Und die sich vorgedrängelt und mich nie vor sich in den Bus gelassen haben, sodass ich keinen Sitzplatz gekriegt habe, auch wenn ich viel eher da war als sie. Und die gesagt haben: „Was willst du hier, ey!", wenn ich mich bei schlechtem Wetter ins Wartehäuschen stellen wollte, und dann auch noch gemein gelacht haben, wenn ich nass geregnet war, und verlangt haben, dass ich ihnen Geld gebe, damit sie sich Zigaretten aus dem Automaten ziehen können, und es mir natürlich nie zurückgegeben haben. Und mich, als ich kein Geld mehr hatte, in eine Pfütze gestoßen haben, dass ich reingefallen bin, und dann auch noch nachgetreten haben, bis ich geheult habe. Und dann gesagt haben: „Beim nächsten Mal gibt es mehr, Heulsuse!"

Ich habe es Papa erzählt und ihm gesagt, dass ich nicht mehr Schulbus fahren will. Da ist Papa am nächsten Morgen mit mir zur Bushaltestelle und hat die großen Jungen zur Rede gestellt, er allein gegen die alle. Ganz ruhig hat er sie angesehen und gesagt: „Ihr seid das also, die es nötig haben, Jüngere zu drangsalieren! Versucht euch doch zur Abwechslung mal an jemandem, der euch gewachsen ist! Wie wäre es zum Beispiel mit mir?"

Sie haben einfach nichts gesagt und versucht, coole Gesichter zu machen, aber so ganz gelungen ist ihnen das nicht. Da ist Papa ziemlich scharf geworden: „Wenn ich noch ein Mal höre, dass ihr die Kleineren abzockt oder fertig macht, dann setze ich mich im Sportheim mal zu euren Vätern an den Tisch und erzähle ihnen was über euch. Ich kann mir ganz gut vorstellen, was sie von Söhnen halten, die sich an Schwächeren austoben!" Die Jungen haben ziemlich betreten geguckt, denn sie wussten, dass Papa ihre Väter kennt, vom Sportverein. Und dass er dort viel gilt. Papa war nämlich Vorsitzender vom Sportverein und hat in unserem Dorf einfach jeden gekannt.

Am Abend habe ich ihm gesagt, dass mich die Großen im Bus haben hinsetzen lassen, und mich bei ihm bedankt und er hat geantwortet: „Wozu hat man denn einen Vater!“ Doch dann hat er mich ganz nachdenklich angesehen und gesagt: „Aber weißt du, ich kann so was nicht immer für dich erledigen. Du musst lernen, dich selbst durchzusetzen. Solche Kerle, die es auf Schwächere abgesehen haben, hält man sich am besten vom Leib, indem man keine Feigheit kennt. Selbstbewusstsein zeigt. Und niemals heult, auch nicht, wenn's weh tut!“

Seither habe ich Papa nichts mehr davon erzählt, wenn es wieder mal welche auf mich abgesehen hatten.

Inzwischen bin ich hellwach. Aber zum Aufstehen habe ich trotzdem keine Lust. Also denke ich mir eine Geschichte aus: Wie ich mit Papa ganz allein eine unbekannte Höhle erforsche und er mich an einem Seil einen tiefen Schacht hinunterlässt und dann selber an dem Seil hinterherklettert, aber das Seil reißt und Papa stürzt ab und bricht sich das Bein und kann sich nicht mehr vom Fleck rühren, aber ich sage: „Keine Angst, Papa, ich hol dich hier raus!“

Und weil es unmöglich ist, ohne Seil den Schacht wieder hinaufzuklettern, erforsche ich die Höhle immer weiter und komme an einen unterirdischen Fluss, dem folge ich, aber dann wird es zu eng und ich muss im Wasser schwimmen und komme durch einen niedrigen Kanal, in dem ich tauchen muss und fast ertrinke, aber dann werde ich im Fluss aus der Höhle hinausgespült, draußen ist finstere Nacht und ich bin mitten im Wald, aber ich renne einfach immer den Fluss entlang, denn ich muss ja Papa retten, und endlich komme ich an ein Haus und klingle einen Mann heraus, der sehr wütend ist, weil ich ihn mitten in der Nacht wecke, aber ich laufe nicht weg und sage ihm, dass er die Polizei anrufen muss, und dann warte ich auf die Bergwacht und die Sanitäter und zeige ihnen die Höhle und die Stelle, wo Papa abgestürzt ist, und als sie ihn hochgezogen haben und er auf der Bahre liegt, nimmt er meine Hand und sagt: „Danke, mein Junge. Du hast mir das Leben gerettet“, und ich sage: „War doch klar!“

Was ist das eigentlich für ein Krach da draußen? Ein Hubschrauber? Es hört sich fast an, als stehe er über unserem Haus.

Ich räkle mich noch einmal, dann quäle ich mich aus dem Bett und zieh Shorts und T-Shirt an. Hat ja doch keinen Zweck, noch länger liegenzubleiben.

Barfuß gehe ich in die Diele hinunter. Unten sitzen Mama und Papa am Frühstückstisch. Jeder hat einen der Zwillinge auf dem Schoß.

„Du bist schon auf?“, fragt Mama und schaut mich groß an.

„Wie soll man denn schlafen bei so einem Krach!“, antworte ich, nehme mir einen Becher aus dem Schrank und schenke mir Milch ein. „Haben wir jetzt einen privaten Flughafen, oder was?“

Papa schüttelt den Kopf: „Leider ist das Ganze gar nicht lustig. Das mit dem Hubschrauber ist die Polizei, sie sucht nach drei vermissten Jungen. Ich hab es vorhin beim Bäcker gehört und im Radio kam es auch schon. Die Jungen sind seit gestern Mittag vermisst, erst haben ihre Eltern das nicht weiter ernst genommen, jeder hat gedacht, sie wären bei dem andern, aber als sie nun nachts nicht nach Hause gekommen sind ...“

„Die armen Eltern“, meint Mama. „Ich würde wahnsinnig vor Angst. Obwohl es ja wahrscheinlich gar nicht so schlimm ist, wie es aussieht. Drei Jungen auf einmal! Ich glaube nicht, dass drei Jungen gemeinsam etwas zugestoßen ist. Das Ganze ist bestimmt bloß ein Dummejungenstreich, vielleicht haben sie im Wald übernachtet und in ein, zwei Stunden stehen sie vor ihren Haustüren und können die ganze Aufregung gar nicht verstehen.“

„Jens, dass du dir nie einfallen lässt, über Nacht einfach wegzubleiben, ohne uns Bescheid zu geben!“, droht Papa.

„Ich bin doch nicht blöd“, murmle ich. Obwohl, zu gönnen wäre es ihnen schon, dass sie sich mal so richtig Sorgen um mich machen würden ...

„Übrigens sind die drei gestern Vormittag auf dem Flohmarkt zum letzten Mal gesehen worden. Vielleicht hast du sie ja auch bemerkt, Jens?“, fragt Mama. „Du hast uns doch erzählt, dass du dort deine Lego-Eisenbahn verkauft hast!“

Drei Jungen auf dem Flohmarkt?

Plötzlich klopft mein Herz. Trotzdem zucke ich bloß die Achseln. „Und wenn schon. Ich wüsste es ja gar nicht, wenn es so wäre.“

„Sie sind zwischen zwölf und dreizehn Jahren alt“, sagt Papa. „Und einer von ihnen, der übrigens hier in der Straße wohnt, hat eine Narbe im Gesicht. Eine Klassenkameradin hat beobachtet, wie sie auf dem Rathausplatz bei einem alten Mann irgendwelchen Krempel gekauft haben. Danach wurden sie von niemandem mehr gesehen. Die Polizei sucht jetzt nach dem Mann, aber es scheint, dass keiner ihn kennt. Himmel! Meine Straßenbahn!“ Er springt auf, drückt Mama Anne auf den Schoß, nimmt seine Aktentasche, ruft im Rausgehen: „Übrigens, Jens, heute Abend toben wir beide uns mal mit den Rädern aus, zur Burg hoch, ja?“, und weg ist er.

Ich starre ihm nach.

Nicht wegen dem Fahrradfahren auf die Burg. Das ist okay, auch wenn der Burgberg ganz schön steil ist, aber mit meinem Mountainbike schaffe ich das schon, Papa und ich unternehmen öfter solche Sachen, und das finde ich echt cool. Doch daran zu denken habe ich jetzt keine Zeit.

Die drei Jungen -

Ich weiß, wo sie hingefahren sind, nach dem Flohmarkt. Vielleicht war ich der Letzte, der ...

Soll ich zur Polizei gehen?

Aber der Brunnen war bestimmt das Geheimnis der Jungen, und wenn sie nun in Wirklichkeit gar nicht in Gefahr sind, wenn die drei nur ein Abenteuer erleben in ihrem Rollenspiel und es gerade ganz spannend ist, und dann kommt die Polizei und scheucht sie aus dem Brunnen, und ich bin schuld daran -

Dann kann ich es vergessen, dass ich jemals mit ihnen mitspielen kann.

Ob ich Mama frage?

Da klingelt das Telefon. Ich gehe hin. Es ist Karin, Mamas Freundin von daheim. Ich gebe Mama den Hörer. Wenn Mama mit Karin telefoniert, dauert es ewig. Ich kenn das.

„Ich geh mal kurz weg!“, sage ich. Mama nickt und winkt mir zu. „Stell dir vor, was hier in der Nachbarschaft passiert ist“, erzählt sie Karin. „Drei Jungen sind über Nacht ...“

Ich ziehe die Tür hinter mir zu. Ehe ich etwas unternehme, muss ich wissen, ob die drei noch in dem Brunnen sind. Ob sie vielleicht gar nicht gefunden werden wollen.

Ich nehme mein Fahrrad und radle den Weg durch den Wald zum Brunnen. Der Hubschrauber hat inzwischen abgedreht. Ein

Stück vor der alten Mauer steige ich vom Rad und lehne es an einen Baum. Stimmen höre ich nicht. Ich schlage die Zweige zurück und spähe durchs Gebüsch. Tatsächlich, dort liegen drei Fahrräder. Vorsichtig nähere ich mich dem Brunnen. Schaue über die Mauer.

Es geht ein paar Meter hinunter. Unten ist es duster. Aber nicht zu duster, um nicht erkennen zu können, dass sich hier kein Mensch aufhält. Schon gar nicht drei Jungen.

Aber – liegt dort nicht etwas am Boden und glänzt?

Ich gehe um die Mauer herum bis zum Eingang in den Brunnenschacht, steige die alte Steintreppe hinunter.

Plötzlich schaudere ich zusammen.

Ich sollte umkehren und zur Polizei gehen. Oder Mama alles erzählen. Oder Papa anrufen in seinem Büro.

Aber erst muss ich wissen, was da glänzt.

Am Fuß des Brunnenschachtes entspringt die Quelle. Nur ein ganz kleines Bächlein, das aus einem steinernen Löwenkopf rinnt, ein paar Schritte den Schacht durchfließt und durch ein Loch auf der gegenüberliegenden Seite wieder verschwindet. Vielleicht war es nur das Wasser, was ich von oben glitzern gesehen habe?

Nein, da ist etwas: eine Kugel aus Glas. Ich bücke mich und hebe sie auf, drehe und wende sie in meinen Händen. Ich kenne sie. Es ist die Kugel, die der alte Mann den Jungen geschenkt hat für ihren „Magier".

Sie sieht aus wie eine große Christbaumkugel ohne Aufhänger. Man braucht schon eine Menge Phantasie, um sie für eine magische Kugel zu halten. Aber hier unten im Dustern ...

Noch einmal drehe ich sie hin und her und sehe, wie das schwache Tageslicht, das durch das Blätterdach in den Schacht fällt, sich darin spiegelt. Ich reibe sie ab, bis sie ganz sauber ist. Da, plötzlich –

Ist mir schlecht!

Und schwarz wird mir vor Augen, ich kann gar nichts mehr sehen, ich schwanke, fall auf die Knie –

So kotzübel war mir noch nie in meinem Leben. Ich knie da, die Hände vor dem Gesicht, und hoffe nur, dass es vorübergeht.

Es geht vorüber. Puh. Als wäre nichts gewesen.

Da merke ich, dass ich nass bin. Mehr noch, dass ich im Wasser knie. Ich nehme die Hände herunter.

Die Quelle! Sie war doch eben noch nur ein kleines Rinnsal, ein Bächlein, das durch das Loch im Brunnenschacht davonfloss, und nun steht mir das Wasser bis zu den Hüften.

Vielleicht war das gerade ein Erdbeben und jetzt fließt plötzlich viel mehr Wasser aus der Quelle und ich muss aufpassen, dass ich nicht ertrinke. Schnell die Stufen rauf, aus dem Brunnen raus! Ich nehme immer zwei Stufen auf einmal, komme oben an und –

Mein Fahrrad ist weg. Und nicht nur das. Alles kommt mir plötzlich ganz anders vor. Der Wald viel dunkler und dichter. Und der Weg nicht mehr geteert, sondern nur ein schmaler Pfad, der von Pferden zertrampelt ist.

Es ist, als würden lauter Ameisen auf meiner Haut krabbeln, auf dem Rücken, den Beinen, überall. Und auch in meinem Bauch.

Es kann nicht sein.

Ich renne los. Bis zum Ort und unserem Haus ist es nicht weit, keine zehn Minuten. Wenn nicht -

Ich renne und komme außer Atem und renne immer weiter. Ich müsste längst am Ortsanfang sein und das Schwimmbad sehen. Aber da kommt kein Ort – und kein Schwimmbad. Hier ist einfach nur Wald.

Wenn jetzt Papa da wäre. Der würde nicht durchdrehen. Der würde sagen: „Es gibt immer einen Ausweg.“ Mit dieser festen, gelassenen Stimme, die er hat, wenn es brenzlig wird.

Bestimmt bin ich vom Brunnen aus in die verkehrte Richtung gelaufen. Wahrscheinlich war da eine Kreuzung, die ich nicht bemerkt hatte. Und ich habe einfach den falschen Weg erwischt.

Ich drehe um und laufe zurück. Meine Füße tun weh, ich habe ja keine Schuhe an, und immer wieder drücken Steine in meine nackten Fußsohlen.

Meine Güte, Jens, reiß dich zusammen! Bist du ein Junge oder ein Jammerlappen?

Auch wenn meine Füße gleich bluten, ich laufe weiter. Ich will den richtigen Weg finden. Ich muss.

Ich komme wieder am Brunnen an. Nein, hier gibt es keine Kreuzung. Hier führt nur dieser eine Weg vorbei, dieser Weg, der ganz anders aussieht als vorhin. Ich setze mich auf eine Treppenstufe und versuche nicht zu –

Ein Junge heult nicht, das ist sowieso das Allerletzte. Sagt Papa. Ich beiße mir in den Knöchel meines Zeigefingers, bis es richtig weh tut. Dann renne ich wieder los. Diesmal in die andere Richtung.

Ich laufe immer weiter, bestimmt eine halbe Stunde, ich habe Seitenstechen, trotzdem geh ich nicht langsamer, ich darf nicht langsamer werden, sonst muss ich denken, und dann –

Der Wald wird immer dschungeliger. Bäume stehen da, die müssen bestimmt schon fünfhundert Jahre alt sein, so dick und knorrig sind sie. Umgestürzte Bäume liegen dazwischen, halb vermodert und von Moos und Pilzen überwuchert, Farne wachsen an sumpfigen Stellen, Flechten hängen von abgestorbenen Ästen.

Unheimlich ist das. So was gibt es nicht, heutzutage ...

Das Rennen hilft auch nicht mehr. Ich bin völlig fertig. Ich habe Seitenstechen und Blasen an den Füßen. Aber das ist nicht das Schlimmste.

Ich lasse mich zu Boden fallen. Heule doch. So was wie mir ist noch nie einem Menschen passiert.

Oder – die Jungen! Die verschwundenen Jungen, der mit der Narbe und der rothaarige und der dritte, der so viel gekichert hat. Denen muss das Gleiche passiert sein wie mir. Die waren auch in dem Brunnen, ich hab sie doch selbst hinuntersteigen sehen mit dem Schwert und der Mütze und der magischen Kugel –

Die magische Kugel.

Aber das sind nur Rollenspiel-Sachen, Zauber und so was gibt es nicht im wirklichen Leben!

Der alte Mann hat gesagt, man muss die Kugel reiben und drehen. Und genau das habe ich gemacht. Und die drei anderen haben es bestimmt auch ausprobiert. Ob sie hier sind? Vielleicht ganz in der Nähe?

Ich wische mir Rotz und Tränen ab und stehe auf. „Hallo! Ist da jemand?“, rufe ich. Und dann lege ich die Hände wie einen Trichter um den Mund und schreie: „Wo seid ihr?!“

Ich lausche. Kein Mensch antwortet. Doch direkt über mir höre ich ein lautes Krächzen. Ich hebe den Kopf und sehe einen großen schwarzen Vogel auf dem nächsten Baum. Nun fliegt er von seinem Ast auf den Weg, hüpft vor meinen Füßen herum, schlägt mit den Flügeln, krächzt immer wieder und sieht mich dabei die ganze Zeit an.

Ich weiß nicht, was für ein Vogel das ist, ein Rabe vielleicht, ich kenne mich mit Vögeln nicht so genau aus, aber dass ein Vogel so was normalerweise nicht tut, das weiß ich. Jetzt flattert er ein Stück den Weg weiter, dreht um und flattert wieder zu mir zurück. Hockt sich vor meine Füße. Krächzt, trippelt in die Richtung, in die er eben geflattert ist, schaut zurück.

Fast sieht es aus, als fordere er mich auf, ihm zu folgen.

Ich gehe ihm nach. Alles ist besser, als hier zu stehen und zu flennen. Der Vogel hüpft vor mir her, fliegt ein kurzes Stück, lässt sich gleich wieder auf dem Pfad nieder und dreht den Kopf nach mir um. Ich glaube wirklich, er will mich führen. Ich laufe schneller, immer hinter ihm her.

Tatsächlich – dort vorn mündet der Pfad in einen breiten Fahrweg. Auf einem Fahrweg findet man bestimmt aus dem Wald raus. Auch wenn ich dann noch immer nicht weiß, warum der Wald so anders ist, wo ich überhaupt bin und wie ich wieder nach Hause –

Darüber wollte ich doch nicht nachdenken!

Der Rabe trippelt auf dem Fahrweg nach rechts. Also gehe ich auch nach rechts.

Auch der breite Weg ist nicht geteert. Abdrücke von Hufen sind darauf zu sehen. Pferdeäpfel. Und tiefe Fahrrillen. Aber keine Reifenspuren. Eher sehen die Rillen so aus, als wären hier Schlitten langgezogen worden. Oder Kutschen mit eisenbeschlagenen Rädern.

Da sind sie wieder, die Ameisen. Diesmal unter der Haut.

Nochmal versuche ich zu rennen, mit letzter Kraft. Ich muss einfach.

Der Rabe fliegt ein Stück voraus, lässt sich dann auf einen Baum am Wegrand nieder und krächzt laut. Als ich ihn eingeholt habe, krächzt er noch einmal und fliegt vom Weg weg in den Wald hinein auf den nächsten Baum. Dorthin führt kein Weg. Auch kein Pfad.

Der Rabe hüpft auf seinem Ast herum. Keuchend bleibe ich stehen. Nein, in dieses Dickicht folge ich ihm nicht! Ich bleibe auf dem Fahrweg, bis ich aus dem Wald gefunden habe, das ist sicherer. Denn wenn ich den Weg erst einmal verloren habe und in dem Dickicht stecken bleibe und nie mehr –

Ich schleppe mich weiter. Hinter mir schreit der Rabe. Irgendwie fühle ich mich ohne ihn noch verlorener. Plötzlich, wie aus dem Nichts, steht mir ein Schäferhund im Weg. Ein sehr magerer, seltsamer Schäferhund. Steht zum Sprung geduckt da, den Schwanz steif nach hinten gestreckt, und knurrt.

Ich bleibe stehen wie angewurzelt. Der Hund fletscht die Zähne. Diese riesigen Eckzähne –

Das ist kein Hund! Das ist ein Wolf!

Der Schweiß läuft an mir runter, ich kann keinen Muskel mehr rühren.

Ich glaube, es ist auch besser, keinen Muskel zu rühren. Ich hab nicht die geringste Ahnung von Wölfen, aber der da, der macht den Eindruck, als würde er mir an die Kehle springen, sobald ich nur einen Mucks von mir gebe. Bestimmt riechen Wölfe die Angst. So wie Hunde.

Die Zeit bleibt stehen. Der Wolf knurrt. Ich bin erstarrt. Dann, endlich, klappt der Wolf sein Maul zu, lässt seinen Schwanz baumeln und gibt sich harmlos.

Meine Muskeln sind so verkrampft, dass sie wehtun. Langsam stoße ich die Luft aus. Trete ein bisschen von einem Fuß auf den anderen, schüttle ganz leicht meine Arme, schau immer den Wolf dabei an. Die größte Gefahr scheint vorüber. Aber der Weiterweg ist mir gesperrt.

Rückwärts, Schrittchen für Schrittchen, ziehe ich mich vorsichtig zurück und lasse den Wolf dabei nicht aus den Augen. Er beobachtet mich. Verhält sich ruhig.

Meine Entfernung zu ihm wird immer größer. Endlich wage ich es, mich wieder umzudrehen und ganz normal zu gehen. Neben mir krächzt es. Mein Rabe sitzt immer noch auf dem gleichen Baum. Soll ich ihm vielleicht doch in das Dickicht folgen?

Hinter mir knurrt es. Da ist er wieder, der Wolf. Langsam kommt er näher, und näher. Er drängt mich vom Weg ab. Auf den Raben zu.

Es bleibt mir nichts anderes übrig, als diesem in den Dschungel zu folgen.

Kapitel 4

Erst führen sie mich hierher, und plötzlich sind sie verschwunden!

Die ganze Zeit bin ich dem Raben gefolgt, zwischen Laub- und Nadelbäumen, durch Dickicht und sumpfige Stellen, über Wurzeln und umgestürzte Baumriesen, stundenlang. Sobald ich nur mal stehenbleiben wollte, war der Wolf da und hat mir die Zähne gezeigt.

Irgendwie war das sogar gut. Die Angst vor dem Wolf hat die andere Angst vertrieben. Aber jetzt bin ich wieder allein. Ganz allein.

Ich befinde mich an einem kahlen, felsigen Hang. In dem vertrockneten Busch genau vor mir hat der Rabe noch einmal ein Mordsspektakel aufgeführt, dann ist er auf- und davongeflogen.

Ich schaue mir den Busch genauer an und sehe, warum er verdorrt ist: Er ist gar nicht angewachsen, sondern jemand hat ihn abgehackt und zwischen die Steine geworfen.

Da! Was war das? Der Busch schreit, es schreit aus dem Busch, hohl, verzerrt, fern – eine Kinderstimme, Jungenstimme, schreit sie nicht „Hilfe!"?

Eine Gänsehaut kriecht mir den Rücken hinunter, ich zerre den Busch zur Seite, ein dunkles Loch tut sich dahinter auf, ein Spalt, ich bücke mich, es ist ein Gang, der schnell höher wird. Ein finsterer Höhlengang.

Aus dieser Finsternis kommt die Stimme. Sie schreit wirklich um Hilfe. Dann bricht sie ab, aber jetzt schreit eine andere, die in ein Schluchzen übergeht.

Sie sind es, die Jungen – aber die Stimmen klingen viel jünger – ich muss sie retten –

Retten?

Vielleicht sind sie irgendwo abgestürzt. Oder haben sich verlaufen ...

Wenn ich da reingehe, passiert mir bestimmt das Gleich wie denen. Und damit ist ihnen auch nicht gedient. Da muss die Feuerwehr helfen oder die Bergwacht, jedenfalls Männer, die sich mit Höhlen auskennen. Wenn ich endlich einem Menschen begegne, werde ich sagen, dass Kinder da drinnen sind und dass man sie retten muss.

Langsam gehe ich von der Höhle weg. Da, plötzlich, packt mich eine Hand. Ich fahre herum und sehe einen bärtigen Mann mit seltsamen schwarzen Kleidern: einer schwarzen Kniebundhose, einer silbern bestickten schwarzen Weste, einem schwarzen Samtumhang, einem riesigen Hut mit Feder und einer Art zu kurz geratenem Spazierstock.

„Weißt du nicht, dass du hier in höchster Gefahr schwebst?", stößt er hervor und zerrt mich mit sich.

Ich bringe kein Wort heraus. Neben ihm her stolpere ich den Hang hinunter – und schreie auf. Der Wolf ist wieder da, und diesmal greift er an. In großen Sätzen rennt er auf uns zu, die Zähne drohend gebleckt. Gleich springt er mir an die Kehle, und dann –

Schnell suche ich hinter dem Rücken des Mannes Schutz. Dieser lässt mich los, hebt einen Stein auf, schleudert ihn nach dem Wolf, der Wolf macht den Rücken krumm, klemmt den Schwanz ein und zieht sich in den Wald zurück.

Meine Knie sind so weich, dass ich fast hinfalle.

Der Mann wirft dem Wolf noch einmal einen Stein hinterher, geht ihm ein paar Schritte nach.

Vorsichtshalber passe ich genau auf, ob der Wolf zurückkommt. Vielleicht an einer anderen Stelle. Da sehe ich etwas zwischen den Bäumen. Nein, nicht den Wolf. Einen großen, dürren, weißhaarigen Mann. Mit der einen Hand macht er mir ein Zeichen, dass ich zu ihm kommen soll. Die andere Hand streckt er nach mir aus.

Und plötzlich gehe ich auf ihn zu. Ich will das nicht, ich will weglaufen, mich verstecken, aber ich gehe immer näher zu ihm hin. Es ist wie ein Sog. Ich will nicht, ich will nicht, ich muss -

„Aribor!", schreit hinter mir der schwarze Mann. „Donnerkeil und Flammenstrahl treffe dich mit Höllenqual!"

Der weißhaarige Mann schwankt, taumelt, fällt zu Boden, windet sich, stöhnt.

Merkwürdig, ich habe nicht gesehen, dass der Schwarze noch mal einen Stein geschleudert hat.

Auf einmal ist der Sog weg. Ich bleibe stehen. Drehe mich nach ihm um. Er hat seinen Stock ausgestreckt.

Nun lässt er ihn sinken, sieht mich an und schüttelt den Kopf. „Einen Adlerschrei später hätte dich nichts und niemand mehr aus der Macht des Elfen erretten können! Nun eile, nicht länger verweilt!“ Er packt mich wieder an der Hand und zieht mich weg von dem weißen Mann, der sich immer noch am Boden krümmt.

„Wawawas für ein E-, E- Elf?“, stottere ich, während ich hinter dem schwarzen Mann herstolpere.

„Bei meinem Barte!“, ruft er. „Erkennst du einen Elfen nicht, wenn du ihn erblickst?! Sahest du seine spitzen Ohren nicht, das untrügliche Erkennungsmerkmal eines jeden Elfen? Und spürtest du nicht, wie er Macht über dich gewann?! Oder willst du behaupten, du seiest aus freiem Willen seinem Winke gefolgt?“

Ein Elf!? Elfen gibt es doch nur in Märchen! Oder in Rollenspielen ...

Ich will weg hier. Hier ist alles fremd. Unheimlich. Und gefährlich.

Das mit der Macht, das ist wahr. Ich musste auf den Elfen zugehen, obwohl ich es nicht wollte.

Sind die drei Jungen auch dem Elfen gefolgt?

Die drei Jungen! Die habe ich ja fast vergessen!

„Hören Sie“, beginne ich und wehre mit einer Hand die Zweige ab, die mir dauernd ins Gesicht peitschen, denn inzwischen schlagen wir uns durch den dichten Wald. „Hören Sie ...“

Er dreht sich zu mir um. „Welcher Redeweise erdreistest du dich?!“, fährt er mich an. „Bin ich ein Weib?! Nenne mich 'Herr Medicus' und 'Ihr'!“

Um Himmels willen, so redet doch kein Mensch, heutzutage! Wohin bin ich hier geraten?! Ins Mittelalter oder was?

„Ja, Herr Medicus, entschuldigen Sie, oh, Entschuldigung, ich meine: Entschuldigt. Bitte, Ihr müsst den Jungen in der Höhle helfen, die sind da drinnen und haben um Hilfe geschrien, die müssen Sie, müsst Ihr retten!“

„Retten?“, fragt er. „Es ist wahrlich schwer genug, dich zu retten! Einem Jungen, den die Elfen bereits in ihrer Gewalt haben, ist nicht mehr zu helfen!“

„Aber wieso, Sie sind, ich meine, Ihr seid doch so stark, stärker als der Elf, Ihr habt ihn besiegt!“

Er sieht mich kopfschüttelnd an. „Dass ich Aribor zu Boden strecken konnte, heißt nicht, dass ich ihn besiegte! Er ist sehr zauberkräftig – ihn besiegt nicht einmal der Magier des Herzogs.“

Ich schlucke. Es hilft nichts, dass ich es nicht denken will. Ich weiß es trotzdem: Ich bin weit weg von Zuhause. Sehr weit weg.

Mama, Papa, ich will wieder zu euch!

Der Medicus beugt sich zu mir herunter und flüstert: „Man hat auf der Hut zu sein, wenn man von den Elfen spricht. Der Wald ist voller Ohren. Wisse: Aribor lockt ahnungslose Knaben in seine Höhle. Er hat den Abgrund der Höhle mit einem Zauber gesichert, den keine Menschenseele brechen kann. Jenseits des Abgrundes hält er die unglückseligen Knaben gefangen, deren Herzen die grausamen Elfen benötigen, um ihre Zauberkräfte zu erneuern. Vergebens habe ich auf Abhilfe gesonnen. Kein Mensch außer mir getraut sich auch nur in die Nähe dieser Höhle und auch ich unternehme dies Wagnis nur, weil ich hier heilkräftige Kräuter wachsen weiß, die nirgends sonst gedeihen und die ich für meine segensreichen Werke bitter benötige. Als ich dich erblickte, wusste ich: Du warst zu der Elfen nächstem Opfer erkoren. Aribor giert nach deinem Herzen.“

Mein Herz – Ich ringe nach Luft. Ein schriller Ton pfeift in meinen Ohren. Dann wird alles schwarz ...

Als ich wieder zu mir komme, liege ich am Boden, meine Beine sind gegen einen Baumstamm gelehnt und der Mann kniet über mir und hält mir ein Fläschchen mit einem scharf riechenden Zeug unter die Nase.

Ich huste und schiebe die Flasche weg und setze mich auf. Er fühlt meinen Puls wie ein Arzt. Ich glaube, ein Medicus ist auch so was Ähnliches.

Habe ich ein Glück gehabt! Einen Augenblick später, und ich wäre genauso verloren gewesen wie die anderen Jungen.

„Danke“, murmle ich, „vielen Dank!“

Er nickt. „Es ist meine Berufung, Menschenleben zu retten. Doch nun müssen wir eilen, um Aribor zu entkommen, ehe seine Lebensgeister zurückkehren. Hier in der Nähe wartet mein Lehrling mit meiner Kutsche. Ich bringe dich auf meinen Hof und verberge dich dort vor den Elfen. Erhebe dich!“

Kapitel 5

Das Eingesperrtsein macht mich noch verrückt.

Dabei dient es ja nur zu meinem Schutz, dass ich hier im Speicher des Medicus eingesperrt bin, und ich sollte eigentlich froh sein, dass ich in Sicherheit bin vor Aribor und den anderen Elfen. Aber ich bin schon den dritten Tag hier drin und lange halte ich das wirklich nicht mehr aus. Das ist noch viel schlimmer als damals, als Papa mich –

Der Medicus hat mich hergebracht, weil der Speicher auf seinem Hof der einzige Ort ist, den außer ihm niemand betreten kann. In seiner altmodischen Sprache hat er mir alles erklärt. Dass die Elfen die Fähigkeit haben, sich zwischen den Welten zu bewegen und schon mehrmals Jungen von dort entführt haben. Dass er mich vor den Elfen nicht mehr schützen könnte, wenn die mich fänden. Dass er mich vorsichtshalber einschließt, damit keiner mich entdeckt, denn jeder Mensch, der mich sieht, könnte es den Elfen verraten. Weil jeder sich vor den Elfen fürchtet und keiner es wagt, sich ihnen zu widersetzen, weil die einem sonst „Unglück und Pestilenz“, an den Hals wünschen.

Ich hätte nicht gedacht, dass Elfen so böse sind. In dem Rollenspiel, das wir mit Flo gemacht haben, waren die Elfen auf der Seite der Guten. Aber das war eben nur ein Spiel und Aribor ist ein wirklicher Elf.

Und dem wäre ich beinahe in die Hände gefallen, und dann hätte er mich in die Höhle gelockt und ich wäre nie wieder rausgekommen und dann hätte er mir das Herz aus der Brust –

Ich habe dem Medicus von dem Brunnen und der magischen Kugel erzählt und er hat gemeint, Brunnen sind gefährliche Orte, an denen oft die Elfen ihr Unwesen treiben. Da habe ich ihn gefragt, ob er mir nicht helfen kann, wieder nach Hause zu gelangen. Leider hat er mir erklärt, dass ich durch Zauberei hierhergekommen bin und deshalb auch nur durch Zauberei wieder heimgelangen kann. Und dass es nur einen einzigen Menschen gibt, der mir den Weg nach Hause öffnen könnte: der unbekannte Magier des Herzogs.

Ich habe gesagt: „Dann gehe ich zu ihm!"

Da ist er richtig streng geworden: Wie ich mir das vorstelle, dann müsste ich durch den Wald, und der Wald ist die Heimat der Elfen, und inzwischen sucht Aribor längst nach mir. Ich soll hier im Speicher bleiben und keinen Mucks von mir geben, er kümmert sich um alles. Im Übrigen ist es unmöglich, den Magier ausfindig zu machen, denn niemand kennt ihn, bloß der Herzog. Aber der Medicus will sich bemühen, eine Audienz bei Seiner Hoheit zu erhalten. Obwohl der Herzog ein strenger Herr ist und der Medicus noch nie mit ihm gesprochen hat und sich vor ihm fürchtet. Doch für mich will er sich zum Herzog wagen. Wenn der Herzog ihm Gehör schenkt und den Magier anweist, mir zu helfen, dann ist das meine Rettung, sagt der Medicus.

Wenn der Herzog aber dem Medicus keine Audienz gibt oder sich weigert, dem Magier zu befehlen, dass er mich heimzaubern soll – wenn der Medicus dann sagt, jetzt kann er mir auch nicht mehr helfen – wenn mich die Elfen dann finden – wenn ich nie wieder heim komme ...

Ich glaube, ich werde wirklich verrückt. Am liebsten würde ich mit dem Kopf gegen die Wände rennen. So lange, bis ich bewusstlos werde. Damit die Angst endlich aufhört.

Ich muss an etwas anderes denken. An den Medicus, der mir helfen will. Morgen wird er sich zur Burg des Herzogs aufmachen. Dass er das tut für mich ...

Er ist überhaupt ein guter Mensch. Den ganzen Tag kommen kranke Leute zu seinem Haus und stehen geduldig vor seiner Tür und wenn sie wieder weggehen, sind sie froh und erleichtert. Ich habe das beobachtet, der Speicher ist aus Balken mit Spalten dazwischen gebaut, durch die ich alles sehen kann.

Den Hof zu beobachten ist das Einzige, womit ich mich ein bisschen ablenken kann. Inzwischen kenne ich ihn auswendig: das alte Fachwerkhaus mit dem tiefgezogenen Strohdach, den Platz mit dem Brunnen und das Dach, unter dem die schwarze Kutsche steht. Mit der hat er mich hierher gebracht und mir dabei erzählt, dass er meistens durch das Land fährt, um Leute in den Dörfern, Städten und Burgen zu behandeln. Nur einmal im Monat hält er sich für ein paar Tage in seinem Hof auf und empfängt hier Hilfesuchende. Er ist nämlich wirklich ein Arzt und anscheinend ein sehr guter.

Wenn der Medicus nicht gerade vor drei Tagen auf seinem Weg nach Hause bei der Höhle nach Kräutern gesucht hätte, wäre ich jetzt auch dort, wo die drei Jungen vom Flohmarkt sind.

Oder waren sie es gar nicht, deren Stimmen ich gehört habe, waren es vielleicht doch viel jüngere Kinder, und die drei, die ich kenne, irren noch irgendwo durch den Wald und werden von den Elfen verfolgt?

Und ich bin im Speicher des Medicus in Sicherheit.

Aber ich weiß trotzdem nicht, wie lange ich es hier noch aushalte. Zu essen und zu trinken habe ich zwar genug. Auch eine Decke und einen Haufen Felle, aus denen ich mir ein ganz erträgliches Bett gemacht habe. Aber das andere ...

Wenn ich dran denke, was für Sorgen meine Eltern sich machen! Bestimmt waren sie anfangs sauer auf mich, weil ich einfach weggeblieben bin, besonders Papa, weil er mit mir auf die Burg radeln wollte. Aber inzwischen haben sie nur noch Angst um mich und sind ganz verzweifelt, das weiß ich genau, und Mama weint und Papa sucht Tag und Nacht die ganze Gegend nach mir ab. Und ich kann ihnen nicht einmal eine Nachricht zukommen lassen, dass ich noch lebe. Die Polizei sucht mich bestimmt mit Hubschraubern und Polizeihunden und allem, aber sie können mich nicht finden, weil ich hier an einem ganz und gar fremden Ort bin, genau wie die drei Jungen.

Und genau wie sie finde ich nicht mehr heim. Und wenn ich hier sterbe, werden meine Eltern es nie erfahren.

Jetzt wollen mir doch die Tränen laufen, aber ich beiße mir auf meinen Finger, und da kann ich sie mir wieder verkneifen. Obwohl es Papa ja gar nicht sieht.

Tut sich denn da draußen nicht endlich mal wieder was?!

Doch, da kommen zwei Frauen aus dem Haus des Medicus und genau auf meinen Speicher zu. Sie setzen sich auf die Bank direkt zu meinen Füßen.

Vor Schreck halte ich erst mal die Luft an. Damit sie mich nicht bemerken und es den Elfen verraten.

„... und nicht einmal mein Geld hat er genommen“, sagt die eine Frau. „Der Medicus ist ein guter Mensch. Kaum zu glauben, dass er auch einer von denen ist!“

„Was zählt die Herkunft!“, widerspricht die andere. „Im Herzen ist er einer von uns. Wie er sich gefreut hat, als wir ihm erzählt haben, dass sich die drei Helden in den Dienst der Königin gestellt haben, um den Herzog zu besiegen! Wie er gar nicht genug über sie hören konnte!“

„Vielleicht hätten wir trotzdem nicht darüber sprechen sollen“, meint die erste. „Die Königin hat uns um Stillschweigen beschworen. Aber mir ist es so entfahren, und wem sollte man noch vertrauen, wenn nicht dem Medicus!“

Die beiden Frauen gehen weg. Es wird still im Hof. Die Sonne steht schon tief.

Nicht noch eine Nacht allein in dem Speicher! Nur das nicht!

Ich will, dass Mama da ist. Und dass sie mich so drückt und meine Haare streichelt und sagt: „Ruhig, Jens, ruhig, ist ja gut! Ich bin ja bei dir!“

Oder dass Papa kommt, mich bei der Hand nimmt und mit dieser festen Stimme sagt: „Keine Angst, Jens, ich bring dich fort von hier! Ich bring dich heim.“

Ich lege mich auf mein Lager und rolle mich zusammen, mache die Augen zu und stelle mir vor, ich wäre daheim. Anne und Marie dürften von mir aus die ganze Nacht brüllen, es würde mich nicht stören.

Ich schrecke hoch. Da hat jemand geschrien. Vor Schmerzen. Und es war eindeutig ein Junge.

Jetzt schreit er wieder. „Au!“, schreit er und „Nicht! Bitte nicht!“, und dazwischen höre ich noch etwas, so ein pfeifendes Geräusch und ein Klatschen. Ich schaue durch einen Spalt und da sehe ich –

Der Medicus schlägt seinen Lehrling! Mit einem dünnen Stock! Jetzt beginnt er dabei auch noch zu sprechen, mit ganz harter Stimme: „Meine Tarnkappe zu erproben! Das ist für deinen Ungehorsam! Und das für deine Neugier! Und das dafür, dass du an die verbotene Truhe gegangen bist! Und das dafür, dass du die Tarnkappe auf deinen nichtsnutzigen Kopf gesetzt hast!“ Und dabei schlägt er ihn immer weiter. Mir bleibt fast die Luft weg.

Endlich hört der Medicus auf, den armen Kerl zu verprügeln, und geht ins Haus. Der Lehrling läuft heulend zum Bach hinunter.

Draußen ist es wieder still. Aber mein Herz klopft immer noch und ich muss dauernd daran denken.

Ich versteh ja, dass der Medicus schimpft, wenn sein Lehrling sich eine Mütze aufsetzt, die dem Medicus gehört, aber davon wird sie ja nicht gleich kaputt gegangen sein, ich habe mal Soldaten in Tarnanzügen gesehen, und deren Mützen sahen nicht gerade empfindlich aus.

Und ihn gleich zu schlagen! Dass der Medicus so schrecklich sein kann, hätte ich nie gedacht. Ich glaube, es ist besser, wenn ich mich doch vor ihm in Acht nehme.

Andererseits – vielleicht hat das gar nicht viel zu bedeuten. Schließlich weiß ich, dass so was in früheren Zeiten ziemlich normal war: Früher wurden Kinder mit Prügel erzogen und Lehrlinge auch.

Als Papa ein Kind war, hat sein Vater ihn oft geschlagen, und Papa durfte dabei nicht einmal heulen, sonst hat er gleich noch viel schlimmere Schläge bekommen. Ich finde das furchtbar gemein.

Mein Papa würde so was jedenfalls nie machen. Er sagt, Schwächeren etwas anzutun ist die schlimmste Feigheit, die es gibt. Ach Papa, Papa, warum bist du jetzt nicht da!

Die Tür knarrt, jemand ist im Speicher, ich habe ihn gar nicht kommen hören, es ist schon fast dunkel, ich sehe nicht mehr als einen schwarzen Umriss, aber ich erkenne den Medicus, als er anfängt zu sprechen: „Hier, deine Abendmahlzeit! Heute reiche ich dir etwas Besonderes: einen Krug gut gekühlten Bieres. Wohl bekomme es!“

Ich mag kein Bier, ich hätte viel lieber Milch oder Apfelsaft, aber ich will den Medicus nicht verärgern, schon gar nicht nach dem, was ich vorhin beobachtet habe, darum bedanke ich mich und tu so, als würde ich davon trinken, dabei stecke ich nur meine Nase in den Schaum. Es riecht widerlich. „Hm, gut! Vielen Dank, Herr Medicus!“, sage ich und wische mir den Schaum vom Mund. Zum Glück habe ich noch Wasser, das trinke ich, wenn er weg ist. Selbst abgestandenes Wasser ist besser als Bier.

Der Medicus lacht leise. Irgendwie mag ich dieses Lachen nicht. „Leere den Krug nur vollends!“, meint er. „Das gibt dir Kraft und gute Träume und hilft dir die harte Zeit des Wartens zu ertragen.“ Damit geht er und schließt die Tür wieder zu.

Ich versuche das Bier zu trinken. Wenn es wirklich hilft gegen die Gedanken ...

Ich nehme einen winzigen Schluck. Es schmeckt noch widerlicher, als ich befürchtet habe. Mich hebt es richtig. Mama sagt, Kinder dürfen keinen Alkohol trinken, es macht ihr Gehirn kaputt.

Hat der Medicus deshalb auf so unheimliche Art gelacht, als er mir das Bier gegeben hat? Er ist doch ein Arzt und muss wissen, dass Alkohol für Kinder schlecht ist. Irgendwas ist merkwürdig ...

Ich schütte das Bier durch eine der Ritzen im Boden. Weil ich es nicht länger riechen will. Und weil ich nicht länger darüber nachdenken will, ob ich es vielleicht doch trinken soll.

Dann mache ich mich über das Essen. Erst bekomme ich kaum einen Bissen hinunter, aber plötzlich überfällt mich eine richtige Fresswut. Ich esse Griesbrei und Apfelmus, jede Menge Käse und Brot und ein Stück Schinkenspeck. Ich esse, bis ich nicht mehr kann und ruhig und müde werde vor lauter Sattheit.

Kapitel 6

Ich wache auf mit dem Gefühl, dass ich etwas gehört habe. Ich lausche. Es ist still. Durch das Dreieck der Giebelöffnung sehe ich ein paar Sterne.

Da – leise Stimmen.

Plötzlich bin ich hellwach. Sind das etwa die Elfen?

Ich spähe zwischen zwei Balken hinaus. Fackeln brennen, eine vor dem Haus und eine am Brunnen. Neben dem Brunnen sehe ich ein Pferd und daneben den Medicus im Gespräch mit einem Ritter. Der trägt eine silbern glänzende Rüstung und ein riesiges Schwert. Seinen Helm hat er sich unter den Arm geklemmt. Wie er den Kopf reckt, richtig hochmütig!

„... Erkundigungen eingezogen", sagt der Medicus. „Es soll sich um einen sehr starken Krieger handeln sowie um einen Jäger und einen Gaukler."

Der andere lacht verächtlich: „Und das sollen die Helden der Königin sein, die mir gefährlich werden könnten?! Ein Gaukler! Ist Ihm entfallen, dass Er selbst mir vor Jahren versicherte, die Herrschaft meines Geschlechtes werde kein Ende haben, solange nicht der Tag zur Nacht werde?"

„So sah ich es im Wasserspiegel. Dennoch, mein Herzog, seid gewarnt!"

Ich glaube, ich falle tot um! Der Mann, der da mit dem Medicus auf dem Hof steht, ist der Herzog, der Herzog persönlich! Und der Medicus kennt ihn gut und verrät ihm das von den drei Helden, was er von den Frauen gehört hat!

Warum hat er mich so angelogen und behauptet, er würde den Herzog nicht kennen und müsste erst um eine Audienz bei ihm bitten? Und was soll das mit dem Wasserspiegel, was kann man da schon sehen?

Nun gehen die beiden im Hof auf und ab, ich kann nicht mehr hören, was sie reden, die Rüstung des Herzogs klirrt bei jedem Schritt, nur ein Wort kann ich verstehen: Aribor.

Der Herzog bleibt stehen, und ich höre den Medicus sagen: „Warum musstet Ihr auch den weißen Hirsch jagen und ..."

„Seiner Vorwürfe habe ich genug!", fährt ihn der Herzog an. „Weiß Er nicht, zu wem Er spricht?! Erstatte Er mir Bericht von dem Knaben! Oder besteht die Möglichkeit, dass dieser uns belauscht?"

Der Medicus schnaubt verächtlich. „Für wen haltet Ihr mich! Der Knabe hört uns nicht. Ich mischte ihm in Erwartung Euerer Hoheit einen Schlaftrunk ins Bier und überzeugte mich vor Euerer Ankunft, dass der Krug geleert ist!"

Beinahe hätte ich aufgeschrien. Ich presse beide Hände vor den Mund. Das war es also, ich habe doch geahnt, dass mit dem Bier etwas nicht stimmt!

„Ist Er gewiss, dass dieser Knabe derjenige ist, auf den das Volk der Königin seine Hoffnung setzt?", fragt der Herzog. „Denn wenn Er mich täuscht –"

„Zweifelt Ihr an Euerem eigenen Magier?", fällt ihm der Medicus ins Wort und seine Stimme klingt auf einmal scharf und zornig. „Oder wagt Ihr mir zu drohen?"

Magier? Soll das etwa bedeuten, dass der Medicus selber der Magier ist? Das darf nicht wahr sein, ich muss mich getäuscht haben! Aber wie er mit dem Herzog umspringt! Er putzt ihn richtig runter: „Habt Ihr vergessen, wem Ihr Euere Macht verdankt?! Wer dafür sorgt, dass die schwarzen Krieger Euch willfährig sind?! Wer Euch die Geheimnisse der Leute zuträgt, die sie keinem anderen offenbaren würden als dem Arzt ihres Vertrauens?! Lasst Euch gesagt sein, ich bedarf Euerer nicht! Meine Dienste werden anderen Ortes geschätzt." Damit dreht er dem Herzog den Rücken und geht einfach weg, auf meinen Speicher zu.

Wenn er jetzt reinkommt, wenn er sieht, dass ich nicht schlafe! Ich muss mich hinlegen, die Augen zumachen, aber ich kann mich nicht rühren, ich kann nicht –

Der Herzog geht dem Medicus nach, legt ihm seine Hand in dem silbernen Panzerhandschuh auf die Schulter. „Es stand nicht in meiner Absicht, Ihn zu kränken, Meister", versichert der Herzog. „Lasse Er sich versöhnen! Ich hege nicht den mindesten Zweifel an den Fähigkeiten meines großen Magiers."

Der Medicus bleibt stehen und wendet sich wieder dem Herzog zu, nicht weiter als zwei, drei Meter von mir entfernt.

Ich presse die Faust vor den Mund, schlage meine Zähne hinein. Keinen Laut darf ich von mir geben, nicht den allerkleinsten!

„Das will ich meinen! Seid versichert, ich habe die Machenschaften des Elfen durchschaut“, sagt der Medicus, und nun klingt seine Stimme wieder beherrscht. „Ich sah die Ankunft dieses Knaben vorher. Doch Aribor ist sehr geschickt. Ein würdiger Gegner, fürwahr! Er trübte mein magisches Auge durch Nebel, sodass ich nicht sehen konnte, wie der Junge hier eintraf, und er führte ihn durch seine tierischen Begleiter geradewegs zu der Höhle der Knaben. Aber ich erkannte seine Absicht noch zur rechten Zeit, brachte den Knaben in meine Gewalt und setzte Aribor mit einem Kampfzauber außer Gefecht. Der Knabe vertraut mir blind. Und es besteht kein Zweifel: Er ist es, den Aribor herbeiwünschte, damit die Prophezeiung sich erfülle. Bedenkt, wenn er zu den Zwillingen vordränge! Wenn Euere schwarzen Krieger gar ...“

„Das muss Er mir nicht erklären! Wo ist der Knabe? Ich werde ihn auf der Stelle töten!“

Mich – töten?!

Ich habe das Gefühl, der Boden beginnt zu schwanken. Ich halte mich an der Wand fest. Mein Herz tobt so, dass ich glaube, es zerreißt mich. Dennoch höre ich jedes Wort, das da draußen gesprochen wird, höre es viel lauter als normal und wie in Zeitlupe.

„Wie Ihr wollt“, sagt der Medicus ungerührt. „Allerdings gäbe es auch die Möglichkeit, ihn am Leben zu lassen und für unsere Zwecke nutzbar zu machen, sodass er für das Volk der Königin zur letzten Fessel der Unterdrückung wird.“

„Er meint, ich soll ihm die gleiche Behandlung zukommen lassen wie den anderen Knaben?“, fragt der Herzog.

„So viel Zeit bleibt nicht. Aber mir sind Mittel und Wege bekannt ...“ Der Medicus lacht. Es ist ein schreckliches Lachen.

Und plötzlich wird es in mir ganz kalt. Als wär es gar nicht mehr ich, der hier steht und das alles hört. Als wär ich weit weg. Oder aus Stein.

„Daran zweifele ich nicht!“, erwidert der Herzog. „Aber welchen Plan verfolgt Er damit?“

„Wenn wir ihn zu Euerer willenlosen Puppe gemacht haben, schicken wir ihn in den Wald zurück. Zweifellos werden die Elfen ihn finden. Wenn Aribor ihn dann zur Königin geleitet – Die Königin wird ihm vertrauen und ihm die Losung offenbaren. Und das Volk wird ihm gläubig folgen. Er und die Zwillinge: zwei gewaltige Trümpfe in unserer Hand! Hinfort wird das Volk sich drängen, Euch seine Ergebenheit zu Füßen zu legen. So, mein Herzog, wird die Macht Eueres Geschlechtes nie ein Ende haben, bis der schwarze Mond die Sonne frisst."

„Ich weiß Seine Pläne immer zu würdigen, Meister", erwidert der Herzog. „Lasse Er weiter hören!"

„Gewiss, Hoheit. Doch es ist die Mitte der Nacht, und somit Zeit für das Orakel. Ihr hattet mir ausrichten lassen, dass Ihr heute Nacht meiner Dienste bedürft?"

„In der Tat! Er muss wissen, meine Wiedervermählung steht bevor."

Der Medicus erwidert schroff: „So habt Ihr meinen Rat missachtet und Euch doch die schöne Eiline gefügig gemacht? Dieses Kind? Was bemüht Ihr meine Künste, wenn Ihr meinen Warnungen kein Gehör schenkt?!"

„Das lasse Er meine Sorge sein! Von Ihm begehre ich nicht mehr zu erfahren als die günstigste Stunde für die Zeugung eines Sohnes."

„Nun denn, so sei es! Doch klagt mich dereinst nicht an, ich hätte Euch von dieser Hochzeit nicht abgeraten, für die ich nichts als Dunkelheit sah! Folgt mir in den Brunnen!"

Der Medicus dreht sich zum Brunnen um, murmelt etwas und macht mit seinem Stock ein Zeichen in die Luft. Da teilt sich die Mauer, die den Brunnenrand bildet, und eine Wendeltreppe wird sichtbar, die nach unten führt. Der Medicus und der Herzog gehen die Stufen hinunter.

Dann schließt die Mauer sich wieder.

Ich bin immer noch aus Stein. Stehe da. Fühle nichts. Denke nichts. Eine Ewigkeit lang.

Aber dann, plötzlich, überstürzen sich meine Gedanken: Der Medicus ist der Magier – irgendwas geht hier vor, wobei ich eine Rolle spiele – sie bringen mich um oder sie machen etwas ganz Furchtbares mit mir – deshalb hat er mich eingesperrt – ich muss fliehen – was hat der Herzog gemeint mit der gleichen Behandlung und der Medicus mit seinen Mitteln und Wegen – wenn sie aus dem Brunnen zurückkommen, darf ich nicht mehr hier sein –

aber wie – ich kann hier nicht raus, die Tür ist zu – warum hilft mir bloß keiner –

Ich renne in dem Speicher hin und her, stoße an Truhen, falle über einen Korb, raffe mich wieder auf, rüttle an der Tür, aber die ist zu, ich brauche ein Werkzeug, gibt es hier etwas, womit ich die Tür aufbrechen kann, aber es ist so finster, ich kann nichts sehen, kann nichts finden ...

Mein Gott, hilf mir doch!

Ich schau nach oben zu den Sternen durch das Dreieck im Giebel.

Die Giebelöffnung! Sie ist groß genug, dass ich hindurchkriechen kann!

Normalerweise würde ich mich nie trauen, da hinaufzuklettern, aber jetzt …

Ich kralle die Finger in die Spalten zwischen die Balken, dann die Zehen. Zieh mich ein Stück hinauf. Steige weiter.

Ich erreiche den Giebel, schiebe mich durch die Öffnung, drehe mich um, klettere außen wieder hinunter, springe das letzte Stück.

Lieber Gott, ich danke dir.

Kapitel 7

Ich renne den Weg auf den Wald zu, renne wie noch nie in meinem Leben. Wenn der Medicus und der Herzog jetzt zurückkommen, die Sterne scheinen, kann man mich sehen? Gleich bin ich bei den Bäumen. In Sicherheit.

Was ist das?!

Mir wird angst, so entsetzlich angst. Ich merke, wie sich mir die Härchen am Nacken sträuben. Etwas Enges, Schweres schnürt mir die Brust ab. Ich kann nicht weiter. Muss umkehren. Nein. Ich darf nicht zurück. Nur noch ein paar Schritte!

Mit unendlicher Mühe hebe ich die Beine. Sie sind aus Blei. Ich kämpfe und laufe und kämpfe und laufe, warum bin ich nicht längst im Wald, es sind nur noch drei, vier Meter, ich quäle mich weiter, wieder ein Schritt und wieder und wieder –

Ich komme dem Wald nicht näher. Etwas hält mich fest.

Noch einmal hebe ich einen Fuß, schau dabei auf den Boden, zwinge mich, einen riesen Schritt zu machen, werfe mich mit aller Kraft vorwärts – und bleibe am gleichen Fleck. Ich falle ins Gras. Ich grabe meine Finger in die Erde. Ich trommle auf den Boden. Ich schmecke Blut.

Es kann nicht sein, kann nicht sein, kann nicht sein.

Ich zwinge mich, wieder aufzustehen, wieder auf den Wald zuzugehen. Wolken sind aufgezogen, die meisten Sterne sind verschwunden.

Da ist sie wieder, diese grauenhafte Angst. Die Schwere in den Beinen. Mit letzter Kraft renne ich. Renne auf der Stelle. Bleibe immer ein paar Schritte vom Waldrand entfernt.

Ich schreie.

„Ruhig, Knabe, ruhig!“, höre ich plötzlich eine Männerstimme. „Ganz ruhig! Tief atmen!“, befiehlt mir die Stimme. Sie ist fest und gelassen.

Auf einmal werde ich wirklich ruhig. Ich schaue mich um, sehe niemanden, es ist zu finster.

Aber vom Waldrand her kommt die Stimme.

„Auf dir liegt ein Zauber des Medicus, um dich an der Flucht zu hindern. Es ist alles nur Trug und Schein! Wenn du ihm nicht unterliegst, kannst du dich befreien."

„Wie soll ich das denn tun?", flüstere ich. Nur ein heiseres Krächzen kommt aus meiner Kehle.

„Sei getrost! Ich werde dir meinen Beistand gewähren", antwortet die Stimme.

Jemand tritt unter den Bäumen hervor, ich sehe nicht mehr als eine große Gestalt in der schwarzen Nacht. Dieser Jemand legt mir die Hände auf die Schultern. Etwas geht von diesen Händen aus, durchströmt meinen Kopf, meinen ganzen Körper mit Kraft und Zuversicht.

„Ahnst du im Dunkel den Baum vor dir?", fragt die Stimme, und jetzt ist etwas anderes in ihr, etwas wie ein Sog. „Du wirst jetzt auf ihn zuschreiten und ihn berühren."

Ich nicke. Mache einen Schritt. Noch einen. Immer weiter. Dann bin ich beim Baum. Fühle seine Rinde. Ich lehne meinen Kopf an seinen Stamm. Damit ich ganz sicher bin, dass ich es geschafft habe.

„Jetzt folge mir!", befiehlt mir der Mann.

Nichts lieber als das! Ich stolpere hinter ihm her. Aber ich kann keinen Schritt weit sehen, stoße mir den Kopf an Ästen, laufe vor einen Baumstamm, stolpere über eine Wurzel und falle hin. Den Mann sehe ich nicht mehr. Da ist sie wieder, die Angst. „Helft mir, bitte!", schreie ich.

Er ist da, sagt, ich soll auf seine Schultern steigen, und trägt mich. Obwohl ich ganz schön schwer bin, läuft er rasch mit mir durch den Wald. Er muss so stark sein wie Papa.

Es ist stockfinster. Dennoch scheint er zu wissen, wo er geht. Ich ziehe den Kopf ein, damit ich mich nicht an den Ästen stoße, aber nie kommt mir ein Zweig zu nahe. Er scheint Augen zu haben wie eine Katze.

Wir gehen immer weiter vom Hof des Medicus weg. Und vom Herzog. Stundenlang. Das heißt, er geht. Ich werde getragen. Geschaukelt wie ein kleines Kind.

Früher, als ich klein war, hat Papa mich oft auf den Schultern getragen. Ich weiß noch, wie toll ich es fand, die Welt von so hoch oben zu betrachten.

Das erste schwache Morgengrauen dringt durch die Bäume. Ich schau mich um, versuche zu erkennen, wo wir sind, sehe keinen Weg, nichts als Wald. Dicht umgibt er uns, wie eine Wand. Der Mann aber, der mich trägt, schreitet ohne Zögern draufzu. Und die Äste teilen sich vor ihm, weichen auseinander, ehe er sie berührt. Mehr noch: Ganze Baumstämme neigen sich wenige Schritte vor ihm zur Seite. Ich bekomme eine Gänsehaut. Kaum wage ich es, mich umzudrehen. Hinter uns richten sich die Bäume wieder auf, ohne zu schwanken. Etwas stimmt hier nicht.

Da fallen mir die weißen Haare des Mannes auf. Seine helle Haut. Und seine spitzen Ohren.

Er ist es! Und ich habe gedacht, ich wäre bei ihm in Sicherheit! Aber es ist Aribor, der Elf, der mich zur Höhle gelockt hat, der Elf, der die Jungen gefangen hält, der mein Herz -

Plötzlich geht alles ganz schnell. Ich beiße dem Elf ins Ohr, ich beiße, bis ich den Knorpel knacken spüre, er schreit auf und lässt meine Beine los, ich springe von seinem Rücken und renne, schlage Haken um die Bäume, doch da, er hat mich überholt, steht vor mir, ich weiche zurück, ein Graben, zu spät merke ich es, rücklings falle ich hinein. Und schon ist er über mir und setzt mir seinen Fuß auf die Brust.

„Ist das dein Dank für meine Hilfe?!“ Er drückt mich mit dem Fuß noch fester auf den Boden, ich bekomme kaum Luft.

„Bitte“, beginne ich zu keuchen, „bitte, lasst mich los, tut mir nichts, lasst mich laufen, bitte, nehmt nicht mein Herz ...“

„Dein Herz?“, wiederholt er und es klingt irgendwie angewidert.

„Nicht?“ frage ich. Auf einmal habe ich Hoffnung. Der Medicus hat mich doch die ganze Zeit angelogen – vielleicht hat er auch in dem gelogen, was er über Aribor und die Elfen gesagt hat? „Ihr seid, Ihr seid doch Aribor? Ein Elf?“, stottere ich herum.

„Welch außerordentliche Erkenntnis!“, erwidert er scharf. „Es ist Aribor, König der Elfen in höchsteigener Person, der sich deiner annahm und den du zu beißen wagtest! Wenn du mir dafür nicht mit einer triftigen Erklärung aufwarten kannst, wirst du erleben, wie ein König der Elfen zu strafen weiß! Also, Menschenjunges?“

„Bitte, bitte, es tut mir leid, ich wusste doch nicht, der Medicus hat doch gesagt, Ihr haltet die Jungen in der Höhle gefangen und ich sollte Euer nächstes Opfer sein, Ihr wolltet mir mein Herz rauben, Ihr benötigt immer Herzen von Jungen, damit Euere magischen Kräfte aufgefrischt werden, aber jetzt glaub ich das nicht mehr, der Medicus hat mir auch nicht gesagt, dass er ..."

„Beim silbernen Haar meiner Mutter! Welche Lügengespinste flüsterte dir der Medicus ein! Da nimmt mich nicht wunder, dass du vor mir die Flucht ergriffst und mir beinahe das Ohr abbissest!"

„Das tut mir wirklich leid. Verzeihung, bitte!"

„Unter diesen Umständen sei sie dir gewährt!"

Er hält seine rechte Hand über sein blutendes Ohr und als er sie wieder wegnimmt, blutet es nicht mehr, ja, man sieht nicht einmal mehr die kleinste Wunde. Dann zieht er seinen Fuß von meiner Brust zurück und macht mir ein Zeichen, aufzustehen. Auf einmal bin ich ganz sicher, dass kein Wort von dem stimmt, was der Medicus über die Elfen gesagt hat. Und dass mir von Aribor keine Gefahr droht. Ganz im Gegenteil.

Er erklärt: „Der Medicus ist ein Meister vieler schwarzer Künste und ein Meister des Luges und Truges. Und er steht mit all seiner Macht in den Diensten eines grausamen Herrschers. Es ist der Herzog, der die Knaben in der Höhle gefangen halten lässt, und der Medicus, der einen Bann um den Wald gelegt habe, damit kein Mensch die Höhle findet und die Knaben befreit!"

„Aber ich habe hingefunden!"

„Ja, du! Weil meine Tiere dich geleiteten. Es war mein Wille, dass du das Elend dieser Knaben mit eigenen Ohren vernimmst, mit eigenen Augen erblickst. Damit du begreifst, was es gilt. Denn nur unter deiner Mitwirkung kann verhindert werden, dass jahrein und jahraus unglückselige Kinder so leiden müssen!"

„Ich, wieso, wie soll ich ..."

„Du wirst es erfahren, wenn es an der Zeit ist!"

„Aber ich will das alles nicht, ich will heim, nach Hause! Meine Eltern warten auf mich und ich werde hier vor Angst fast wahnsinnig, alles ist so unheimlich und gefährlich, der Herzog will mich umbringen, was mache ich, wenn der Medicus mich wieder -"

„Schweige still! Wirst du nicht gewahr, wie du dich selbst erniedrigst mit deiner Winselei?! Ich jedenfalls beabsichtige nicht, sie mir anzuhören! Die Menschenkönigin erwartet dich."

Er geht einfach los, und ich stapfe hinter ihm her.

Winselei! Als ob ich nicht Grund genug hätte, von hier wieder fort zu wollen! Aber es hätte keinen Sinn, wegzulaufen. In diesem Wald wäre ich rettungslos verloren. Ich muss tun, was der Elfenkönig von mir will. Was immer es ist.

Wir gehen durch das Dickicht, als sei da ein Pfad. Aribor läuft, fast ohne den Boden zu berühren. Ich habe Mühe, ihm zu folgen, obwohl es hell wird und ich besser sehen kann.

Aribor dreht sich nach mir um. Der erste Sonnenstrahl fällt ihm ins Gesicht. Er ist älter, als ich dachte. Für einen, der mich so lange durch den Wald getragen hat, ohne auch nur einmal zu keuchen, ganz schön alt. Er sieht mich an. Er hat sehr helle, durchdringende Augen. Und einen Blick ...

Da, plötzlich, erkenne ich ihn: Er ist der Mann, der auf dem Flohmarkt die Rollenspielsachen verkauft hat! Er ist es, von dem die drei Jungen die magische Kugel geschenkt bekommen haben!

Jetzt wird mir so manches klar. Auch, dass nur er es ist, der mich wieder zurückbringen kann.

Plötzlich bleibt Aribor stehen, legt warnend den Finger an die Lippen und macht mit dem Kopf eine Bewegung in den Wald vor uns.

Leise schleichen wir weiter, das heißt, ich versuche zu schleichen, Aribor geht sowieso lautlos. Wie laut es knackt, wenn ich auf einen Zweig trete!

Schwach höre ich das Schnauben eines Pferdes. Das Knarren einer Tür. Und dann, unüberhörbar, einen lauten Schrei, der schlagartig abbricht.

Ein Schauer kriecht mir den Rücken hinunter. Es war ein Kind, das da geschrien hat. Schon wieder ein Kind.

Jetzt höre ich noch mehr Schreie, eine Frau, einen Mann -

Der Elfenkönig hat mich an der Hand gefasst und neben sich hinter einen Baum gezogen. Durch die Äste spähe ich hinaus auf eine kleine Lichtung. Mehrere seltsame kreisrunde Hügel stehen auf der Wiese und rauchen. Eine erbärmlich baufällige Hütte sehe ich daneben. Die Tür ist weit offen. Und da –

Ein Ritter kommt heraus, ein Ritter in einer schwarzen Rüstung, von Kopf bis Fuß in Eisen gepackt, mit zwei Schwertern und einer Axt bewaffnet, das Visier seines Helmes geschlossen. Unter den eisernen Arm geklemmt trägt er wie ein Paket ein Kind, einen Jungen, kleiner, als ich es bin.

Der Junge schreit und strampelt, der Ritter achtet nicht darauf, wehrt mit dem freien Arm einen Mann ab, der hinter ihm her aus der Tür rennt und mit einer schweren Holzstange auf ihn eindrischt, der Ritter holt aus und schlägt mit der Eisenfaust den Mann zu Boden. Der bleibt liegen und rührt sich nicht mehr. Aber jetzt stürzt eine Frau aus der Hütte und wirft sich dem Ritter in den Weg, wirft sich vor ihn auf den Boden, umklammert seine Beine, weint und fleht. Er stößt sie mit dem eisernen Fuß zur Seite. Der Junge schreit.

Der Ritter stampft genau auf uns zu.

Ich kann den Jungen sehen, seine Nase blutet, seine Augen sind weit aufgerissen.

Unwillkürlich mache ich eine Bewegung auf ihn zu. Aribor hält mich zurück. Die eine Hand drückt er mir auf den Mund, mit der anderen packt er mich an der Schulter.

Aber die Augen hält er mir nicht zu.

Und ich sehe, wie der Ritter schwerfällig zu einem Pferd geht, das wenige Schritte von uns entfernt an einem Baum angebunden ist, wie er ein Seil vom Sattel nimmt, den Jungen mit dem Seil fesselt und ihn hinter dem Sattel auf das Pferd bindet. Der Junge schreit nach seiner Mutter. Da stopft ihm der Ritter ein Stück Stoff in den Mund. Dann geht er klirrend zu dem kleinen Stall neben der Hütte, tritt die Tür ein, zerrt eine Kuh heraus und zieht sie an ihrem Strick hinter sich her.

Die Mutter des Jungen hat sich inzwischen aufgerappelt, sie will dem Reiter den Weg versperren, aber der Ritter schlägt sie so, dass sie wieder zu Boden fällt. Dann bindet er die Kuh an seinen Sattel, steigt auf einen Baumstumpf, schwingt sich auf das Pferd, greift die Lanze, die an einen Baum gelehnt ist, und reitet in den Wald.

Die Frau kommt taumelnd in die Höhe, reißt sich an den Haaren, schluchzt laut und rennt ihm nach, stolpert, fällt hin. Sie richtet sich auf die Knie auf und schreit hinter ihm her: „Der Tag wird kommen! Die Zwillinge sind schon geboren!“ Dann bricht sie zusammen und weint nur noch.

Ich kann es nicht fassen. Vor meinen eigenen Augen wurde ein Kind entführt, eine Junge von sechs, sieben Jahren!

Aribor nimmt seine Hand von meinem Mund. Da brülle ich los: „Wieso habt Ihr nichts getan, warum habt Ihr dem Jungen nicht geholfen, da entführt einer ein Kind und schlägt dessen Eltern nieder, und Ihr, Ihr steht hier und schaut zu! Ihr könnt doch zaubern, warum zaubert Ihr jetzt nicht! Macht etwas, damit der Junge wieder frei wird!"

Er antwortet kühl: „Sieh an! Jetzt begehrst du, dass diesem Knaben des Köhlers geholfen wird! Solange du selbst nichts wagen musst, nicht wahr? Wer ergriff denn vor der Höhle die Flucht, als gingen die Hilfeschreie der Knaben ihn nichts an?!"

Ich kriege einen heißen Kopf. Ich muss etwas sagen. Aber ich weiß nicht, was.

Aribor sieht mich an, als könne er mir ins Innerste schauen. Mir wird immer heißer. „Nun schweigst du! Beschämt, wie ich hoffe. Wenigstens Trost hättest du ihnen spenden können, das wäre das Mindeste gewesen, nicht wahr? Ihnen versprechen, dass du Hilfe für sie holst. Es wäre Balsam gewesen für ihre geängstigten Seelen!"

Ich beiße die Zähne aufeinander. Und nicke. Er hat ja Recht.

„Jeder soll tun, was in seiner Macht steht", sagt Aribor streng. „Auch die meine ist nicht unbegrenzt. Der Medicus ist ein mächtiger Gegner, dessen Zauberkünste in vielem meine Kräfte übersteigen. Hätte mich der Medicus sonst vor deinen Augen mit einem Kampfzauber niederstrecken können, sodass ich mich Stunden in Krämpfen winden musste?! Und gegen die Streitmacht schwarzer Krieger des Herzogs kann ich nichts ausrichten – mir stehen gerüstete Heerscharen ebenso wenig zu Gebote wie Kampfzauber. Wozu sollten sie auch dienen! Wir Elfen bekriegen einander nicht und mit Menschenhändeln haben wir nichts zu schaffen! Einmal mehr sehe ich wieder: Es bringt nichts als Unheil, sich mit Menschen einzulassen."

„Aber", ich schlucke, „aber warum habt Ihr dann mich geholt?"

„Weil ich die Not des armen Volkes und das Elend dieser Knaben nicht länger ansehen konnte. Und weil der Herzog den weißen Hirsch gejagt und getötet hat, meinen liebsten Gefährten. Da schwor ich dem Herzog Rache und verknüpfte meinen Racheplan mit der Rettung dieser Geschundenen. Was prophezeit ist, muss geschehen. Und es kann nur durch dich geschehen, denn du bist ein Teil der Prophezeiung. Begreifst du?"

„Nein, nicht so ganz."

„Du wirst es begreifen müssen, denn nur wenn du getan hast, wozu ich dich herbeigerufen habe, werde ich dich wieder in deine Heimat entlassen!“ Damit dreht er sich um, geht über die Wiese zu der Hütte und beugt sich über den noch immer am Boden liegenden Mann.

Ich stehe sprachlos da. Wirklich ich soll es sein, der verhindern kann, dass eisenbepackte Ritter arme Jungen entführen und sie in einer finsteren Höhle einsperren? Ausgerechnet ich?

Schnell renne ich hinter dem Elfenkönig her. Er hat inzwischen dem Mann aufgeholfen, der aus einer Kopfwunde blutet, und führt ihn zu der Bank vor der Hütte. Dort hält er seine Hand über die Wunde, die sofort verheilt.

„Sagt mir, was ich machen soll!“, stoße ich hervor.

Er erwidert nichts als: „Folge mir zur Menschenkönigin!“

Wieder laufen wir durch den Wald.

Von welcher Prophezeiung ist hier dauernd die Rede? Und was hat sie mit mir zu tun? Wenn ich ein Held wäre wie Herkules. Und Kräfte hätte wie Superman. Aber so! Wo sogar mein eigener Vater manchmal findet, dass ich zu feige bin.

Wir erreichen eine große Lichtung. Die Morgensonne glitzert im Tau. Inmitten von Feldern steht ein winziges Dorf mit ein paar niedrigen strohgedeckten Häusern aus Holz oder Fachwerk. Sie sehen aus, als wollten sie im nächsten Augenblick aus Altersschwäche zusammenfallen. Ein paar Schweine, Hühner und halb nackte, kleine Kinder laufen herum, sonst ist niemand zu sehen.

Aribor zeigt auf das Dorf: „Gehe zum ersten Haus! Dort wird dir dein Weg gewiesen werden!“ Er legt mir kurz die Hände auf den Kopf und hängt mir eine Kette um, einen runden Stein mit einem Loch drin, durch das ein Lederband gezogen ist. Dann schiebt er mich von sich weg und verschwindet ohne ein weiteres Wort im Wald.

Kapitel 8

Zwischen den Feldern gehe ich auf das Dorf zu. Vielleicht hat sich Aribor im Wald versteckt und beobachtet mich von ferne? Kurz schaue ich zurück. Mir bleibt der Mund offen stehen. Ich kenne diese Stelle.

Der Bach. Der Wald. Die Berge. Vorne der niedrige und dahinter drei höhere. Und die Burg oben auf dem mittleren der höheren Berge. Ich kenne es, und doch ist alles anders: Statt Wiesen mit Obstbäumen sind hier Äcker, der Wald ist dichter und reicht über den ganzen Horizont, die Hochhäuser rechts in der Ferne sind verschwunden und die Burg ist viel größer geworden, nicht mehr die Ritterburg, auf der ich letzte Woche mit meinen Eltern die Sonnenfinsternis beobachtet habe, sondern eine riesige Festung mit starken Bastionen, unglaublich hohen Mauern und unzähligen Türmen.

Trotzdem befinde ich mich haargenau an der Stelle, an der unser Reihenhaus steht. Hier, auf diesem dreckigen Platz aus festgetrampeltem Lehm, müsste eigentlich unsere Terrasse sein. Und diese dürftige Hütte müsste unser Haus sein, unser Haus, in dem Anne und Marie schlafen und herumkrabbeln und Mama und Papa Angst um mich haben.

Ich klopfe an die Tür „unseres" Hauses. Keiner antwortet. Aber jetzt höre ich ein Lied. Ich glaube, es kommt aus dem Garten hinter dem Haus. Ich gehe um das Haus herum. Dort, wo vor ein paar Tagen unser Nachbar sein Auto gewaschen hat, stehen jetzt zwei Rosenstöcke mit rosa Blüten. Eine Frau gießt die beiden Stöcke und singt dabei ein Lied, so schön, wie ich es bisher nur bei Mama gehört habe.

Mama hat eine Altstimme wie diese Frau da und eine Gesangsausbildung und manchmal singt sie Konzerte bei uns in der Gegend. Das heißt, wo wir bisher daheim waren.

Wenn ich Mama beim Üben zuhöre oder auch schon ein paarmal in einem Konzert, dann bin ich sehr stolz, eine Mutter zu haben wie sie. Früher, als ich noch klein war, hat sie mich immer in den Schlaf gesungen und das war das Schönste überhaupt. Aber auch später noch hat sie sich manchmal neben mich auf das Sofa gesetzt und ihren Arm um mich gelegt und leise ein Lied für mich gesungen, mein Lieblingslied, ganz für mich allein. Doch jetzt will ich das natürlich schon lange nicht mehr, wie sähe das denn aus, und sie singt solche Lieder nur noch für Anne und Marie.

Die Frau ist mit ihrem Lied fertig, sieht mich und mir kommt es fast vor, als ob sie erschrickt. Sie schaut sehr arm aus, ihr Kleid ist verwaschen und an vielen Stellen geflickt, aber trotzdem ist irgendetwas Besonderes an dieser Frau. Etwas, was mich dazu bringt, eine ganz tiefe Verbeugung zu machen. Obwohl ich noch nie in meinem Leben eine Verbeugung gemacht habe.

„Mimir!“, ruft die Frau, streckt die Hände aus, läuft mir entgegen, nimmt mich in die Arme, zieht mich an sich.

Vor Überraschung stehe ich ganz starr.

Da lässt sie mich los, tritt von mir zurück und streicht sich mit der Hand über die Stirn. Plötzlich sieht sie sehr traurig aus. „Verzeihe, ich habe mich getäuscht. Ich glaubte, du seiest er. Mein Sohn. Wie ist das möglich – du ähnelst ihm so sehr. Er müsste jetzt etwa so groß sein wie du. Er hatte auch so liebe, dunkle Augen.“

Ich schaudere zusammen. Vielleicht ist er tot, ihr Sohn. Aber das frage ich lieber nicht und darum sage ich nur: „Ein schönes Lied.“

Sie lächelt. Auch ihr Lächeln ist sehr traurig. „Dieses Lied widmete ich meinen beiden kleinen Töchtern, Malina und Lybina, den königlichen Zwillingen. Ich singe es stets, wenn ich die beiden Rosenstöcke gieße, die ich am Tage ihrer Geburt pflanzte. Wenn dann die Rosenblätter rauschen, weiß ich, dass meine kleinen Töchter unversehrt sind.“

Ich starre sie an. Langsam dämmert es mir: Diese Frau in ihrem mehr als dürftigen Kleid – das ist die Königin.

Sie hat meine Gedanken erraten. „In solcher Armut erwartetest du eine Königin kaum anzutreffen, nicht wahr?“

Ich stottere herum: „Ich habe gedacht, Ihr wohnt in der großen Burg dort auf dem Berg?“

„Das ist die Burg des Herzogs!“, sagt die Königin. Sie zeigt auf eine Holzbank unter einem Apfelbaum. „Setzen wir uns! Ich habe dir eine lange Geschichte zu erzählen. Denn nun ist mir klar: Du bist der Knabe, den Aribor herbeizuwünschen versprach. Ich sehe sein Amulett um deinen Hals."

Ich nicke und setze mich neben sie, schaue über die Wiese und den Wald zu den Bergen hinüber, die ich kenne, und zu der Burg, die ich nicht kenne.

„Es gab eine Zeit, da stand auf jenem Berg keine Burg", beginnt die Königin zu sprechen. „Eine Zeit, da gab es keinen Herzog und keine Krieger, weder schwarze noch silberne. Eine Zeit, da lebten hier in diesem Land nur unsere Vorfahren. Sie lebten in Frieden nach den uralten Gesetzen, über die ihre Königin wachte. Und keiner litt Not."

Die Königin schweigt und sieht zur Burg hinüber. Endlich spricht sie weiter, doch nun klingt ihre Stimme viel härter: „Dann kam der Tag des Unheils. Fremde Krieger fielen unter der Führung eines grausamen Herzogs in das Land ein. Sie kannten kein Mitleid. Sie erschlugen die meisten Männer meines armen Volkes und bauten jene unbezwingbare Burg. Fortan hielten sie unser Volk unter der eisernen Herrschaft des Herzogs. Die Hälfte aller Erträge war von nun an dem Herzog abzuliefern. Da kehrte die Not ein in unserem Volk und in manchem Winter starben viele hungers. Der Herzog aber wurde immer mächtiger, denn er verkaufte das Getreide und Vieh gegen Waffen, mit denen er seine Krieger rüstete. Es wurden immer mehr Krieger in schwarzen Rüstungen, fast schien es wie Hexerei, und das Volk litt unsäglich unter ihren Übergriffen."

Ich nicke.

„So ging es immer fort", erzählt die Königin, „und es schien, als könne es nie ein Ende haben, bis der schwarze Mond die Sonne frisst und die Welt untergeht. Auf jenen Herzog folgte sein Sohn und auf diesen wiederum der seine, so wie auf die Königin ihre Tochter und wiederum die ihre folgte – ich. Aber wie meine Mutter und meine Großmutter habe ich keine Macht, mein Volk vor dem Unrecht zu schützen. Auch nicht vor dem schlimmsten."

Bei den letzten Worten hat die Stimme der Königin gezittert. Jetzt schweigt sie. Und plötzlich habe ich Angst davor, dass sie weiterspricht.

„Denn die schwarzen Krieger des Herzogs rauben Jahr für Jahr die stärksten Söhne meines Volkes", sagt die Königin. „In ihren schrecklichen Rüstungen, die nie ihr Gesicht sehen lassen, durchkehren sie die Dörfer und Wälder und entführen die Knaben. Und keiner erblickte je eines dieser Kinder wieder. Auch mein Bruder Jeromir wurde so als Kind entführt. Und Mimir, mein Sohn." Die Königin weint.

Lange kann ich nichts sagen. Dann frage ich leise: „Habt Ihr auch einen Rosenstock für ihn gepflanzt?"

Die Königin trocknet sich die Tränen. „Eine Birke. Aber die schwarzen Krieger fällten sie, als sie Mimir raubten. Deshalb weiß ich nicht, ob er noch lebt."

Ich starre zur Burg hinüber. Aribor hat gesagt, dass ich dazu helfen kann, dass das alles ein Ende hat. Was immer es ist, ich will es tun. Ja, das will ich. Wie heißt der Spruch, den man sagt, wenn man etwas gelobt? So wahr mir Gott helfe. Ja, genau das ist es: So wahr mir Gott helfe.

Jetzt höre ich der Königin ganz genau zu und versuche mir jedes Wort zu merken.

„Doch dann ereignete sich etwas, was neuen Mut in uns erweckte und uns in den letzten Jahren am Leben erhielt: Eine alte Seherin prophezeite, mit der Hilfe zweier kleiner Mädchen aus königlichem Blut, einander so gleich wie ein Ei dem anderen, dreier Helden und eines Knaben aus einer anderen Welt werde eines nicht so fernen Tages die Gewaltherrschaft ein Ende haben."

Unwillkürlich halte ich die Luft an. Ein Knabe aus einer anderen Welt – das bin ich. Deshalb also hat Aribor mich geholt.

Die Königin hat eine Pause gemacht, nun spricht sie weiter: „Als ich nun vor einem Jahr Zwillinge gebar, Mädchen, die einander sogar in dem kleinen Muttermal auf ihrer Stirn glichen wie ein Ei dem anderen, da war im Geheimen der Jubel groß in meinem Volk. Doch so sehr wir uns auch mühten, dass der Herzog nicht davon erfuhr, wurde es ihm doch offenbar. Alles, was in unserem Volk geschieht, erfährt auf unbekanntem Wege der Herzog."

Mir entfährt ein erschreckter Laut. Auf einmal begreife ich alles. „Der Medicus", sage ich. „Er ist es! Er verrät dem Herzog, was die Leute ihm erzählen."

„Der Medicus?!", ruft die Königin und sieht mich fassungslos an. „Bist du gewiss? Wir vertrauten ihm!"

„Ganz gewiss. Ich habe es gehört. Er ist der Magier des Herzogs", erwidere ich.

„Oh mein Gott!“ Sie stöhnt auf. „Er hat meine Zwillinge mit eigenen Augen erblickt! Ich selbst holte ihn zu Hilfe, als sie von einem bösen Fieber befallen waren, und gab sie damit dem Verderben anheim! Denn wenige Tage später wurden sie mir geraubt.“

„Von den schwarzen Kriegern?“, flüstere ich. Meine Stimme ist plötzlich heiser.

Die Königin schüttelt den Kopf. „Nicht von den schwarzen Kriegern“, sagt sie. „Diesmal war es der Herzog höchstpersönlich, mit seiner Leibgarde, den silbernen Kriegern.“ Sie stockt. „Meinen Gemahl und seine Vasallen töteten sie. Mich ließ der Herzog Hohn lachend am Leben. Und raubte die Zwillinge mit den Worten: 'Trage Sorge, dass dein Volk meine Forderungen erfüllt! Drei Viertel allen Getreides und allen Jungviehs als Steuer! Für jeden Kopf drei Ellen Leinwand am kürzesten Tag im Jahr! Wenn ihr säumig seid im Abliefern der Abgaben, werden es deine Töchter furchtbar zu büßen haben!“

Ich presse die Lippen zusammen. Denn beinahe würde ich heulen.

„Solange die Rosen gedeihen, weiß ich, dass meine Töchter unversehrt sind“, sagt die Königin. „Solange lebt unsere Hoffnung. Aber solange lebt auch unsere größte Furcht. Denn der Herzog hat unser Kostbarstes in seiner Gewalt: meine Töchter.“

Sie schweigt. Geht zu den Rosenstöcken, streichelt die Blüten. Nach langer Zeit erst fährt sie fort: „Da, in der höchsten Verzweiflung, kam uns Beistand von unerwarteter Seite. Aribor, der König der Elfen, der sich sonst von uns Menschen fernhält wie alle Elfen, bot uns seine Hilfe an. Er versprach, den Knaben zu uns zu holen, damit das prophezeite Schicksal seinen Lauf nehmen könne. Den Knaben aus einer anderen Welt.“

Ich atme langsam aus. Ganz langsam.

Die Königin legt mir ihre Hände auf die Schultern. „Ich bitte dich: Rette meine Zwillinge! Rette uns alle!“

Ich versuche zu schlucken. Aber ich habe keine Spucke mehr. „Ich möchte es, wirklich. Aber was muss ich denn tun? Gegen die schwarzen Krieger kämpfen kann ich doch nicht – ich bin doch nur ein Kind!“

Die Königin nickt. „Ein Kind. Aber nicht irgendeines. Aribor erklärte mir, er könne nur das Tor öffnen. Wer durch dieses Tor gehe, stehe nicht in seiner Macht. Aber jeder, der komme, werde der Rechte sein. Es muss eine Beziehung geben zwischen dir und uns. Du gleichst so sehr meinem Mimir. Als seiest du sein Zwilling, so wie meine Töchter Zwillinge sind. Ich kann dir nicht sagen, was du tun sollst, denn ich weiß es nicht. Aber ich vertraue darauf, dass du diese Aufgabe bewältigen kannst. Und du wirst nicht alleine sein."

„Nicht?", frage ich. Das hört sich schon besser an.

Sie lächelt wieder ihr trauriges Lächeln. „Drei fremde Helden haben sich in meinen Dienst gestellt, um den Herzog zu stürzen. Und viele Menschen aus meinem Volk sind bereit, euch zu helfen. Aber ihr müsst vorsichtig sein. Hinter jeder Maske eines Freundes kann sich ein Feind verbergen. Darum gibt es eine Losung, an der die Freunde einander erkennen. Ich werde sie dir anvertrauen. Aber du musst versprechen, dass du sie niemandem verrätst – was auch immer geschieht. Verstehst du, wenn du das tätest, würdest du vielen Menschen furchtbares Leid bringen, vielen den Tod. Versprichst du es?" Sie sieht mich ernst an.

Ich nicke.

„So höre: Wenn dich jemand fragt: 'Wie viele Birken wachsen im Walde', dann antworte: 'So viele die Dornen Rosen tragen'. Und umgekehrt, wenn du wissen willst, ob jemand dein Freund ist, dann frage ihn, wie viele Birken im Walde wachsen. Traue jedem, der dir sagt, es seien so viele, wie die Dornen Rosen tragen. Doch hüte dich vor allen, die dir eine andere Antwort geben. Kannst du dir das merken?"

„Natürlich!"

„Aber richte es unauffällig ein! Vergiss nie: Die Losung muss geheim bleiben."

Kapitel 9

Bin ich es wirklich? Der Junge, von dem die Prophezeiung behauptet, dass er die Rettung bringt?

Wenn ich denke, was so viele Jungen hier zu erleiden haben und wie traurig die Königin ist und was ihren kleinen Mädchen alles zustoßen kann, dann möchte ich es sein.

Außerdem habe ich es geschworen.

Aber was ist an mir schon Besonderes!

Peter ist stärker als ich. Alex klüger. Mutiger sind sie beide.

Vielleicht haben Aribor und die Königin sich doch getäuscht, und es ist in Wirklichkeit einer der drei anderen Jungen? Die sehen ganz schön selbstbewusst aus und nicht so, als ließen sie sich leicht einschüchtern. Und sie sind auch aus meiner Welt hierhergekommen. Also passt die Prophezeiung auch auf sie. Und nun ist der Richtige in der Höhle eingeschlossen oder irrt im Wald herum ...

Aber dass ich dem Sohn der Königin so ähnlich bin und dass unser Haus an der Stelle steht, wo die Hütte der Königin ist, und dass ich zwei kleine Schwestern habe, die genauso alt sind wie die Töchter der Königin und auch eineiige Zwillinge, das kann nicht alles Zufall sein.

Folglich bin ich es doch. Und irgendwie muss ich es schaffen. Wo es doch nicht geht ohne mich.

Als erstes muss ich die Zwillinge finden.

Die Königin meint, ihre Töchter werden wahrscheinlich in der Burg festgehalten. Weil das der sicherste und am besten bewachte Ort im ganzen Land ist. Der Ort, von dem man sie unmöglich befreien kann.

Wie soll ausgerechnet ich das dann hinkriegen?

Langsam gehe ich in den Wald. Da, zwischen den Bäumen -

Er hat auf mich gewartet. Aribor, der König der Elfen. Er tritt mir in den Weg. Wie er mich ansieht, fühle ich mich ganz klein.

„Nun weißt du, was du wissen musst“, sagt er.

Ich nicke. Doch dann schüttle ich den Kopf. „Ich weiß jetzt, was hier los ist, und dass ich helfen will. Aber wie ich das tun kann, das weiß ich nicht."

Er schweigt. Sieht mich nur an.

Da habe ich einen Einfall: „Ihr habt doch noch drei andere Jungen vor mir hierhergeholt, vielleicht könnte ich mit denen zusammen, weil die doch auch aus meiner Welt sind, gemeinsam hat man bessere Ideen ..."

„Unter uns weilen keine drei Knaben aus deiner Welt!", erwidert er.

„Aber, wieso, sind sie etwa tot?!"

„Weder lebendig noch tot. Du warst und bist der einzige Knabe hier, der nicht von dieser Welt ist."

„Sie müssen aber hier sein und Ihr habt sie hergebracht, das weiß ich! Das Verschwinden der anderen Jungen kann doch kein Zufall gewesen sein, es muss etwas mit der magischen Kugel und dem Brunnen zu tun gehabt haben!"

„Einem König der Elfen widerspricht man nicht und zeiht ihn nicht einer Lüge!", sagt er zornig. „Das sollte selbst ein Menschenjunges wissen! Halte deine Zunge im Zaume, sonst ziehe ich dir die Ohren lang, bis sie so spitz sind wie die eines Elfen!"

Ich sage lieber nichts mehr.

Etwas freundlicher fährt er fort: „Ich bin jedoch durchaus gewillt, dir meine Hilfe angedeihen zu lassen. Ich tue dies im Übrigen längst! Was meinst du, warum der Medicus dich nicht bereits mit seinem magischen Auge aufgespürt und eingefangen hat?"

Ich starre ihn an, komme ins Stottern: „Könnte er das?"

„Gewiss könnte er das!" Um seinen Mund zuckt es spöttisch. „Wenn ich ihn nicht daran hinderte! Es ist mein Amulett, der kleine Stein um deinen Hals, der dich für die Zaubereien des Medicus unsichtbar macht. Der Stein schützt dich auch sonst vor manchem Zauber. Trage ihn immer bei dir, lege ihn niemals ab, niemals!"

„Ja, das tu ich, ich meine, ich werde ihn immer tragen. Und vielen Dank!"

Er nickt knapp. „Jetzt ziehe die Kleidungsstücke aus, die du auf dem Leibe trägst, und kleide dich in diesen Kittel!" Damit holt er unter seinem Mantel ein graues Hemd hervor und hält es mir hin.

Schnell mache ich, was er sagt, damit er nicht wieder zornig wird.

„Und nun empfange die zweite von drei Gaben, die ich dir zugedacht habe", sagt er. „Diese Rute! Sie wird dich befähigen, ungehindert von Zweigen und Gestrüpp durch den Wald zu schreiten wie ein Elf."

Ich nehme die Rute. Sie sieht ganz gewöhnlich aus. Ich kann es nicht lassen, ich muss sie gleich ausprobieren. Ich gehe auf den nächsten Busch zu und berühre damit die Zweige. Und tatsächlich biegen sie sich zur Seite. „Krass!", murmle ich.

Er verzieht keine Miene. „Die dritte Gabe ist diese Kugel", verkündet er. „Sie allein kann dir den Weg zurück weisen." Er fasst in seine Manteltasche.

Mein Herz beginnt zu stolpern. Es ist die magische Kugel. Ich will danach greifen.

Er weicht mir geschmeidig aus und lässt die Kugel wieder in seine Tasche gleiten. „Ich will sie für dich aufbewahren", sagt er und sieht mich streng an. „Du erhältst sie, wenn die Zwillinge aus der Macht des Herzogs befreit sind! Wende dich um!"

Ich tu es, sehe nichts als Bäume, dreh mich wieder zurück.

Aribor ist weg. Lautlos verschwunden. Und die Kugel mit ihm.

Auf einmal sind meine Knie ganz weich. Ich setze mich auf einen Stein am Wegrand, stütze den Kopf in meine Hände.

Jetzt gilt es.

Warum behauptet Aribor, ich sei der einzige fremde Junge hier? Was ist mit den anderen? Mit dem blonden mit der Narbe, der gesagt hat, er ist ein Krieger, und dem rothaarigen mit den Sommersprossen, der sich Pfeil und Bogen ausgesucht hat, weil er ein Jäger ist, und dem dritten, dem Gaukler, der immer so viel lacht?

Was denen zugestoßen ist, könnte auch mir zustoßen ...

Nein, darüber denke ich jetzt nicht nach. Sonst tue ich vielleicht wieder nicht, was in meiner Macht steht. Diesmal mache ich es. Aribor wird sich noch umschaun!

Ich stehe wieder auf. Als erstes muss ich die drei Helden finden, von denen die Königin gesagt hat, dass sie mir helfen wollen. Bestimmt haben sie sich in der Nähe der Burg versteckt, um herauszubekommen, ob die Zwillinge dort gefangen gehalten werden. Also auf zur Burg! Aber ich muss aufpassen, dass ich dabei nicht den schwarzen Kriegern, dem Herzog oder dem Medicus in die Arme laufe.

Runter vom Weg! Ich springe über den Graben, schlage mich durchs Gebüsch und bahne mir mit der Zauberrute einen Weg durch das dichte Unterholz neben der Straße.

Plötzlich habe ich das Gefühl, dass da jemand ist. Ich drehe mich. Nur Bäume und Sträucher. Weiter.

Habe ich nicht Schritte hinter mir gehört? Ich lausche. Es raschelt im Laub, vielleicht eine Maus. Vögel singen. Sonst nichts. Ich bilde mir alles nur ein. Trotzdem schau ich mich noch einmal um. Ich bin allein.

Ich versuche zu pfeifen. Angeblich hilft das gegen Angst. Dann lass ich es doch lieber. Vielleicht hört man es auf dem Weg ...

Da – ein seltsam surrendes Geräusch – was ist das –

Ein Strick schlingt sich um mich, zieht sich fest, fesselt mir die Arme am Körper. Und dann zieht er mich hoch. Ich baumle, trete wild um mich, zapple in der Luft, sehe das Seil, das Seil, mit dem ich gefesselt bin, es führt über den dicken Ast eines Baumes, und da, ein Mann in braungrüner Kleidung, einen Köcher mit Pfeilen und einen Bogen über der Schulter, er hält das Ende des Seiles –

„Lasst mich runter, lasst los, Hilfe!", schrei ich.

Er lacht gemein und zieht an dem Seil. Ich schnelle noch höher. „Hiiilfeee!!!"

„Schon zur Stelle!", höre ich eine Stimme hinter mir, ich versuche mich umzudrehen, ich drehe mich wie ein Kreisel in der Luft, sehe etwas Buntes im Nachbarbaum, sehe wieder den Mann mit dem Seil und Bäume und –

Endlich hört die Dreherei auf. Das Bunte im Baum ist ein zweiter Mann. Er hängt mit dem Kopf nach unten, hält sich nur mit den Kniekehlen an einem Ast fest und schaukelt kopfüber hin und her. Seine hautengen Hosen und sein Hemd sind aus knallbunten Flicken zusammengesetzt und seine Mütze hat vier Zipfel mit Glöckchen dran, die leise bimmeln. Er grinst.

„Bitte, helft mir!", bettle ich.

„Aber gewiss, mit dem höchsten Vergnügen!" Blitzschnell zieht er ein Messer vom Gürtel und wirft er es. Ich höre es sausen – und dann gibt es einen Ruck und ich plumpse auf die Erde.

Der Waldboden ist weich. Ich glaube, ich habe mir nichts gebrochen. Ich versuche mich aufzurappeln, aber da ist der andere wieder über mir, der Braungrüne. Wie Aribor setzt er mir einen Fuß auf die Brust und drückt mich nieder.

„Was fallen denn hier für Früchtchen vom Baum!“, kichert der Bunte und landet mit einem Salto dicht neben dem Braungrünen. Er bückt sich zu mir herunter. Plötzlich hat er wieder ein Messer in der Hand. Ich habe das Gefühl, das Messer fliegt um mich herum, wage nicht mehr zu atmen, das Messer saust, berührt mich leicht – und ehe ich begriffen habe, was er tut, merke ich: Er hat mir die Haare geschnitten.

„Schon besser!“, sagt er grinsend. Aber plötzlich wird aus seinem Grinsen so etwas wie ein Zähnefletschen. „Wenn du nicht willst, dass ich mit meinem Messer abrutsche und deine Haut ritze, sehr tief ritze, dann beantwortest du besser unsere Fragen!“

Ich traue mich nicht zu nicken. „Ja“, flüstere ich nur.

„Gut!“ Er richtet sich auf, wirft das Messer in die Höhe, fängt es, aber jetzt ist ein anderes Messer in der Luft und noch eins, er jongliert mit den drei Messern besser als im Zirkus. Und dann, auf einmal, saust eines neben mir mit der Klinge in den Waldboden, dicht neben meinem Oberarm. Ich schrei auf.

Er schaut mich kalt an. Da weiß ich, dass das kein Versehen war. Dass er das Messer absichtlich genau neben meinen Arm geworfen hat. „Hier brennt einer darauf, deine Fragen zu beantworten, Ningar“, sagt er zu dem Braungrünen.

Der mit Ningar Angeredete drückt mit seinem Fuß noch fester in meine Brust. „Wie heißt du?“, fragt er.

„Jens.“

„Wie kommst du hierher?“

„Ich war im Brunnen, und als ich wieder rauskam, war plötzlich der Wald ganz anders, ich habe nicht mehr nach Hause gefunden, und dann habe ich gemerkt, dass ich in der falschen Welt bin -“ Ich breche ab. Das klingt so bescheuert. Und der Bunte jongliert schon wieder mit seinen Messern.

„In der falschen Welt“, wiederholt Ningar.

Der Bunte fängt eines der Messer mit den Zähnen und wirft ein viertes in die Luft. Plötzlich bückt sich Ningar, packt mich am Kittel und zieht mich auf die Füße. „Wie lautet die Losung?“, fragt er.

Die Losung! Wie ging sie nur wieder? Einen Augenblick habe ich das Gefühl, dass mein Kopf ganz leer ist, doch dann weiß ich sie. Wie viele Birken wachsen im Wald, will ich eben sagen, da beiße ich mir auf die Zunge.

Wenn er ein Freund der Königin wäre, dann hätte er die Frage nach den Birken gestellt.

Er ist ein Feind. Und der andere auch. Und ich bin allein hier, und die haben ein Messer und ein Seil und –

„Wird es bald?“, fragt Ningar drohend. Der Bunte fängt eines seiner Messer nach dem anderen wieder auf. Er scheint ganz unbeteiligt. Aber er beobachtet mich. Und ich weiß, wie schnell er mit dem Messer ist.

Ich habe versprochen, die Losung nicht zu verraten. Unzähligen Menschen unsagbares Leid, vielleicht den Tod ...

Ich presse die Lippen zusammen. Damit ich es nicht aus Versehen sage, vor lauter Angst. Schiele aus den Augenwinkeln, ob ich wegrennen kann.

„Mein Pfeil ist schneller, als du rennen kannst“, droht Ningar.

„Mein Messer auch“, stimmt der Bunte zu.

Ich fange an zu zittern. Ich kann nichts dagegen machen.

Papa!

„Du weiltest bei der Königin, wir beobachteten dich!“, erklärt Ningar und ruckt mit der Schulter. Der Bogen gleitet in seine Hand. Dann fasst er über die Schulter und zieht einen Pfeil aus dem Köcher. Er lässt den Pfeil um seinen Finger kreisen, schaut mich so dabei an, dass mir klar ist: Der Pfeil ist für mich bestimmt. „Sie muss dir die Losung anvertraut haben!“

„Und du wirst sie uns verraten“, fügt der Bunte hinzu und wirft blitzschnell, ohne jede Vorwarnung, wieder ein Messer. Mit bösartigem Pfeifen zischt es an meinem Ohr vorbei.

Sie bringen mich um. Ich muss es sagen. Aber die Königin vertraut mir – und wenn ich es sage, dann wissen sie alles, was sie von mir wissen wollen, und dann haben sie gar keinen Grund mehr, mich am Leben zu lassen ...

„Nein“, flüstere ich. Meine Stimme ist so heiser, dass sie im Hals kratzt.

„Was meinst du, Borri?“, fragt Ningar. „Willst ihn nicht ein bisschen mit dem Messer kitzeln?“

Mein Herz bleibt stehen. Dann stolpert es weiter.

Der Bunte, dieser Borri, macht sich inzwischen mit einem Messer die Fingernägel sauber. Wirft es dann wirbelnd in die Höhe, ohne mich aus den Augen zu lassen, fängt es auf. „Ich meine, es genügt“, erklärt er und grinst mich an. Plötzlich sieht er richtig freundlich aus. „Wie viele Birken wachsen denn nun im Walde?“, fragt er.

Ich kann nichts denken. Nichts sagen. Bringe keinen Ton heraus. Und dann, auf einmal, begreife ich: Ich bin gerettet. Sie kennen die Losung. Sie sind Freunde der Königin!

Ich räuspere mich. „So viele die Dornen Rosen tragen“, antworte ich endlich.

Ningar knufft mich vor die Brust. „Na dann – Freund! Nichts für ungut! Ist mir leid, Jens, dass wir dich so hart anfassen mussten. Brauchten Sicherheit, dass auf dich Verlass ist. Wie tapfer du das durchgestanden hast – Respekt!“

„Trefflich, fürwahr!“, bestätigt Borri und nickt. „Hätte keiner besser machen können als du!“

Ich schließe die Augen. Atme ganz tief.

„Bin erheblich ins Schwitzen gekommen dabei!“, erklärt Ningar und nimmt den Lederhut ab, wischt sich über die Stirn. Er hat ganz viele Sommersprossen. Und rote Haare. Lächelt, als könnte er einem niemals Angst einjagen. Und irgendwie erinnert er mich an jemanden, aber ich weiß nicht, an wen.

„Wie ich dich vom Baum pflückte!“, sagt Borri und lacht. „Für einen Meister wie mich ist solch ein Messerwurf zwar beileibe keine Herausforderung, aber trotzdem, wie du ins Gras plumpstest!“ Er hält sich den Bauch vor Lachen.

Ich habe das Gefühl, er erwartet von mir, dass ich auch lache, und versuche ein Grinsen, aber es geht gründlich daneben.

„Ruhig Blut! Wirst selbiges noch benötigen, bei dem, was dir bevorsteht!“

„Wie, wie meint Ihr das?“

Er zuckt die Achseln. „Wer den Herzog und den Medicus herausfordert, muss auf einiges gefasst sein. Jammerlappen oder Verräter können wir nicht brauchen. Zum Glück bist du weder das eine noch das andere.“

Ningar nickt. „Passt mir zwar nicht recht, dass wir uns mit einem Knaben verbünden müssen. Aber so lautet nun mal die Prophezeiung. Wenn der große Aribor dich hierher holte, wird das seine Richtigkeit haben, und die Probe hast du jedenfalls bestanden. Also dann, willkommen im Bunde! Ich bin Ningar der Jäger. Unser sind drei und wir haben geschworen, die königlichen Zwillinge zu befreien und dem Herzog und dem Medicus den Garaus zu machen. Nur der Knabe aus der anderen Welt, der nach der Prophezeiung dafür vonnöten ist, fehlte uns im Bunde. Doch der gehört ja nun auch zu uns. Bist du bereit?"

Ich schlucke erst mal. Es ging alles so schnell. Eben habe ich noch gedacht, die wollen mich umbringen, und nun ...

„Bist du bereit?", wiederholt er.

Ich nicke.

„Wir werden nicht ruhen, ehe die Zwillinge befreit sind und der Herzog entmachtet ist. Und wir werden füreinander einstehen." Ningar streckt mir die Hand hin. „Sprich es nach!"

Ich nehme die Hand und wiederhole, was er gesagt hat. Und füge hinzu: „So wahr mir Gott helfe."

„Feierlich, herzergreifend feierlich!", meint der andere und macht eine übertriebene Verbeugung. „Gestatten, ich bin Borri der Gaukler. Meister der Messerwerfer, König der Seiltänzer, Künstler tausendfacher Künste. Der Zweite im Bunde!" Er schüttelt mir ebenfalls die Hand. „Ich bin erfreut, dass wir dich endlich gefunden haben. Bist du wirklich aus einer anderen Welt?"

„Na ja, sozusagen", meine ich.

Borri lacht. „Wahrscheinlich hängt ihr mit dem Kopf nach unten wie Fledermäuse an der Erdscheibe, schlaft tagsüber und arbeitet nachts. Schaue nicht so! Sind alles nur meine Späße! War nicht sehr erheiternd, Tag für Tag in der Nähe des Dorfes zu warten, ob Aribor bei der Königin mit einem fremdartigen Bengel erscheint. Was vermisste ich dieser Tage die Auftritte auf Marktplätzen und in Burghöfen! Ein Künstler wie ich lebt vom Beifall der Menge und Ningar mit seiner sauertöpfischen Miene ist nicht eben ein dankbares Publikum. Aber was mich für alle Langeweile entschädigte, war, wie du so im Baume hingst und wie ein Fisch an der Angel zappeltest!

Ningar brummt: „Lass gut sein, Borri!" Und dann sagt er zu mir: „Wenn dich wieder jemand befragt, wer du seiest und woher du kämest, dann ersinne eine bessere Antwort, als du sie uns gegeben hast! Musst nicht jedem auf die Nase binden, wer du bist!"

„Genau!" Borri kichert. „Dem edelen Svidor gefiele das gar nicht!"

„Svidor?", frage ich.

„Der Dritte von uns", erklärt Ningar. „Tut sich heute bei einem Schmied um, der sich auf Waffen versteht. Wird ihn wurmen, dass er nicht dabei war, als wir dich fanden. Heute Abend treffen wir ihn im Lager."

„Er hält sich für unseren Anführer und kann reichlich ungemütlich werden", meint Borri und kichert schon wieder. Irgendwie kommt mir dieses Kichern bekannt vor. Und diese belustigten Augen. Wahrscheinlich kenne ich so jemand Ähnlichen aus dem Fernsehen.

„Ein Glück für dich, dass Svidor nicht dabei war", fährt Borri fort, „er hätte die Probe viel weiter getrieben, da hättest du gewaltig das Flattern bekommen! Übrigens, hier!" Er greift in seinen aus unzähligen Flicken zusammengenähten Beutel und hält mir ein Stück Brot und eine Scheibe Speck hin.

Ich will gerade danach greifen, da flüstert Ningar: „Psst!" und lässt sich zu Boden gleiten. Er legt das Ohr auf den Waldboden, scheint zu lauschen. Ich höre nichts. Nichts außer Vögeln und Mücken und Blätterrauschen.

„Reiter!", flüstert Ningar. „Neun oder zehn. Schwere Pferde. Krieger! Auf die Bäume, schnell!"

Borri rennt wie ein Eichhörnchen einen glatten, hohen Stamm hinauf. Ich schau mich um. Da ist ein Baum, der Äste fast bis unten hat. Ich beginne hinaufzuklettern.

„Doch keine Eiche!", flüstert Ningar. „Viel zu licht! Komme hier, auf die Linde!" Er rennt zu ihr, schwingt sich hinauf, ich folge ihm, versuche nach dem untersten Ast zu springen, es gelingt mir nicht, jetzt höre ich die Pferde, was soll ich tun -

Ningar streckt mir vom Baum herab die Hand hin und zieht mich hoch. Ich klettere weiter hinauf. In der Krone der Linde sitzen wir wie in einem dichten Blätterhaus. Durch die Blätter können wir ein kurzes Stück vom Weg überblicken. Ich schau mich um und suche Borri, finde ihn nicht. Endlich entdecke ich ihn. Er hat sich in eine braune Decke gehüllt und ist fast unsichtbar.

Das Stampfen wird lauter. Der Wald beginnt zu dröhnen. Dann sehe ich auf dem Weg den ersten schwarzen Krieger auf seinem schweren Pferd, hinter dem eine Kuh hertrottet. Ich presse die Hand vor den Mund. Schwarzer Panzer, schwarzer Helm, schwarzes Visier. In der schwarzen Eisenfaust die riesige Lanze. Über der Schulter eine Axt. Zwei Schwerter umgegürtet, ein kurzes und ein langes, auf jeder Seite eines.

Und hinter ihm, über den Rücken des Pferdes gebunden, das Kind. Alles ist wieder da, was ich heute Nacht beobachtet habe: die Hütte des Köhlers, der kleine Junge, der Mann mit der Wunde am Kopf, die Frau auf den Knien -

Der Junge ist immer noch geknebelt und so fest verschnürt, dass er sich nicht rühren kann. Hinter dem Krieger kommt noch einer und noch einer und noch einer. Zehn schwarze Krieger auf massigen Pferden, die Ochsen, Kühe oder Ziegen mit Stricken hinter sich herziehen. Ein Krieger sieht aus wie der andere, die gleiche Rüstung, die gleichen Waffen, geschlossene Visiere, die nichts vom Gesicht erkennen lassen. Und jeder hat einen gefesselten, geknebelten Jungen aufs Pferd gebunden.

Ich presse meine Zähne in die Hand. Im Stillen wiederhole ich das, was ich geschworen habe.

Der letzte schwarze Krieger ist verschwunden. Es wird wieder ruhig im Wald. Noch immer sitzen wir im Baum. Endlich sagt Ningar: „Komme, Jens!", und beginnt den Baum hinunterzuklettern. Ich folge ihm. Das letzte Stück springe ich Ningar in die ausgebreiteten Arme. Neben uns rutscht Borri den Stamm seines Baumes so schnell herunter, dass es fast aussieht, als würde er fallen.

„Gehen wir!", sagt Ningar.

„Zur Burg?", frage ich.

„Zur Burg!", wiederholt Borri und lacht. „Am besten hängen wir uns Schilder um den Hals: Wir wollen die Zwillinge befreien und den Herzog besiegen!"

Ich ärgere mich. Wenn wir zusammenarbeiten wollen, brauchen sie sich gar nicht über mich lustig zu machen! „Wir müssten ja nicht auf dem Weg gehen", erkläre ich, „wir könnten uns durch den Wald anschleichen!"

„Geht nicht!", sagt Ningar knapp. „Ist Bannwald. Da kann man seine blauen Wunder erleben. Man geht in die Irre und landet erst nach Tagen wieder an seinem Ausgangspunkt. Oder man erblindet. Oder anderes Unheil stößt einem zu. Jedenfalls darf man unter keinen Umständen den Weg verlassen, wenn man die Burg erreichen will. Wenn man aber vor dem Tor angelangt ist, so lassen die Wächter einen nicht hinein. Sie lassen niemanden hinein, der nicht dazu befugt ist. Und jetzt verschließt den Mund, damit ich die Stimmen des Waldes höre!"

Schweigend gehen wir durch den Wald, auf Pfaden, die kaum sichtbar sind. Vorneweg Ningar, der genau zu wissen scheint, wohin er gehen muss. Dann ich. Hinter mir Borri, dessen Schellen leise klingeln. Bei jedem Schritt denke ich: Wir müssen die Zwillinge finden. Wir müssen einen Plan fassen. Wir müssen in die Burg ...

Ich muss in die Burg. *Ich* bin es, der die Zwillinge befreien muss.

In der Nähe einer Felswand bleibt Ningar stehen, bückt sich und sucht den Boden ab.

„Was macht er?“, flüstere ich Borri zu.

„Spurenlesen“, erwidert der leise.

Ningar richtet sich wieder auf und nickt. „Unser Lager hatte keinen unerwünschten Besuch. Nur ein paar Rehe. Wenn uns das Glück lacht, wird aus einem von denen unser Mahl! Komme herbei, Jens! Wirst ermüdet sein!“ Damit biegt er die Zweige eines Gebüsches zur Seite und macht mir mit dem Kopf ein Zeichen. Ich krieche hindurch – und plötzlich bin ich in einem Lager. Die Felswand wölbt sich ein paar Meter vor und bildet ein Dach. Eine Feuerstelle ist da, auf der gerade kein Feuer brennt, drei Liegestellen aus Fellen und Decken und ein geschnürtes Bündel.

„Da ruhe dich aus!“, sagt Ningar und zeigt auf eines der Felle. Mit meiner Zauberrute in der Hand lass ich mich darauf nieder. Es ist weich und warm.

Ich höre, wie Ningar sagt, dass er jagen geht, und Borri, dass er zum Fluss will und dass ich mich nicht von der Stelle rühren soll. Auf einmal bin ich so müde, dass ich die Augen nicht mehr offen halten kann.

Kapitel 10

Ich habe fest geschlafen. Erst mal bleibe ich mit geschlossenen Augen liegen. Weil es so gemütlich ist. Aber dann höre ich ein leises Klirren. Ich mache die Augen auf und -

Ein Krieger! Mitten im Lager, ein paar Schritte von mir entfernt. Ein Kerl wie ein Kleiderschrank, in einem schweren Kettenhemd, ein riesiges Schwert und eine Axt am Gürtel. Einen Helm hat er nicht auf, ich sehe seine blonden Haare, seinen dicken Schnurbart, die Narbe auf der Backe und die Augen, die mich mustern. Und ich schreie.

„Halte den Mund!", fährt er mich an. „Oder -"

Mehr höre ich nicht. Ich bin schon aufgesprungen, rase los. „Bleibe stehen, sofort!", brüllt er.

Ich renne, höre ihn hinter mir herpoltern.

„Ich tue dir kein Leid!", ruft er, aber so blöd bin ich nicht, dass ich auf solche billigen Tricks hereinfalle, er will mich fesseln und knebeln und zur Höhle bringen und gefangen halten wie die anderen Jungen. Ich renne durch die Büsche, halte die Zauberrute vor mich, renne durch das dichteste Dickicht, die Zweige und Ranken machen mir Platz, schließen sich hinter mir wieder, ich höre, dass der Krieger mir weiter folgt, aber immer wieder stolpert, hängen bleibt, flucht, sein Kettenhemd klirrt, noch einmal ruft er, dass ich stehenbleiben soll, aber das klingt schon viel weiter entfernt, ich habe Vorsprung gewonnen, baue ihn aus. Ningar, Borri, wo seid ihr, warum helft ihr mir nicht!

Ich weiß nicht, wie lange ich gerannt bin. Dann kann ich nicht mehr. Meine Lungen platzen gleich. Ich lehne mich gegen einen Baumstamm und ringe nach Luft. Endlich geht mein Atem wieder ruhig. Ich lausche. Kein Klirren. Kein Kettenrasseln. Ich bin dem Krieger entkommen! Ohne die Zauberrute wäre mir das nie gelungen. Im Stillen bedanke ich mich bei Aribor.

Aber ich habe keine Ahnung, in welche Richtung ich gelaufen bin. Und ob ich wieder zurückfinde zu dem Lager unter dem Felsen. Außerdem kann ich sowieso nicht zurück, denn vielleicht wartet dort der Krieger auf mich.

Wie soll ich bloß Ningar und Borri wieder treffen? Und sie vor dem Krieger warnen?

Ich lass mich an dem Baumstamm zu Boden gleiten.

Da höre ich etwas. Eine Stimme. Nein, die Stimme des Kriegers ist das bestimmt nicht. Eher die eines Jungen. Sie keucht: „Es muss zu überwinden sein! Es muss!“

Vorsichtig schleiche ich durch das Unterholz dorthin, woher ich die Stimme gehört habe. Ich spähe durch einen Busch. Da sehe ich den Jungen.

Es ist, als würde mir der Boden unter den Füßen weggezogen.

Dort drüben, wenige Schritte von mir entfernt, bin ich!

Ich bin es und ich bin es doch nicht, ich bin hier und ich bin dort, mit kurz geschorenen Haaren und nichts an als einer Art grauen Unterhose.

Ich laufe und laufe, nein, nicht ich, der andere, mein anderes Ich, es läuft und läuft, immer auf der gleichen Stelle, wirft sich nach vorn, kämpft sich ab – und kommt keinen Schritt voran.

Und ich spüre es, wie das ist, spüre alles, was der andere mitmacht, wie schwer es ist, die Beine zu heben, wie Bleigewichte an den Füßen hängen, wie Angst die Nackenhaare sträubt.

Und endlich wird mir bewusst, was ich die ganze Zeit schon wusste: Der andere dort, das ist mein Ebenbild, das ist Mimir, der Sohn der Königin, und er unterliegt dem gleichen Bann, mit dem der Medicus mich an der Flucht hindern wollte.

Ich gehe auf ihn zu. Er bemerkt mich erst, als ich schon dicht vor ihm stehe. Er sieht mich aus dunklen Augen an. Meinen Augen. Sie werden groß vor Erstaunen. Oder vor Entsetzen?

„Keine Angst!“, sag ich. „Es ist verrückt, sich selbst zu sehen, was? Wir sind uns einfach unheimlich ähnlich. Und was du da grad mitmachst, das habe ich auch schon hinter mir. Es ist ein Bann. Alles nur Lug und Trug. Wenn du keine Angst hast, hast du schon halb gewonnen! Man kann sich davon befreien, weißt du!“

Er wirft den Kopf zurück, schaut mich abschätzig an. „Sprich mir nicht von Angst!“, sagt er hochmütig. „Ansonsten wirst du allen Grund zur Angst erhalten, und zwar vor mir höchstpersönlich! Ich bin Prinz Mimir, der Sohn der Königin. Und wer bist du?“

„Ich heiße Jens. Den Rest erklär ich dir später. Erst mal muss ich dich von diesem Bann da befreien!"

„Vermagst du das?", fragt er stirnrunzelnd.

„Ich hoffe!" Ich will ihm meine Hände auf die Schultern legen, doch kaum habe ich sie halb in der Höhe, schlägt er sie mir mit einer blitzartigen Bewegung nach oben, sodass ich fast rückwärts hinfalle.

„Unterlass das!", fährt er mich an.

Verflixt! „Ich will dir doch nur helfen!", sage ich rasch. „Schließlich habe ich den Bann auch schon mal überwunden. Siehst du den Baum hier? Mach einen Schritt auf ihn zu! Ganz langsam! Du kannst es!"

„Was erdreistest du dich! Wenn dies vermöge meiner eigenen Kraft gelingen könnte, hätte ich es längst vollbracht!"

Meine Güte! Ein bisschen freundlicher könnte der ruhig sein, wenn ich ihm schon helfen will! Denn wenn ich auch nicht so genau verstehe, was er da sagt – es kommt rüber wie eine Ohrfeige. Aber er traut mir eben noch nicht und er ist ein Prinz und ich bin nicht einmal adlig oder so was.

„Darf ich dich anfassen?", frage ich vorsichtig.

Er sieht mich scharf an und nickt dann knapp.

Ich greife seine Hände. „Jetzt tu einen Schritt!" Er versucht es und es gelingt. Aber schon beim nächsten Schritt tritt er wieder auf der Stelle. Ich ziehe. Zerre. Mir bricht der Schweiß aus. Auch der Prinz bekommt einen roten Kopf, so bemüht er sich, voranzukommen. Dann schüttelt er mich ab. „So gelingt es nicht!"

Wie er mich ansieht, wird mir ganz seltsam. Es ist, als würde ich in einen Spiegel schauen. Und doch nicht. Mit einem so abschätzenden Blick aus verengten Augen habe ich mich noch nie angesehen. So einen Blick würde ich überhaupt nicht hinkriegen. Obwohl der mit Sicherheit ganz nützlich wäre. Bei Bastian zum Beispiel. Oder diesen Großen von der Bushaltestelle.

„Ich gedachte im Walde zu erkunden, ob es Birken gibt", sagt Mimir, „um Birkenpech für meine Pfeile herzustellen. Kannst du mir sagen, wie viele Birken im Walde wachsen?"

Ich habe ein Ziehen im Bauch. „So viele die Dornen Rosen tragen", antworte ich.

Er lächelt kurz. Plötzlich sieht er richtig nett aus. „Ich danke dir – geheimnisvoller Freund und lebendes Ebenbild! Du hast mein Misstrauen nicht verdient, aber im Allgemeinen ist es begründet genug. Sei bedankt, dass du mir helfen wolltest, den Zauber zu überwinden, aber er ist stärker als jeder Mensch, selbst stärker als ich. Ich hätte es wissen müssen. Sie lassen uns nicht entkommen!“

„Sie?“, frage ich und wische mir den Schweiß von der Stirn.

„Unser Waffenmeister. Der Zuchtmeister. Und der unbekannte Magier, dessen unsichtbare und deshalb umso unbezwingbarere Macht wir beständig zu spüren bekommen“, antwortet er und blickt sich kurz um. Dann spricht er rasch weiter: „Ich wollte einen Ausbruch wagen, um meine Mutter, die Königin, und meinen Vater, den Prinzgemahl, zu sprechen. Bei Einbruch der Nacht muss ich die Burg wieder erreicht haben, ansonsten lassen sie die Bluthunde auf mich los und der Zuchtmeister peitscht alle meine Kameraden aus, bis sie dem Tode näher sind als dem Leben. Gehe du an meiner statt zur Königin und teile ihr mit, dass ich am Leben bin und ebenso die meisten der geraubten Knaben – soweit sie die Prüfungen bestehen und die Ausbildung ertragen. Sage ihr, dass sie uns zu Kriegern ausbilden und mit Leib und Seele zu unterwerfen trachten. Sage ihr, ich halte stand, aber viele meiner Kameraden wünschen sich bereits, es hätte ein Ende und sie wären schwarze Krieger, die nicht mehr wissen, wer sie einmal waren.“

„*Schwarze* Krieger?“, flüstere ich.

Er schaut mich bitter an. „Berichte der Königin, alle schwarzen Krieger waren einst Jungen von unserem Volk, die geraubt worden sind gleich mir! Und auch wir werden zu schwarzen Kriegern gemacht.“

Ich schreie unwillkürlich auf. „Das glaub ich nicht! Ich meine, sie sind Monster -“

„Monster?“, fragt er verständnislos.

„Na ja, Ungeheuer eben. Ich hab gesehen, was ein schwarzer Krieger der Köhlerfamilie angetan hat, wie sie alle die Jungen entführen. Sie können nicht von euch sein, und ihr könnt nicht so werden wie sie!“

„Wie kannst du mein Wort anzweifeln!“, schnauzt mich Mimir an. „Es ist, wie ich sage, und die Königin muss es wissen. Berichte ihr, erst wurden wir in einer finsteren Höhle gefangengehalten, bis wir jeden Widerstand aufgegeben hatten. Ich wehrte mich sehr lange, doch im Angesichte des Todes habe auch ich mich wenigstens zum Scheine ergeben. Nun werden wir auf der Burg einer strengen Ausbildung im Waffendienst unterzogen – für mich stellt sie keine Schwierigkeit dar – und harten Prüfungen unterworfen. Allen schwarzen Kriegern wird es einst so ergangen sein, aber sie haben es vergessen. Etwas geschieht in der Nacht, in der sie die letzte Prüfung zum Ritter ablegen und ihnen das Zeichen der schwarzen Krieger in die Stirn gebrannt wird. Etwas geschieht, das ihnen die Erinnerung raubt. Sie gehorchen dem Herzog bedingungslos und wissen nicht mehr, dass sie einmal zu uns gehörten. Kiri, mein Freund, hat den Verdacht, dass es ein Werk des Medicus sein könnte. Kiri wachte während jener Nacht, da sein großer Bruder zum Ritter geschlagen wurde, und erblickte den Medicus in der Burg. Aber vielleicht wird jener nur gerufen, um sich der Brandwunde anzunehmen."

„Bestimmt nicht! Der Medicus ist ein Magier und dient dem Herzog. Ich habe selbst gehört, wie er gesagt hat, dass er dafür sorgt, dass die schwarzen Krieger dem Herzog 'willfährig' sind! Und das heißt doch, dass sie ihm gehorchen, oder?"

Mimir nickt langsam. „Also trifft es zu!" Noch einmal blickt er sich um, dann erzählt er weiter: „Am Tage nach der Ritterprüfung unternahm Kiri den Versuch, seinen großen Bruder daran zu erinnern, dass er sein Bruder ist. Sie liebten sich einst sehr, Kiri wurde von seinem Bruder stets beschützt, wo immer es diesem möglich war. Aber nun erkannte sein Bruder ihn nicht mehr. Er entbrannte in Wut, schlug Kiri nieder und brach ihm dabei die Nase. Berichte dies alles der Königin und entbiete ihr meinen Gruß. Sage ihr, ich lege ihr meine Ehre zu Füßen. In der Nacht meiner Ritterprüfung werde ich mich in mein Schwert stürzen, um nicht ein schwarzer Krieger zu werden, der auf den Befehl des Herzogs bereit wäre, sie zu töten."

Ich habe schon viel Furchtbares gehört, seit ich mich hierher verirrt habe, aber das ist das Furchtbarste.

„Noch ein Letztes!", fährt Mimir fort. „Sage keinem Menschen, welcher der Losung nicht mächtig ist, dass du mich sahst und was ich dir anvertraute. Und jetzt lebe wohl!"

Er dreht sich entschlossen um und geht rasch in die Richtung zurück, aus der er fliehen wollte. Zurück zu dem Schwert, in das er sich eines Tages stürzen will.

Mir läuft die Nase, so muss ich mich anstrengen, meine Tränen zu unterdrücken. Ich will sie mit meinem Kittel abwischen. Da habe ich plötzlich den Stein in der Hand. Den Stein von Aribor.

„Mimir!“, rufe ich und renne ihm nach, halte ihm den Stein hin. „Hier, den Stein hat Aribor mir gegeben, er schützt vor dem Zauber, nimm ihn, mit ihm kannst du fliehen und der Medicus kann dich nicht durch sein magisches Auge finden!“

„Ein Stein von Aribor?“, wiederholt er. „Stehst du mit den Elfen im Bunde?“

„Aribor hat mich hierher geholt. Aus einer anderen Welt. Und er hat mir auch diese Rute gegeben, mit der ich die Zweige teilen kann.“

Er packt mich am Arm. Bestimmt habe ich da morgen einen blauen Fleck. „Sind meiner Mutter Zwillinge geboren?“

Ich muss schlucken. Er weiß es nicht! „Wie lange bist du denn schon von daheim weg?“, frage ich vorsichtig.

„Drei Jahre. Antworte! Sind meiner Mutter Zwillinge geboren?“

Ich nicke. „Ja. Vor einem Jahr.“

Plötzlich strahlt er. Sein Gesicht, mein Gesicht, leuchtet. Sieht so glücklich aus, so glücklich ...

Da bringe ich es nicht fertig, ihm zu sagen, dass sein Vater tot ist und dass die Zwillinge entführt worden sind.

„Gott sei gedankt!“, ruft er aus. „Nun wendet sich alles zum Guten! Nun wird der Herzog besiegt. Behalte den Stein und folge deiner Berufung – zum Segen meines Volkes. Du wirst den Stein dringend benötigen, um die Prophezeiung zu erfüllen.“ Damit geht er weiter.

Er könnte sich retten und tut es nicht! Weil er an seine Kameraden denkt. Und an sein Volk. Er ist wirklich ein Prinz. Und Mut hat der, Mut! Ich glaube, einen Sohn wie den hat Papa sich immer gewünscht. Ein Kloß steckt mir im Hals, dass ich kaum noch schlucken kann. Verdammt! Reiß dich zusammen!

Dass ich selbst den Stein niemals ablegen darf, weil der Medicus mich dann finden und verzaubern könnte – daran habe ich gar nicht mehr gedacht.

„Vielleicht können wir den Stein zu zweit anfassen!“, rufe ich hinter Mimir her. „Vielleicht kannst du so aus dem Bannkreis herauskommen!“

Mimir bleibt stehen, sieht mich nachdenklich an und nickt.

Vorsichtshalber wickle ich mir die Schnur, an der der Stein hängt, fest um das Handgelenk. Dann nehmen wir den Stein gemeinsam in die Hand, ich die eine Seite des kleinen Ringes und Mimir die andere. So gehen wir dicht aneinander gepresst wieder auf die Stelle zu, an der Mimir vorhin nicht weiterkam.

Ich spüre, dass er die Luft anhält. Ich halte auch die Luft an.

Wir gehen weiter, weiter. Mimirs Schritte werden kleiner und schwerer. Ich würde ihm gerne Mut zusprechen, aber das hat der nicht nötig, und außerdem würde es ihn nur beleidigen. Also sage ich nichts.

Und Mimir geht. Wir sind längst über den Bannkreis hinaus. Trotzdem halten wir noch immer den Stein umklammert. Schließlich lässt er ihn los, macht ein paar Schritte allein und atmet tief durch.

„Sei bedankt!“, sagt er. „Du ahnst nicht, von wie hoher Bedeutung es ist, dass ich meine Eltern spreche! Doch nun rasch! Ich muss diesen Ort fliehen!“

Ich laufe vor ihm her und bahne den Weg mit der Zauberrute. Wir durchqueren eine Hecke, treten in den Sonnenschein hinaus. Und da, wie aus dem Boden gewachsen, steht er direkt vor uns. Der große, blonde Krieger mit der Narbe.

Er versperrt uns den Weg, legt mir eine seiner Pranken auf die Schulter, die andere Mimir, und hält uns fest. Sehr fest. Gegen den helfen auch der Stein und die Zauberrute nicht mehr.

Ich versuche mich zu wehren, mich aus dem Griff des Kriegers zu winden. Da packt er so hart zu, dass ich Angst habe, er bricht mir die Knochen.

Es ist mir unbegreiflich, wie gelassen Mimir dasteht ohne auch nur den Versuch zu machen, dem Krieger zu entkommen. Er schaut diesem ruhig ins Gesicht.

„Zwillinge seid ihr also!“, sagt der Krieger. „Ich habe noch nie zwei Knaben erblickt, die sich ähnlicher waren als ihr. Wer von euch beiden trieb sich in meinem Lager herum? Halt, den Haaren und der Kleidung nach zu schließen warst das du!“ Er zeigt mit dem Kopf auf mich.

Ich nicke.

„Warum gehorchst du nicht!“, fährt er mich an. „Wie kannst du es wagen wegzulaufen, wenn dir ein Krieger befiehlt stehen zu bleiben! Ich erklärte dir doch, ich täte dir kein Leid! Oder traust du etwa dem Worte eines edelen Kriegers nicht?!“

Mir wird immer heißer, ich weiß nicht, was ich sagen soll, aber er wartet sowieso keine Antwort ab, sondern schnauzt Mimir an: „Und wo triebst du dich derweil herum? Wohin so eilig des Weges?“

„Ich treibe mich nicht herum, unterlasst solche Rede!“, antwortet Mimir mit einem ungerührten Hochmut, der mir die Sprache verschlägt. „Wir sind auf der Suche nach einer Birke im Walde, an welcher wir auf meinen Vater treffen wollen. Könnt Ihr uns sagen, wie viele Birken im Walde wachsen?“

„Kann ich“, sagt der Krieger und lässt uns los. In seinen Augen blitzt es. „Zu den Birken wollt ihr. Nun“, er reibt seine Wange, „da habt ihr den Richtigen befragt! Hier gibt es nämlich Birken so viele, wie die Dornen Rosen tragen!“

Ich kann’s nicht glauben. Der Krieger ist einer von uns!

„Das dachte ich mir“, sagt Mimir hoheitsvoll. „Ich bin Prinz Mimir, der Königin Sohn. Und das ist nicht mein Zwilling, sondern Jens, der Junge, von dem die Prophezeiung spricht.“

„Bei Gott!“ Der Krieger schaut zwischen uns beiden hin und her, murmelt „Diese Ähnlichkeit!“, und verbeugt sich dann tief vor Mimir. „Dass Ihr lebt, Prinz Mimir! Es ist mir eine große Freude und eine große Ehre, Euch zu begegnen.“ Damit lässt er sich auf ein Knie nieder und küsst Mimirs Hand.

Mimir macht ein Gesicht, als sei das ganz selbstverständlich und passiere ihm jeden Tag.

Der Krieger steht wieder auf, schüttelt meine Hand und zerquetscht sie dabei fast. „Und du, Jens, ich bin froh, dich anzutreffen. Deine Flucht vor mir sei dir verziehen! Sahst wohl noch nie einen echten Krieger, dass dich mein Anblick so erschreckte!“ Er lacht dröhnend.

Dann wendet er sich wieder Mimir zu: „Gestattet, dass ich mich vorstelle! Ich bin Svidor aus dem Geschlecht der edelen Marsakuren, Ihr könnt über mich verfügen, Prinz. Ich bin der Vasall Eurer erhabenen Frau Mutter und somit auch der Eure.“

Langsam dämmert mir, dass dieser Krieger der Dritte im Bunde ist, der Freund, von dem Borri und Ningar gesprochen haben. Svidor – ja, das war sein Name. Eigentlich hätte ich mir das denken können, er trägt nicht die Rüstung der schwarzen Krieger, sondern ein Kettenhemd. Ich bin so erleichtert, dass ich ganz weiche Knie kriege.

Eben noch dachte ich, es ist aus, und nun sind wir gerettet und haben einen Verbündeten, der mir so vorkommt, als würde er mit allem und jedem fertig.

„Als ich mich in den Dienst der Königin stellte, schwor ich bei meiner Ehre, den Herzog zu besiegen!", fährt Svidor fort. „Zwei Gefährten folgen mir dabei. Doch nun sprecht, wenn ich bitten darf: Wie konntet Ihr Euch befreien, Prinz Mimir? Wo wurdet Ihr gefangengehalten? Verzeiht die unhöflichen Fragen, aber wir fürchteten um Euer Leben!"

„Nicht ganz zu Unrecht – auch wenn ich mich zu schützen weiß! Ich werde in der Burg festgehalten, mit vielen anderen Knaben", erwidert Mimir. „Wir verlassen die Burg höchst selten, aber heute wurden wir von unserem Waffenmeister ins Brombeergestrüpp geführt zu einer Prüfung, die wir bis zum Abend zu bestehen haben."

„Eine Prüfung im Brombeergestrüpp?", wiederholt Svidor und knetet seine Narbe zwischen Zeigefinger und Mittelfinger. Und wie ich das sehe, da schreie ich auf vor Überraschung.

„Aber da-, da-, das bist ja du!", stottere ich.

Svidor runzelt unwillig die Stirn. „Du?", wiederholt er zurechtweisend.

„Na ja, klar! Und Borri und Ningar, ihr seid ..."

„In der Tat!", erklärt Svidor. „Borri und Ningar sind meine Gefolgsleute, und wie die Prophezeiung es verlangt, warteten wir auf dich, um dem Herzog den Garaus zu machen. Auch wenn mir unklar ist, wie einer gleich dir uns von Nutzen sein könnte."

„Nein, das meine ich nicht, das weiß ich ja längst, ich meine, ihr seid es wirklich, ihr drei, ich hab euch im Schwimmbad gesehen und auf dem Flohmarkt und ich habe gesehen, wie ihr in den Brunnen seid ..."

„Schwimmbad? Flohmarkt? Brunnen?" Svidors Stimme wird immer schärfer. „Darf man erfahren, wovon du redest?"

Ich glaube, dieser Svidor kann schrecklich unangenehm werden. Einen Augenblick werde ich unsicher. Habe ich mich getäuscht? Nein, er ist es. Der Junge aus dem Schwimmbad, der mit der Narbe. Nur jetzt ist er ein erwachsener Mann und ein Krieger wie in seiner Rolle.

„Nun tu doch nicht so, als ob du das nicht wüsstest!", sage ich. „Ich habe dich erkannt, okay? Du bist der Junge, der sich auf dem Flohmarkt das Schwert gekauft hat. Auch wenn du jetzt plötzlich ein Mann bist. Und Borri und Ningar hätte ich auch längst erkennen sollen, ich weiß nicht, wo ich meinen Verstand hatte ..."

„In der Tat, wo du deinen Verstand hast, das frage ich mich auch!", erwidert Svidor schneidend und hebt seine Hand, als wollte er mich gleich schlagen.

Unwillkürlich mache ich einen Schritt zurück. Von dem eine gescheuert zu bekommen, muss furchtbar sein.

Er lässt die Hand wieder sinken, schaut mich aber immer noch so zornig an. „Einem Edelen mit derart achtungsloser Rede und solch hanebüchenen Behauptungen zu kommen! Würde ich dir nicht zugutehalten, dass du nicht von dieser Welt bist, so solltest du mich kennen lernen! Du redest wirr, während wir bei Gott Dringlicheres zu tun haben, als uns Geschichten von Flohmärkten anzuhören. Flöhe kannst du dir umsonst in jeder Herberge einhandeln, dazu bedarf es wahrhaftig keines Marktes!"

Mimir unterbricht ungeduldig: „Legt den Streit bei und haltet mich nicht auf mit dergleichen! Es gilt Wichtigeres!"

„Ich streite ja nicht, ich nicht!", schreie ich. Es ist, als würde etwas ausrasten in mir. „Aber ich weiß nicht, warum Svidor nicht zugeben will, dass er auch von mir zu Hause kommt, er und seine beiden Freunde! Ich hab es doch beobachtet, wie die drei Jungen mit ihren Rollenspielsachen in den Brunnen gestiegen sind und am nächsten Tag waren sie verschwunden, die Polizei hat nach ihnen gesucht, und ich bin zu dem Brunnen und da lag noch die magische Kugel und als ich sie gedreht habe, da ist mir plötzlich ganz schlecht geworden und dann war ich hier, hier bei euch, und wusste überhaupt nicht, wo ich bin und was los ist und wie ich wieder nach Hause komme ..."

„Nun ja, nicht eben eine angenehme Erfahrung", meint Mimir.

Svidor legt mir wieder seine Pranke auf die Schulter. „Nun wird mir klar, dass sich deine Sinne verwirrt haben. Deshalb weißt du nicht mehr, was sich gehört. Aber was immer das mit diesen drei ‚Jungen' auf sich hat, mit uns hat das nichts zu schaffen. Mein Schwert Gerovir erhielt ich von Graf Muninor, der mich zum Ritter geschlagen hat, und du kannst mir glauben, das ist schon einige Jahre her!"

Ich schau, ob er mir vielleicht irgendwie zuzwinkert, aber sein Gesicht sieht ganz und gar nicht aus, als mache er Spaß, und jetzt endlich wird mir klar, dass er wirklich nicht weiß, wer er ist und woher er kommt. Er ist Svidor, der Krieger. Als wäre er nie ein anderer gewesen.

Ich würde ihm gerne noch eine Menge Fragen stellen, zum Beispiel nach seiner Kindheit, doch er sagt so bestimmt: „Schluss jetzt!“, dass ich lieber den Mund halte.

„Du hast meine Geduld und die des Prinzen mehr als genug auf die Probe gestellt!“, fährt Svidor in strengem Ton fort. „Wie Prinz Mimir sehr richtig bemerkte: Wir haben Wichtigeres zu besprechen! Und sei gewarnt, ich will nicht noch einmal hören, dass du mich mit 'du' ansprichst! Einem Krieger erweist man Ehre!“

Puh. Vor Svidor muss man sich ganz schön in Acht nehmen, obwohl er auf unserer Seite ist. Aber er ist jetzt eben ein stolzer Krieger aus dem Geschlecht der edlen Sowieso und offensichtlich hat er nicht die geringste Ahnung, dass er in Wirklichkeit höchstens zwei Jahr älter ist als ich.

Wenn ich nur wüsste, warum die Jungen sich verwandelt haben, als sie in diese Welt hierher versetzt worden sind, während ich geblieben bin, wer ich war!

Ein Krieger, ein Jäger und ein Gaukler. Die Rollen, die sie gespielt haben. Die Rollen, für die sie Sachen auf dem Flohmarkt gekauft haben.

Aribor - Was hat er gesagt: Hier weilen keine drei Knaben aus deiner Welt, weder tot noch lebendig ... *Knaben* nicht!

Nicht nur die Glaskugel hatte Zauberkraft, sondern auch das Schwert und die Gauklermütze und Pfeil und Bogen! Aribor hat sie mit ihnen verzaubert, sodass sie die Männer wurden, deren Rollen sie gespielt haben. Und sie wissen es selbst nicht ...

Hat Aribor es mir deshalb nicht verraten?

Svidor hat inzwischen angefangen, Mimir auszufragen. Ich habe einiges nicht mitbekommen, aber jetzt höre ich wieder zu. Mimir sagt gerade: „Wenn also das Unmögliche möglich werden sollte und ein Eindringen in die Burg gelingen könnte, dann niemals mit Gewalt. Nur mit List. Dieses meinen Eltern mitzuteilen war ebenfalls einer der Gründe, weshalb ich für kurze Zeit zu entfliehen suchte. Die Königin muss es erfahren.“

„Bei Gott, das muss Ihre Majestät!“, bestätigt Svidor.

Mimir fährt fort: „Es gäbe noch vieles zu sagen, doch meine Zeit ist bemessen. Heute bei Einbruch der Nacht muss ich in die Burg zurückkehren."

Das ist verrückt. Mimir *muss* in die Burg. Und ich *will* es. Denn wie soll ich die Zwillinge finden, wenn ich nicht einmal in die Burg hineingelange?

Heute bei Einbruch der Nacht. Nur mit List. Ich sehe ihm so ähnlich, dass selbst seine Mutter mich mit ihm verwechselt hat. Aber das ist Wahnsinn! Aribor sagt, ohne mich geht es nicht. Und er lässt mich nur nach Hause, wenn ich die Zwillinge befreie.

„Ich verneige mich vor Euerem Mut, Prinz!", sagt Svidor und verneigt sich wirklich.

Mimir nickt knapp und erwidert: „Ich weiß, Ihr löst Eueren Schwur ein, edeler Svidor! Sprecht Eueren Gefährten meinen Dank aus!" Dann streckt er mir die Hand hin. „Gott sei mit dir und deiner Sendung, Jens. Du bist der Prophezeite, also vertraue ich auf dich – du mein zweites Ich!"

Ich wollte, das würde stimmen: Dass ich sein zweites Ich wäre. Dann würde mir leichter fallen, was ich jetzt tun muss. Dann hätte ich nicht so viel Angst dabei.

Ich versuche so knapp zu nicken wie er. So stolz und ruhig zu schauen. Meiner Stimme einen so festen Klang zu geben. Genauso selbstsicher zu reden: „Du wirst heute Nacht nicht in die Burg zurückkehren, Prinz Mimir! Ich gehe an deiner Stelle!"

Mimirs Augen weiten sich. Sein Mund öffnet sich. Aber er sagt keinen Ton. Er starrt mich an. Erst ist Verständnislosigkeit in seinem Blick. Dann Begreifen. Und schließlich – ich glaube, das ist Bewunderung! Ich habe einen Prinzen sprachlos vor Bewunderung gemacht!

Mimir nickt langsam und sagt leise, wie im Traum: „Das also ist die Fügung. Deshalb gleichen wir einander wie Zwillinge – zumindest, was unser Äußeres betrifft." Und dann fügt er entschlossen hinzu: „So sei es, wie du gesprochen hast! Die Prophezeiung muss sich erfüllen. Dringe an meiner statt in die Burg ein! Meine Hilfe ist dir gewiss."

Svidor aber lässt sich auf ein Knie nieder, greift nach meiner Hand und beugt seinen Kopf darüber. „Ihr habt die Klugheit einer Schlange und den Mut eines Löwen!", sagt er. „Ich bin Euer Vasall – *Prinz Mimir*!"

Kapitel 11

Hätte mir gestern jemand gesagt, dass ich mich heute allein in die Burg hineinschmuggeln würde und noch dazu die Rolle eines anderen dabei spielen müsste, eines Prinzen, ich hätte ihn für verrückt erklärt.

Und jetzt bin ich so ruhig, fast kalt, dass es mir beinahe selbst unheimlich ist. Als wäre ich wirklich Mimir geworden, in dem Augenblick, als Borri mir die Haare geschoren hat und ich mit Mimir die Kleidung getauscht habe.

Seine Hose ist sehr kratzig und hat keinen Gummizug, nur ein Band, das sie hält. Ich habe den Stein von Aribor hineingeknotet. Ich hoffe, der Stein schützt mich nicht nur vor dem magischen Auge des Medicus, sondern verhindert auch, dass der Waffenmeister und die schwarzen Krieger merken, dass ich nicht Mimir bin.

Svidor hat erklärt, sehen würde man es nicht. Die wirkliche Gefahr sei meine „ungebührliche Redeweise". Denn wenn auch meine Stimme nicht von Mimirs zu unterscheiden sei – was ich kaum glauben kann, für mich hört sie sich ganz anders an –, meine Wortwahl sei es umso mehr. Von wegen! Schließlich sind die es, die so geschraubt und unverständlich daherreden, und nicht ich! Aber daran werde ich mich jetzt wohl gewöhnen müssen.

Ningar und Borri sind sehr bald zu uns gestoßen, weil Ningar an den Spuren im Waldboden gesehen hat, dass ich vor Svidor weggelaufen bin, und mit Borri den Spuren gefolgt ist.

Als ich die beiden wiedergesehen habe, habe ich mich wirklich gefragt, warum ich nicht sofort gemerkt habe, dass sie die Jungen aus dem Schwimmbad sind: Ningars Sommersprossen und rote Haare und Borris Kichern und überhaupt alles. Aber wer rechnet schon damit, dass jemand nach ein paar Tagen plötzlich zehn Jahre älter ist!

Mimir hat mir geraten, seinen Waffenmeister niemals anzusprechen und ihm nicht mehr zu antworten als „Ja, Herr Waffenmeister", „Nein, Herr Waffenmeister", und „Zu Befehl, Herr Waffenmeister". Damit komme man im Allgemeinen aus. Und bei seinen Kameraden müsse ich eben aufpassen und lieber gar nichts sagen als etwas Falsches.

Svidor, Borri und Ningar haben mir versprochen, dass sie Wege finden werden, ebenfalls in die Burg zu gelangen. Bis dahin soll ich versuchen, die äußere Burg genau kennenzulernen und herauszubekommen, ob die Zwillinge in der inneren Burg sind. Denn dass sie nicht in der äußeren Burg sein können, wissen wir von Mimir.

Als Mimir gehört hat, dass der Herzog seine kleinen Schwestern entführt hat und seinen Vater getötet hat, ist er völlig ausgerastet. Das habe ich gut verstehen können. Obwohl ich gedacht hätte, er wäre immer kühl und beherrscht.

Als er wieder ansprechbar war, hat er mir erklärt, was das für eine Prüfung ist, bei der er sich davongemacht hat, und wo sie abzulegen ist.

Ich glaub, ich spinn.

Vor mir liegt ein riesiges Brombeergestrüpp, größer als ein Fußballfeld. Die Brombeersträucher wachsen so dicht, die dornigen Zweige sind so ineinander verwuchert und verfitzt, dass an ein Durchkommen überhaupt nicht zu denken ist.

Doch genau das ist die Prüfung.

Am Vormittag hat der Waffenmeister Mimir und die anderen acht Jungen seiner Gruppe an den Rand dieses Brombeergestrüpps geführt und neun silberne Kugeln irgendwohin mitten in dieses Dickicht geworfen, jede Kugel in eine andere Richtung.

Und nun muss jeder Junge mitten in diesen Dornen und Brennnesseln eine der silbernen Kugeln finden und bei Einbruch der Nacht damit vor dem Burgtor stehen.

„Und wer es nicht schafft?", habe ich gefragt.

„Der wird mit einem grausamen Tod bestraft!", hat Mimir knapp geantwortet.

Normalerweise hätte ich gedacht, das sei nicht so wörtlich zu nehmen. Aber als ich den kalten Ausdruck in Mimirs Augen gesehen habe, war mir klar, dass es ernst ist.

Dieser Herzog ist noch schlimmer, als mir sowieso schon klar war.

Ich muss versuchen, Mimirs Freund Kiri ausfindig zu machen. Kiri weiß als einziger, dass Mimir vorhatte, für ein paar Stunden zu seinen Eltern auszubrechen, und will versuchen, zwei Kugeln zu finden und Mimir eine zu geben, wenn er zurückkehrt.

Ich kann mir nicht vorstellen, dass das möglich ist. Diese Dornenranken – undenkbar, da hindurchzukommen! Und in diesem ganzen Gewucher eine Kugel zu finden, die nicht größer ist als ein Tennisball!

Mimir sagt, die Jungen haben keine Buschmesser oder so was, nichts als Stöcke oder Äste, die sie sich im Wald suchen können. Und sie sind barfuß und haben bloß diese kurzen Hosen an.

Wer sich eine solche Prüfung ausgedacht hat, ist krank im Hirn und ein gemeiner Verbrecher dazu. Der verdient es, Tag für Tag selbst durch solche Dornen gejagt zu werden!

Acht Jungen stecken jetzt irgendwo in diesem Gestrüpp und versuchen verzweifelt, sich mit Stöcken einen Weg zu bahnen und eine silberne Kugel zu finden, und einer sucht nach zweien.

Hat Aribor das alles gewusst? Hat er mir deshalb die Zauberrute gegeben?

Ich berühre mit ihr die Dornenranken. Wie durch Geisterhand heben sie sich, lösen sich von benachbarten, legen sich zur Seite. Die Brennnesseln verneigen sich nach rechts und links.

Schritt für Schritt taste ich mich vorwärts und passe genau auf, wo ich hintrete, denn ich habe ja keine Schuhe an. Ich dringe immer tiefer in das Brombeergestrüpp vor. Ich bekomme keinen Kratzer, ziehe mir nicht einen Dorn in den Fuß, werde nicht ein einziges Mal von einer Brennnessel berührt. Aber wie es den anderen ergehen muss ...

„Kiri?“, rufe ich leise. Laut zu rufen traue ich mich nicht. Falls der Waffenmeister in der Nähe ist.

Niemand antwortet.

Ich gehe langsam weiter und rufe noch einmal.

Kiri ist der einzige, dem er restlos vertraut, hat Mimir gemeint. Ihn soll ich einweihen, damit er mir hilft, in der Burg alles richtig zu machen und unerkannt zu bleiben. Den anderen soll ich nichts davon sagen und mich vor ihnen lieber in Acht nehmen, besonders während der Prüfung, da gehe es um Leben und Tod, da sei sich jeder selbst der Nächste. Das kann ich mir vorstellen. Nach dem, was ich hier sehe.

Die Sonne brütet über den Brombeeren. Ich komme ins Schwitzen.

Plötzlich höre ich etwas im Gestrüpp rechts von mir. Ein kräftiges Fluchen. Ist das Kiri? Mit der Rute bahne ich mir einen Weg nach rechts. Da sehe ich den Jungen, über und über von den Brombeerranken zerkratzt und von den Brennnesseln verschwollen. Er balanciert auf einem Bein und untersucht den anderen Fuß. Genau vor ihm liegen eine silberne Kugel und zwei dicke Prügel auf dem Boden. Mich bemerkt er nicht, seine ganze Aufmerksamkeit gilt den Dornen, die er sich aus der Fußsohle zieht.

„Hallo", sag ich.

Er lässt blitzschnell seinen Fuß los, bückt sich, rafft mit der einen Hand die Kugel, mit der anderen den einen Stock, versteckt die Kugel hinter seinem Rücken, reißt abwehrend den Stock hoch und sieht mich drohend an. Dann lässt er den Stock wieder sinken. „Ich wusste nicht, dass du es bist, Mimir. Bei dir ist Misstrauen nicht am Platze. Auf deine Ehrbegriffe ist sogar noch mehr Verlass als auf deine Überheblichkeit!"

Ich muss mich erst einmal räuspern. „Schon klar", sage ich. Fast versagt mir die Stimme. Der hatte den Knüppel schneller in der Luft, als ich gucken konnte! Jetzt erst kapiere ich, was Mimir gemeint hat, als er mir gesagt hat: „Sei dir bewusst, jeder meiner Kameraden ist in der Kunst des Nahkampfes ausgebildet."

Worauf habe ich mich eingelassen! Der Junge sieht ungefähr so harmlos aus wie der Wolf, als er angegriffen hat. Wenn der merkt, dass ich nicht Mimir bin, zögert er wahrscheinlich keinen Augenblick, sich auf mich zu stürzen. Und dann bin ich geliefert.

Ich weiß nicht einmal, wie ich ihn anreden muss, nur dass er nicht Kiri ist, das weiß ich. Kiri ist dunkelhaarig, kleiner als ich und hat eine krumme Nase, weil sie ihm von seinem Bruder eingeschlagen wurde, hat Mimir gesagt.

Der Junge da ist mindestens einen halben Kopf größer als ich, eher hell als dunkel, und seine Nase ist zwar nicht die schönste, aber krumm ist sie jedenfalls nicht.

Er schaut mich so gespannt abwartend an, dass mir klar ist, ich muss was sagen. „Klasse, dass du eine Kugel herausgefischt hast", meine ich. „Ist mir ein Rätsel, wie du das in hingekriegt hast!"

Er starrt mich an. Irgendwie sieht das misstrauisch aus. Will er noch was von mir oder soll ich lieber verduften? Aber ich darf vor ihm die Zauberrute nicht gebrauchen. Und mit bloßen Händen durch die Dornen ...

„Was stehst du noch und hältst Maulaffen feil?“, fragt er schroff.

Mimir hat gesagt, ich darf mir von keinem von seinen Kameraden etwas bieten lassen, er sei der Anführer und der dürfe nie Schwäche zeigen. Vor allem solle ich einen gewissen Thazo in die Schranken weisen, der ihm gerne seine Stellung streitig machen würde.

Aber woher soll ich wissen, ob „Maulaffen feilhalten“, eine Beleidigung ist? Ich weiß ja überhaupt nicht, was das bedeutet! Und außerdem wüsste ich nicht, wie ich einen wie den in die Schranken weisen sollte, gegen den hab ich eh keine Chance. Wie schafft Mimir es bloß, der Boss von solchen Kerlen zu sein?

Mir bleibt nichts als die freundliche Tour. „Ich hab dich fluchen gehört“, sage ich. „Da hab ich gedacht, ich kann dir vielleicht helfen!“

„Helfen?!“ Anscheinend macht ihn das noch misstrauischer. „Du – mir?“

„Na ja, wenn du nicht willst!“ Ich zucke die Achseln. „Ich mein ja bloß – es geht nicht gerade toll, sich auf einem Fuß balancierend die Dornen rauszupopeln!“

„Toll“, wiederholt er. In einer Betonung ...

Schlagartig wird mir klar, dass ich nicht daran gedacht habe, so zu reden wir Mimir. Und dass ich solche Wörter nicht verwenden darf. Aber was um alles in der Welt würde Mimir jetzt sagen?

Ich räuspere mich. Zeige mit dem Kopf auf seinen Fuß und frage: „Soll ich?“

„Wie es beliebt!“ Er hebt wieder den einen Fuß. Ich bücke mich darüber. Er legt mir den Arm um den Hals und stützt sich auf meiner Schulter ab.

Nein, das ist nicht einfach ein Abstützen. Er hält mich in einem Würgegriff. Er verlagert so viel Gewicht auf mich, dass ich mich unmöglich rühren kann. Und er bräuchte nur ein kleines bisschen fester mit seinem Arm zu drücken, und ich würde absolut keine Luft mehr bekommen. Auch so kann ich kaum atmen.

Jetzt keine Angst zeigen! Ich bin Mimir, und der da wird nicht wagen, Mimir etwas anzutun. Als würde mich nichts anderes interessieren, schau ich auf seine Fußsohle. Unwillkürlich zucke ich zusammen. Muss das weh tun! Sein Fuß ist gespickt von Dornen, und quer über den Ballen zieht sich ein Riss.

„Ich erledige das selbst!", sagt der Junge. „Willst du mir Stütze sein – Mimir?"

Ich versuche ein Nicken. Es gelingt nicht, wegen seinem Arm um meine Kehle.

Er fängt an, einen Dorn nach der anderen herauszuziehen. Ich schau ihm dabei lieber nicht zu. Er könnte mich erwürgen.

Warum bin ich nicht mit Peter ins Kampfsporttraining gegangen! Papa hat noch versucht, mich dazu zu überreden ...

Der Junge nimmt seinen Arm von meinem Hals, stützt sich nur noch auf meiner Schulter. Dann widmet er sich dem anderen Fuß. Wie hat er überhaupt noch laufen können? Schließlich richtet er sich wieder auf, lässt mich los und nimmt wieder die silberne Kugel und den Prügel. Aus schmalen Augen sieht er mich lange an, wiegt dabei den Stock in der Hand.

„Wende dich um", sagt er drohend. „Richte dein Gesicht zur Sonne!"

Ich schlucke. Mimir kann zehnmal sagen, ich soll mir nichts bieten lassen! Langsam drehe ich mich zur Sonne. Wenn er mich jetzt angreift ... Mithilfe von Aribors Rute wäre es ein Leichtes, vor ihm zu fliehen. Aber dann hätte ich alles verraten.

Der Schweiß strömt mir den Rücken hinab, tropft aus meinen Achselhöhlen. Ich rühre mich nicht. Endlich schau ich vorsichtig über die Schulter. Der Junge ist weg. Ich stoße die Luft aus.

Das war kein guter Anfang. Ich glaube nicht, dass ich meine Rolle gescheit gespielt habe.

Von jetzt an muss ich besser aufpassen. Kiri aufspüren. Und eine Kugel. Denn dass Kiri zwei finden kann, wie Mimir gemeint hat, das glaube ich nicht mehr. Ohne Aribors Rute ist ja schon eine allein Wahnsinn genug!

Trotz der Zauberrute komme ich nur langsam voran. Ich irre hin und her. Immer wieder sehe ich Spuren im Dickicht, niedergeknüppelte Brennnesseln, zur Seite geschlagene Ranken. Es wäre bequemer, diesen schmalen Pfaden zu folgen, aber dann würde ich nie eine Kugel finden. Also bahne ich mir neue Wege. Einmal sehe ich in einiger Entfernung einen blonden Kopf. Ich rufe nicht. Kiri hat dunkle Haare.

Mir ist heiß. Ich habe Durst. Ich esse Brombeeren. Sie helfen gegen den Durst, aber nicht gegen die Erschöpfung. Könnte ich mich wenigstens ein bisschen ausruhen!

Da höre ich etwas, ganz in der Nähe. Es klingt fast wie ein Schluchzen.

„Hier ist Mimir! Kiri, bist du es?", rufe ich leise.

„Nein, ich bin es, Osliri!", antwortet mir eine zittrige Stimme. „Ich stecke fest. Und eine Kugel finde ich auch nicht. Ich kann nicht mehr!" Es ist wirklich ein Schluchzen: „Bitte, Mimir, du bist immer so gut zu mir, so oft beschütztest du mich schon und rettetest mich, ich weiß, das ist dir verboten, aber ..."

„Warte, ich helfe dir!" Ich bahne mir einen Weg zu der Stimme und dann sehe ich diesen Osliri. Er ist klein und schmal, viel jünger als ich. Und er sieht entsetzlich aus. Völlig zerschunden. Völlig fertig. Mit tränenüberströmtem Gesicht schaut er mich bittend an. Und irgendwie – gläubig.

Ich nehme ihn an der Hand, halte die Rute vor mich. Ich bin sicher, dass dieser Osliri mich nicht verraten wird, wenn ich ihn hier heraushole. Ich ziehe ihn mit mir, gehe immer der Sonne entgegen. Wie tief sie schon steht ...

Osliri taumelt hinter mir her. Als er sieht, was ich mit der Rute bewirken kann, gibt er einen erstickten Laut von sich. Aber er sagt nichts. Offensichtlich ist er viel zu kaputt, um noch zu sprechen. Oder traut er es sich nicht, weil Mimir der Boss ist?

Wir biegen um einen dichten Strauch herum. Da, zwischen den Ranken, glitzert etwas. Etwas Silbernes. Osliri stößt einen Schrei aus, macht einen Schritt an mir vorbei, streckt die Hände nach der Kugel aus, fällt auf die Knie, um sie zu holen. Dann sackt er in sich zusammen. „Bitte verzeihe, Mimir. Du hast selbst noch keine Kugel „, sagt er leise und steht wieder auf.

Das ist wahr. Es ist meine. Ich habe uns den Weg gebahnt. Und ich habe sie als Erster gesehen. Osliri beginnt still zu weinen. Tonlos. Er ist noch so klein, und er hat keine Zauberrute ...

„Schon in Ordnung", sage ich. Meine Stimme klingt mir selbst fremd, irgendwie rau. „Nimm sie!"

Er starrt mich überwältigt an.

„Nun nimm schon die Kugel!", schrei ich ihn an, ich weiß auch nicht, warum ich schreie. „Nimm sie, ehe ich es mir anders überlege!"

Er kriecht unter den Strauch, ohne auf die Dornen zu achten, holt die Kugel heraus, drückt sie an seine Brust. „Gott segne dich, Mimir!", flüstert er. „Du bist so gut. Ein wahrer Prinz!"

„Nun komm schon! Und verrate niemandem etwas von dieser Rute!“

Er nickt. „Keinem Menschen!“

Ich bahne uns den Weg bis zur Wiese. Als wir dort ankommen, sehe ich eine ganze Gruppe Jungen an einem Bachrand sitzen, die Füße im Wasser. Jeder von ihnen hält eine silberne Kugel in der Hand. Wie auch immer sie das angestellt haben – sie haben es geschafft. Rasch zähle ich sie. Es sind sechs. Mit Osliri und mir sind es acht. „Siehst du Kiri?“, frage ich ihn so beiläufig wie möglich und tue so, als wäre ich von der tief stehenden Sonne geblendet.

„Nein, er fehlt noch. Mimir“, er stockt, „dir bleibt nicht mehr viel Zeit bis zum Einbruch der Nacht ...“

„Das weiß ich selbst!“ Schon wieder schreie ich.

„Verzeihe mir!“, sagt Osliri verschreckt.

Kiri hat keine zwei Kugeln gefunden. Sonst wäre er hier auf der Wiese, am Bach, um seine Wunden zu kühlen.

Ich muss verrückt gewesen sein, meine Kugel diesem Osliri zu lassen! Es geht um mein Leben, es geht um die Zwillinge, es geht um das Volk der Königin, und was habe ich getan, ich habe meine Chance verschenkt!

Ich werfe mich wieder zurück in die Brombeeren, breche so schnell vorwärts, dass ich der Rute nicht genug Zeit lasse, die Ranken zur Seite zu biegen. Immer wieder reiße ich mich, merke es kaum. Ich muss eine Kugel finden. Und Kiri. Ich muss. Um Leben und Tod. Einen grausamen Tod ...

„Kiri!“, rufe ich. Noch mal und noch mal. Schließlich schreie ich es.

„Hier!“, antwortet eine Stimme. Wir bahnen uns einen Weg aufeinander zu, endlich haben wir uns getroffen, die Sonne berührt schon den Horizont.

Dann steht er vor mir. Seine Nase ist wirklich sehr krumm. Seine Augen sind fast schwarz. „Nimm, Mimir!“, sagt er nur und streckt mir eine silberne Kugel hin.

„Und du?“, frage ich. Er schüttelt den Kopf. Er ist sehr blass.

Ich bin so entsetzlich müde. Meine Beine sind festgewachsen in der Erde. Ich kann sie nicht mehr heben. Ich kann auch meinen Arm nicht heben, meine Hand, um die Kugel von Kiri anzunehmen. Die Sonne versinkt in rasender Geschwindigkeit.

Jetzt wird es dunkel. Zu dunkel, um noch eine Kugel zu finden. Es ist vorbei.

Nur eine Kugel ...

Mit unendlicher Mühe drehe ich mich um und hebe die Rute. Die Sonne ist verschwunden. Ich taumle dem Abendrot entgegen.

Kiri folgt mir. Wie durch Watte höre ich, wie er mich fragt, was das für eine Rute ist, woher ich sie habe, ob ich meine Eltern gesprochen habe, wie er sagt, dass er mir die Kugel überlassen will, dass er Wort halten wird.

Ich antworte nicht. Es ist, als wäre eine Wand um mich herum, eine Wand aus Panzerglas. Kein Ton kann heraus. Und sie kommt immer näher, und näher. Gleich erdrückt sie mich. Luft!

Um Leben und Tod. Er oder ich ...

Da, plötzlich, erwacht die Rute in meiner Hand zu eigenem Leben. Heftig beginnt sie auszuschlagen, zuckt in meiner Hand wie eine Schlange, reißt meinen Arm mit sich, reißt mich mit sich, drischt auf die Brombeerranken ein, führt mich dorthin, wohin sie will, weit rechts vom Abendrot, dorthin, wo der Himmel schon dunkel zu werden beginnt.

Ich bin zu fertig, um mich dagegen zu wehren. Dann auf einmal ist die Rute still. Wie tot. Habe ich das alles geträumt?

Ich drehe mich wieder dem Sonnenuntergang zu. Berühre mit der Rute den nächsten Strauch. Er rührt sich nicht. Ich versuche es wieder. Die Dornenranken sind fest in einander gehakt, geben keinen Millimeter nach. Aribors Rute hat mich im Stich gelassen.

„Mimir, sieh doch!“, schreit Kiri hinter mir. „Genau zwischen deinen Füßen!“

Ich schaue zu Boden. Und dort, im Dämmerlicht, schon kaum mehr zu erkennen, liegt sie: die neunte Kugel.

Kapitel 12

Ich liege gefesselt auf einem steinernen Tisch. Zwei Kerzen in hohen Ständern brennen neben meinem Kopf, eine rechts und eine links. Und die Fackeln in den eisernen Fäusten der schwarzen Krieger. Das Feuer schimmert auf ihren schwarzen Panzern und ihren geschlossenen Visieren. Sie stehen an den Wänden des Gewölbes wie leblose Rüstungen. Riesengroß.

Ein silberner Ritter tritt auf mich zu. Er hat seinen Helm unter dem Arm. Es ist der Herzog. Hinter ihm steht der Medicus. In der einen Hand hält er eine Fackel, in der anderen einen Dolch. Der Herzog deutet auf mich. „Schneide Er ihm das Herz aus der Brust!"

Der Medicus beugt sich über mich. Die Hitze der Flamme streift meine Wange. Ich will schreien. Aber ich habe einen Knebel im Mund. Der Medicus hebt den Dolch.

„Auf-ste-hen!", brüllen die schwarzen Krieger.

Ich winde mich, reiße an meinen Fesseln. Sie ziehen sich immer fester.

„Auf-ste-hen!"

Jemand gibt mir einen Stoß. Ich fahre in die Höhe. Sitze mit angezogenen Knien auf einem harten Strohsack. Mein Herz rast.

Mühsam öffne ich die Augen. Keine Flammen. Kein Medicus. Kein Herzog. Dafür halbwüchsige Jungen kaum sichtbar im schwachen Dämmerlicht. Wo bin ich?

Ein dunkles Felsengewölbe. Schmale Schießscharten in meterdicken Felswänden ...

Langsam erinnere ich mich. Kiri – die silberne Kugel – die Burg. Und die Kasematten: Unterirdische höhlenartige Räume in den Felsen unter dem äußeren Befestigungsring gehauen – unser Schlafplatz.

Kiri und ich waren die letzten, die mit ihren Kugeln die Burg erreicht haben, kurz bevor es finster wurde ...

„Auf-ste-hen!", brüllt die Stimme noch einmal. Und dann unheimlich scharf: „Mimir!"

Bin ich froh, dass das nicht mir gilt. Ich lasse mich wieder auf meine Bank zurückfallen. Da gibt mir ein Junge einen Tritt in die Seite und zischt mir zu: „Steh auf, Mimir!“

Da erst, als ich höre, wie er das „Mimir!“ betont, fällt mir wieder ein, dass ich das jetzt bin. Und dass der andere Kiri ist, Mimirs Freund. Mein Freund.

Ich habe Kiri alles erzählt, während wir gestern Abend zur Burg gelaufen sind. Wer ich bin und woher ich komme, wie ich aus dem Speicher des Medicus geflohen bin und von Aribor gerettet wurde, wie ich mit der Königin gesprochen habe und Ningar, Borri und Svidor kennengelernt habe. Und wie ich Mimir getroffen und mit ihm getauscht habe. Kiri hat darauf gesagt: „Bist du von Sinnen!“ Aber er hat versprochen, mir zu helfen. „Weil es Mimirs Wunsch und Wille ist!“, hat er erklärt.

Ich springe auf, stelle mich neben meine Schlafbank wie die anderen Jungen auch. „Wurde auch Zeit!“, brüllt die Stimme. „Mimir, heute Abend meldest du dich zur Bestrafung beim Zuchtmeister! Sechs Hiebe!“

Ein glühender Schreck durchzuckt mich, jagt meinen Puls in die Höhe.

Schläge! Nicht eine Rauferei, die auch schlimm genug sein kann, sondern richtige Schläge, wie Papa sie als Junge von seinem Vater bekommen hat ...

Ich weiß nicht, wie Papa das aushalten konnte. Ich halte das nicht aus. Nicht nur wegen der Schmerzen. Auch sonst. Es ist so, so gemein, so –

Doch plötzlich legt sich etwas wie ein harter Panzer um mein Herz. Und es wird kalt und ruhig. Mir ist, als hörte ich Mimirs Stimme: „Ich halte stand.“ Und ich spüre eine Kraft in mir, die nicht meine eigene ist.

„Zu Befehl, Herr Waffenmeister!“, rufe ich.

„Wasser fassen und antreten!“, brüllt die Stimme. Endlich sehe ich ihn, diesen Waffenmeister. Er steht im Eingang zu unserer Kasematte. Er trägt keine Rüstung und keinen Helm, sondern nur ein schweres Kettenhemd, durch das man sieht, wie breit seine Schultern sind und wie dick seine Muskeln.

„Zu Befehl, Herr Waffenmeister!“, rufen die Jungen wie aus einer Kehle und setzen sich in Bewegung.

„Bleibe dicht hinter mir!“, flüstert Kiri.

Ich folge ihm. Einer nach dem anderen rennen wir einen endlosen unterirdischen Gang entlang, kommen an mehreren Kreuzungen und Abzweigen und an unzähligen Schießscharten vorbei. Bei jedem Schritt hämmere ich mir ein: Ich darf mich durch nichts verraten. Nicht heute Abend beim Zuchtmeister. Und nicht heute am Tag. Jedes Wort ist eine Gefahr. Ich muss das durchhalten, bis Svidor, Borri und Ningar bei mir sind.

Es geht eine Treppe hinauf. Wir erreichen den äußeren Burghof.

Gestern im Dunkeln habe ich nicht viel davon gesehen. Jetzt im grauen Morgenlicht merke ich: Er ist riesig. Und er ist nicht einfach nur ein Platz. Wie ein breiter Gürtel zieht er sich, eingefasst von der Bastion der äußeren Burgmauer, um eine zweite Burgmauer herum. Dahinter muss die innere Burg liegen, in welcher der Herzog mit seiner Familie wohnt, die innere Burg, die von silbernen Kriegern bewacht wird und die keiner der Jungen und der schwarzen Krieger je betreten darf, die innere Burg, in der wahrscheinlich die Zwillinge sind.

Meine Aufgabe ist es, hier alles auszukundschaften, bis die drei anderen einen Weg in die Burg gefunden haben. Vielleicht schaffen sie es vor dem Abend und wir befreien schon heute die Zwillinge und mir bleibt der Zuchtmeister erspart.

Und wenn nicht – ich werde nicht heulen. Papa durfte auch nicht heulen, wenn sein Vater ihn geschlagen hat, und wenn er das geschafft hat, dann kann ich das auch schaffen! Schließlich bin ich sein Sohn. Denn eins ist mir klar: Mit Heulen würde ich mich verraten. Mimir hat das bestimmt schon oft durchgestanden, ohne auch nur einen einzigen Ton von sich zu geben.

Die Jungen sind inzwischen zum Ziehbrunnen gelaufen und haben sich jeder einen hölzernen Henkelbecher vom Brunnenrand genommen, mit dem sie Wasser aus dem hochgezogenen Eimer schöpfen und es trinken. Sie sehen nicht mehr so zerschunden aus wie gestern, denn am Abend haben wir Salbe bekommen, um die zerstochenen Füße und die Kratzer zu behandeln. Bestimmt war es eine Zaubersalbe vom Medicus – sie hat Wunder gewirkt. Keiner humpelt mehr.

Ich gehe auf den Brunnen zu. Zwei Jungen machen mir Platz, lassen mich durch, nicken mir zu. Etwas an diesem Nicken und ihrem Gesichtsausdruck dabei macht, dass ich mich gut fühle, groß. Aber leider gilt das Mimir und nicht mir. Ich glaube, der ist hier sehr angesehen. Na ja, der Boss von dieser Gruppe eben.

Ich nehme mir einen Becher Wasser und trinke. Es liegt kühl und schwer im Magen.

Ein Junge sagt leise, nah an meinem Ohr: „Osliri hat mir erzählt, was du gestern wieder für ihn getan hast.“

„Was?!“ Ich fahre herum. Hat Osliri mich doch verraten, von der Zauberrute gesprochen?!

Der andere schaut erschreckt: „Du wünschst nicht, dass unter uns bekannt wird, dass du deine Kugel Osliri geschenkt hast? Du weißt doch, dass dich keiner an den Waffenmeister verraten würde!“

„Das ist es nicht ...“, murmle ich und breche ab.

Er nickt. „Ich verstehe!“, und schaut mich dabei mit einer Bewunderung an, bei der es mir ganz anders wird.

„Uuund an-ge-tre-ten!“, brüllt der Waffenmeister.

In einer Reihe stellen sich alle auf, straffen die Schultern und recken die Köpfe zu ihm hin. Ich versuche es genauso zu machen. Da sehe ich sein Gesicht.

Das darf nicht wahr sein! Eine schwarze, wulstige Narbe bedeckt seine ganze Stirn. Eine Narbe, die aussieht wie ein Kreis, der mit einem Querbalken durchgestrichen ist. Das also ist das Zeichen der schwarzen Krieger, das den jungen Rittern bei ihrer letzten Prüfung eingebrannt wird ...

Auch dieser Waffenmeister, der mich zu sechs Hieben verurteilt hat, nur weil ich nicht schnell genug aus dem Bett gesprungen bin, auch er war einmal ein Junge aus dem Volk der Königin, der von schwarzen Kriegern geraubt worden ist. Der wahrscheinlich nächtelang heimlich vor Schmerz, Angst, Heimweh und Verzweiflung geweint hat.

„Siebenmal die Burgumrundung!“, brüllt der Waffenmeister. „Danach die sieben Türme! Thazo führt an! Uuuund los!“

Der große Junge, den ich gestern als ersten im Brombeergestrüpp getroffen habe und der mich halb erwürgt hat, setzt sich in Bewegung. In lockerem Tempo läuft er los. Einer nach dem anderen folgen ihm die Jungen. Ich laufe dicht hinter Kiri. Nach mir kommt nur noch der kleine Osliri.

Komisch, dass dieser Thazo so langsam läuft. Ich könnte leicht schneller. Wenn Papa mich trainiert, gibt er ein schärferes Tempo vor. Aber es soll mir recht sein. So bleibt mir Zeit, die Befestigungsanlagen genau anzuschauen.

Links von mir die Mauer der äußeren Bastion, höher als der Zehnmetersprungturm im Schwimmbad. Auf den Wehrgängen patrouillieren schwarze Krieger. Rechts von mir die innere Burgmauer – fast doppelt so hoch. Ob auch auf dieser Mauer Patrouillen unterwegs sind, kann ich nicht erkennen. Sieben Türme in der äußeren Mauer. Vier Türme in der inneren – drei eckige und ein runder. Der Hof wie ein tiefer Graben zwischen beiden. Pferdeställe, Waffenschmieden und Wirtschaftsgebäude sind an die Innenseite der Bastionsmauer angebaut. Ein einziges, verschlossenes Tor, eisenbeschlagen, mit dicken Balken verstärkt, im Torbogen davor ein hochgezogenes Fallgitter. In den Nischen rechts und links des Tores je ein schwarzer Krieger.

Nein, ich sehe keine Möglichkeit, meinen Freunden Eintritt in die Burg zu verschaffen.

Bei der zweiten Umrundung achte ich auf die innere Burgmauer. Sie ist glatt verputzt und hat nicht das kleinste Fenster. Zum einzigen Tor geht es eine steile Rampe hinauf, es ist ebenfalls mit Eisen beschlagen und wird von silbernen Kriegern bewacht, die hell schimmernde Rüstungen tragen wie der Herzog – und die noch unbesiegbarer sind als die schwarzen Krieger, hat Mimir gesagt.

Die silbernen Krieger haben nie zum Volk der Königin gehört und sind nie geraubt worden, sie sind mit dem Herzog verwandt und seine Leibgarde.

Als wir das dritte Mal um die innere Burg rennen, achte ich auf die Menschen. Ich sehe Krieger aus den Kasematten ins Freie treten oder um ein Lagerfeuer stehen. Nicht einer trägt so eine Rüstung, wie ich sie schon kenne. Wahrscheinlich haben sie die nur an, wenn sie ausreiten. Klar, laufen kann man in so was ja kaum. Die meisten haben Kettenhemden wie unser Waffenmeister, einige tragen darüber noch einen Brustpanzer. Keiner hat seinen Helm auf. Aber schwarze Krieger sind sie trotzdem alle. Denn bei jedem sehe ich die gleiche schreckliche Narbe auf der Stirn.

Einer fällt mir auf, weil er ganz besonders stark aussieht und noch größer ist als Svidor und weil er so prüfend zu uns herüberblickt und weil die anderen Krieger einen Heidenrespekt vor ihm zu haben scheinen. Deshalb frage ich Kiri leise, wer das ist.

„Das ist Jeromir, der Kommandant“, gibt Kiri ebenso leise zurück. „Er ist der Befehlshaber über jeden einzelnen hier im äußeren Burghof, auch über die Waffenmeister. Vor dem nimm dich besonders in Acht! Der ist zwar gerecht, aber strenger als alle anderen gemeinsam. Gegen den ist unser Waffenmeister ein harmloser Milchbube!“

Harmloser Milchbube! Na, ich weiß ja nicht. Jedenfalls versuche ich mir das Gesicht von diesem Jeromir zu merken.

Jeromir – habe ich den Namen nicht schon einmal gehört? Es fällt mir nicht ein.

Wir überholen eine Gruppe von Jungen, die am Boden entlang robben, kommen an einer vorbei, die sich nach dem Kommando ihres Waffenmeisters mit Liegestützen vergnügen, begegnen einer Gruppe großer Jungen, die ihren Dauerlauf in Kettenhemden ableisten müssen, was ich mir als ganz schön hart vorstelle.

Ein paar Mägde gehen mit Wassereimern über den Hof. In einer Schmiede arbeiten Handwerker. Nichts von dem, was ich beobachte, bringt mich auf eine Idee, wie man von hier aus in die innere Burg gelangen könnte.

Langsam komme ich außer Atem. Thazo läuft immer schneller. Die Runden sind ganz schön lang, fast so lang wie einmal um den Sportplatz. Diese Burg ist einfach riesig.

Die vierte Runde, die fünfte, die sechste. Ich habe Seitenstechen. Wieder kommen wir bei unserem Waffenmeister vorbei. Ich versuche so zu tun, als falle mir das Laufen ganz leicht. „Und kräftig anziehen!“, brüllt er.

Anziehen?

Ich schaue zu Kiri. Mein Abstand zu ihm ist größer geworden. Der kleine Osliri überholt mich, rennt, was das Zeug hält. Da kapiere ich endlich, was mit „anziehen“ gemeint war. Ein Endspurt!

Thazo legt ein Tempo vor, als ginge es um eine Fünfzig-Meter-Strecke. Wie soll man das die ganze lange Runde durchhalten?!

Kiri dreht sich nach mir um, lässt sich bis auf meine Höhe zurückfallen, läuft neben mir her. „Lauf schneller! Schneller! Sonst verurteilt dich der Waffenmeister zu einer zweiten Strafe!“

Ich gebe mein Letztes. Renne. Kämpfe. Mein Atem geht stoßweise.

Thazo gibt immer noch das gleiche mörderische Tempo an und die anderen halten mehr oder weniger mit. Ich quäle mich ab wie noch nie in meinem Leben. Meter um Meter verringere ich den Abstand zu den anderen, überhole Osliri. Neben Kiri, knapp vor Osliri, beende ich die siebte Runde, will nur noch hinfallen, Luft holen.

Aber Thazo an der Spitze unserer Gruppe bleibt nicht stehen. Am Waffenmeister vorbei rennt er auf den nächstgelegenen Turm zu. Die anderen ihm nach. Nun laufen auch Kiri und Osliri wieder vor mir. Mit letzter Kraft (Kraft? Ich habe längst keine mehr!) schleppe ich mich hinterher, klettere nach den anderen die Leiter zum Einstiegsloch hinauf, krieche in den dunklen Turm, breche zusammen. Ich kann mich nicht mehr rühren, es geht einfach nicht. Jeder Atemzug ist wie ein Krampf in der Brust. Das Blut hämmert im Kopf.

Die anderen klettern die Leitern hinauf, die rechts von mir an der Innenwand des Turmes von Podest zu Podest bis auf die Plattform führen. Mindestens dreißig Meter hoch. Sie klettern ruhig und gleichmäßig. Wie Ameisen.

Ich kann ihnen nicht folgen. Unmöglich. Drehe mich auf den Rücken. Starre ihnen nach.

Thazo langt oben an und tritt ins Freie. Kurz ist er meinen Blicken entschwunden. Dann sehe ich ihn wieder: Er beginnt die Leitern auf der linken Turminnenseite herabzuklettern. Bald darauf folgt ihm der Nächste. Ich liege da wie gelähmt. Nur meine Brust hebt und senkt sich noch immer stoßweise.

Wenn Thazo unten angekommen ist und mich hier liegen sieht – wenn er mich dem Waffenmeister verrät, dann kommt heraus, dass ich nicht Mimir bin –

Gleich ist es so weit. Wenn er sich umdreht, dann wird er mich sehen.

Ich rolle zur Seite, drücke mich dicht an die Steinwand, versuche mich im Dunkel des Turmes unsichtbar zu machen, leise zu atmen. Thazo springt die letzten Stufen der Leiter herunter. Er stockt, sieht sich um. Einen Augenblick ist sein Gesicht mir zugewandt, aber gegen das hereinfallende Licht kann ich seinen Ausdruck nicht sehen. Dann wendet Thazo sich ab, tritt gebückt durch die niedrige Tür ins Freie und klettert die äußere Leiter hinunter.

Ich weiß nicht, was ich davon halten soll. Hat er mich wirklich nicht bemerkt? So viel Glück!

Ich bleibe reglos liegen. Die anderen Jungen sehen mich nicht. Als vorletzter kommt Kiri herunter, schaut sich nach mir um, bleibt stehen. „Bist du des Wahnsinns!“, flüstert er.

Langsam komme ich wieder zu Atem. „Ich konnte nicht mehr. Es ging einfach nicht!“

„Pssst!“, zischt Kiri. Wispernd erklärt er: „Jeder, der dich hier bemerkt, muss sofort den Waffenmeister rufen und ihm Meldung erstatten, oder er wird genauso bestraft wie du!“

„Mimir?“, fragt eine Jungenstimme. Osliri springt auf das Podest. „Warum bestiegst du den Turm nicht? Bist du erkrankt?“

Kiri unterdrückt ein Stöhnen. „Ja, er ist erkrankt“, antwortet er für mich. „Aber er will es dem Waffenmeister nicht sagen. Du weißt ja, wie streng Jeromir einen ausforscht, wenn man sich krank melden will. Und wie man dann mit Aderlass, Brech- und Abführmitteln traktiert wird!“

Osliri nickt und lächelt mir schüchtern zu. „Von mir erfährt keiner etwas, Mimir, ich gebe dir mein Wort!“ Dann verschwindet er durch die Tür.

Kiri pfeift leise durch die Zähne. „Dass der Kleine so tapfer ist, hätte ich nicht gedacht! Jetzt ermanne dich! Jeromir ist draußen im Burghof und beaufsichtigt unsere Ausbildung. Wenn der Kommandant bemerkt, dass du die Türme nicht besteigst – du kannst dir nicht vorstellen, was dann auf dich zukommet!“

Irgendwie bringe ich die sechs Türme hinter mich. Danach bin ich so fertig, dass ich heulen könnte. Ich habe mich immer für sportlich gehalten, aber das hier –

Langsam erhole ich mich wieder und stürze mich auf das mehr als reichliche Frühstück. Auf den merkwürdigen Brei verzichte ich und bediene mich erst einmal mit Brot und Rührei.

Ein Junge stößt mich leicht mit den Ellbogen an und flüstert: „Wie du heute wieder den Waffenmeister herausforderst, Mimir – deinen Mut möchte ich haben! Erst nicht aufzustehen und dann auch noch mit Absicht so langsam zu laufen!“

Ich zucke mit den Achseln und versuche, nicht rot zu werden.

„Willst du?“, fragt er laut und hält mir ein Holzbrett mit Käse hin.

Ich schüttele den Kopf und greife nach den geräucherten Forellen. Warum schaut er mich so verblüfft an? Vielleicht mag er keine Forellen. Ich jedenfalls mag sie gern. Mama kauft sie öfter.

O nein, an Mama darf ich jetzt nicht denken. Ich bin Mimir. Mimir, vor dem alle anderen Jungen Respekt haben und zu dem keiner gemeine Sachen sagen würde.

Rasch nehme ich mir ein drittes Forellenfilet.

„Mir scheint", sagt Thazo – ich habe nicht gemerkt, dass er hinter mir steht – „dir mundet es!"

Mundet? Was heißt das nun wieder? Und warum hat er es in so seltsamem Ton gesagt?

Um nicht antworten zu müssen, stecke ich mir ein großes Stück Fisch in den Mund und kaue mit vollen Backen. Da sehe ich Thazos Blick, den Blick, mit dem er von meinem Holzteller zu mir schaut und von mir wieder zu meinem Holzteller.

Etwas stimmt nicht an seinem Blick. Als sei er eine Katze und ich die Maus, nach der er gleich schlägt. Lass dir nichts bieten, vor allem nicht von Thazo ...

„Ist was?", frage ich so barsch wie möglich und schau ihm in die Augen, richtig kalt. Hoffe ich wenigstens. Aber das scheint ihn nicht zu beeindrucken.

„Seit wann hast du denn deinen Abscheu vor Fisch abgelegt, Mimir?", fragt er mit lauernder Stimme und betont das „Mimir" so seltsam.

Ich kann nichts anderes denken als: Ich habe mich verraten. Er hat etwas gemerkt.

„Es war eine Wette zwischen uns beiden, dass er den Fisch hinunterwürgt und auch noch vorgibt, es würde ihm munden!", sagt Kiri und tritt neben mich.

„Eine Wette mit seinem besten Freund, sieh einer an!", erwidert Thazo leise und schaut jetzt zwischen Kiri und mir hin und her. „Und dass du bei der Turmbesteigung aussetztest, Mimir, war demnach auch eine Wette?"

„Ja, das auch", erwidert Kiri fest. Ich nicke.

Thazo schüttelt langsam den Kopf, schnalzt mit der Zunge. „Mir scheint, du hast deine Wetten gründlich gewonnen – Prinz! Aber hüte dich vor einer dritten Wette, sie könnte deine letzte sein!" Damit dreht er sich um und geht zur Bank unter dem Baum.

Kiri macht ein mehr als unbehagliches Gesicht. „Ich weiß das nicht zu deuten „, flüstert er. „Thazo ..."

Mehr höre ich nicht von dem, was Kiri sagt, denn in diesem Augenblick brüllt der Waffenmeister: „Aaan-treee-teeen!"

Wir rennen los, stellen uns in einer Reihe auf. „Bogen und Köcher holen und warmschießen zur Radprüfung!“, befiehlt der Waffenmeister und verschwindet in Richtung Schmiedewerkstatt.

Mir wird schwach. Ich habe in meinem Leben noch keinen Bogen in der Hand gehabt. Ich schaue mich um. Zum Glück ist wenigstens dieser Jeromir nicht zu sehen.

Hinter den anderen her renne ich die Treppe in die Kasematten hinunter und durch das Labyrinth der Felsengänge bis zur Waffenkammer und wieder zurück. Vielleicht bin ich ja ein Naturtalent?

Der Bogen ist viel zu straff. Ich schaffe es nicht, ihn richtig zu spannen, wie die anderen es tun. Als ich schieße, trudeln meine Pfeile kraftlos an der Holzwand zu Boden, in welche die Jungen ihre sirrenden Pfeile jagen.

Es genügt nicht, auszusehen wie Mimir. Es genügt nicht einmal, mutig zu sein wie er. Ich müsste auch das gelernt haben, was er gelernt hat. Warum haben wir beide daran nicht gedacht, Mimir und ich!

„Die Sehne bis zum Ohr ziehen!“, zischt Kiri mir zu. „Den Arm durchstrecken! Dein Ziel entlang des Pfeiles ins Auge fassen!“

„Ich kann nicht! Ich habe das noch nie gemacht!“, zische ich zurück.

„Das darf nicht wahr sein!“, stöhnt Kiri.

Thazo lehnt an der Burgmauer und beobachtet mich. Sein Gesicht ist undurchdringlich.

„Kiri“, flüstere ich, „kann Mimir gut schießen?“

„Am besten von uns allen. Er ist der einzige, der bisher der Radprüfung gewachsen war!“ Kiris Gesicht ist blass. So blass, dass mir klar ist: Es ist aus. Wenn der Waffenmeister sieht, wie erbärmlich ich schieße, weiß er, dass etwas nicht stimmt.

Der Zuchtmeister! Ich umklammere Aribors Stein.

Der Waffenmeister kehrt zurück, ein paar kleine Wagenräder unter den Arm geklemmt. Die Jungen ziehen ihre Pfeile aus der Holzwand. Möglichst unauffällig hebe ich meine auf. Der Waffenmeister hat mir den Rücken zugekehrt.

Mir muss etwas einfallen. Viel Zeit bleibt mir nicht mehr. Wenn ich mich in den Kasematten verstecke, oder irgendwo in den Holzverschlägen ...

Aber der Waffenmeister merkt, wenn Mimir fehlt, früher oder später wird man mich finden, und dann werde ich entlarvt und ...

„Osliri!", befiehlt der Waffenmeister. „Antreten zur Radprüfung!"

Osliri macht ein paar Schritte nach vorne, hebt den Bogen, legt einen Pfeil an, wartet.

Der Waffenmeister stellt das größte Rad auf den Boden, es ist ungefähr so groß wie ein Rad von Anne-Maries Kinderwagen, die Speichen sind aus Holz, der Reifen mit Eisen beschlagen und für die Wagenachse hat es ein großes eisernes Loch in der Mitte. Der Waffenmeister treibt es mit einem Stecken an. Rasch rollt es über die geglättete Fläche auf dem Burghof.

Es ist sehr still.

Osliri spannt die Sehne und folgt einen Augenblick mit einer Bewegung seines Oberkörpers der Bahn des Rades. Dann schießt er. Der Pfeil fliegt durch die Achsnarbe des Rades und fährt in den Boden.

Die Radprüfung bestehe ich nie.

Der Waffenmeister lässt das nächste, etwas kleinere Rad rollen, wieder schießt Osliri, wieder trifft er durch das Loch in der Mitte. Das nächste Rad ist nicht mehr größer als ein Suppenteller und das Loch im Zentrum der Speichen ist geradezu winzig. Aber Osliri schafft das Unmögliche. Osliri schießt den Pfeil durch das Loch.

Und Mimir kann angeblich besser Bogen schießen als Osliri!

Durch Zuschauen lernt man das nicht, nur durch jahrelanges Training. Ich habe keine Chance. Nicht die allerkleinste.

Wieder lässt der Waffenmeister ein Rad rollen, noch kleiner. Osliris Pfeil trifft das Rad zwischen den Speichen und bleibt darin stecken. „Fehler beim vierten Rad!", stellt der Waffenmeister nüchtern fest. „Schlecht genug, aber immerhin besser als letzte Woche! Weiterhin täglich eine Stunde Übung im Bogenschießen zusätzlich! Abtreten!"

Schlecht genug ...

Sobald ich den ersten Pfeil geschossen habe, bin ich verloren. Was würde Mimir an meiner Stelle tun? Der hätte jedenfalls keine Angst. Und selbst wenn – dann würde er sie nicht zeigen.

Ich zeige sie auch nicht.

„Thazo!", bellt der Waffenmeister seinen Befehl.

Ich atme auf. Noch einmal ein Aufschub. Aber wie lang?

Thazo nimmt Aufstellung, einen Schritt vor mir. Schießt durchs erste Rad, durchs zweite, dritte, vierte. Er schießt auch durch das fünfte und dann durch das sechste, dessen Loch in der Mitte so klein ist, dass die Pfeilspitze nur noch mit Mühe hindurchpasst.

„Gut, Thazo!", sagt der Waffenmeister knapp. „Und jetzt!" Er zieht sich seinen Ring vom Finger und wirft ihn. Der kleine silberne Ring rollt über die Bahn.

Thazo tritt einen winzigen Schritt zurück. Dann plötzlich lässt er den Pfeil fallen, den Bogen sinken, schnellt zu mir herum, knallt mir seine gestreckte Faust ins Gesicht, genau auf den Wangenknochen, und brüllt wie ein Irrer: „Du Sohn einer räudigen Hündin! Du hast mich gestoßen! Du kannst es nicht ertragen, wenn ein anderer ebenso treffsicher schießen kann wie du! Du Ausgeburt der Hölle! Und ich verriet nicht, dass du bei der Körperertüchtigung im ersten Turm aussetztest!" Damit knallt er mir noch einmal seine Faust ins Gesicht. Diesmal unter das andere Auge.

Es tut ganz gemein weh. Einen Augenblick ist nichts anderes da als der Schmerz. Dann erst begreife ich, dass ich jetzt endgültig erledigt bin. Weil nun auch noch die Sache mit dem Turm herausgekommen ist.

„Thazo! Mimir! Zu mir!", brüllt der Waffenmeister.

Ich torkle hinter Thazo her. Mein Schädel dröhnt. Das Blut pocht in den Wangenknochen. Mimir, verdammt, warum bin ich nicht so wie du! Ich werde schweigen. Nichts verraten. Ich halte stand!

Wir stehen vor dem Waffenmeister. „Sieh mich an, Mimir!", brüllt er.

Ich hebe den Kopf. Aber ich kann den Waffenmeister kaum sehen. Meine Augen sind zugeschwollen bis auf zwei schmale Schlitze.

„Du erbärmliche kleine Laus", schreit der Waffenmeister, „wähnst du immer noch, du wärest etwas Besonderes?! Prinz, was?! Sich als Anführer aufspielen, was? Der Prinz ist sich zu gut, mit den Bauernknaben die Türme hinauf- und hinunterzulaufen, was?! Und keiner darf ihm ebenbürtig sein, was?! Keiner darf seine Leistungen erreichen, was?! Du stinkende Pestbeule! Ich werde dich lehren! Auf den Knien wirst du im Turm herumkriechen, eine kleine Wurzelbürste in deiner edelen Hand, und wie das niedrigste Putzweib mit Sand und Lauge die Podeste und Leitern schrubben, dass sie aussehen wie neu! Einen Tag dafür, dass du bei der Körpertüchtigung betrogen hast! Einen Tag dafür, dass du Thazo beim Schießen gestoßen hast! Und die Strafe von heute Morgen verwandele ich in einen weiteren Tag Turmschrubben, den du absolvieren wirst, während deine Kameraden mit der ganzen Burg die Verlobung seiner Hoheit feiern! Die Strafe ist sofort anzutreten!"

Vor so vielen Beschimpfungen bleibt mir fast die Stimme weg. „Zu Befehl, Herr Waffenmeister!", stoße ich endlich hervor. Ich kann nichts denken. Nur ein Gefühl ist da in meinem Bauch, ein Gefühl –

Und langsam dämmert mir: Ich bin gerettet.

Ich muss nicht auf diese winzigen Räder schießen. Der Waffenmeister hat nicht gemerkt, dass ich nicht Mimir bin. Und die nächsten drei Tage wird er es bestimmt nicht merken und auch niemand sonst. Denn Schrubben mag ja blöd und langweilig sein und wahrscheinlich auch anstrengend, aber eines ist sicher: Das kann ich genauso gut wie Mimir. Dabei verrate ich mich nicht.

„Was geht hier vor?", höre ich eine tiefe, feste Stimme hinter mir. Und dann –

Mein Herz beginnt zu toben. Eben dachte ich noch, ich wäre gerettet. Aber jetzt ...

Es ist Jeromir!

Der Waffenmeister stellt sich straff hin und erstattet Bericht. Nicht nur darüber, dass ich Thazo gestoßen habe und am Morgen nicht aus dem Bett gesprungen und beim Frühsport betrogen habe, sondern auch darüber, dass ich beinahe ständig „gegen den Stachel löke", was immer das sein mag. Aber als er ein paar Beispiele aufzählt, wird es mir klar. Ich versuche dauernd, den Waffenmeister herauszufordern und lächerlich zu machen. Das heißt natürlich, Mimir macht das. Und das gibt mir jetzt den Rest.

„Prinz Mimir einmal mehr, sieh an!", sagt Jeromir und betont das „Prinz" auf eine unheimlich spöttische Art.

Warum tut sich der Erdboden nicht auf und verschluckt mich!

Jeromir hebt seine Stimme überhaupt nicht, und das kommt mir viel gefährlicher vor als die Brüllerei unseres Waffenmeisters. Nun sieht Jeromir mich an. Kein bisschen wütend. Verächtlich.

Kalt. Diese Ruhe ist das schlimmste überhaupt. Gelassen spricht er weiter: „Er hat noch immer nicht gelernt, dass Er seinem Waffenmeister zu gehorchen und ihn zu achten hat. Dass seine Herkunft nicht mehr zählt, seit Er diese Burg betrat, und dass alle Knappen gleich sind. So viel Überheblichkeit und Unbelehrbarkeit sind eine Schande, ist Ihm das klar?“

Ich muss etwas sagen und ich weiß nicht was. Wie redet man Jeromir überhaupt an?!

„Ja, das ist mir klar, Herr Kommandant!“, sage ich. Kaum bringe ich die Worte heraus. Ich kann nur hoffen, dass das richtig ist.

„Tatsächlich? Jedoch nur, weil ich es bin, vor dem Er jetzt steht, nicht wahr? Nun, ich werde dafür sorgen, dass Ihm dieses Wissen in Fleisch und Blut übergeht. Drei Tage Turmschrubben hat sein Waffenmeister über Ihn verhängt? Ein weises Urteil. Aber ein wenig zu nachsichtig, findet Er nicht auch?“

„Ja, Herr Kommandant.“ Ich kann nur noch heiser flüstern.

Jeromir nickt. Sein Blick ist eisig. „Nun, wie Er zweifellos weiß, hat er von mir mehr Strenge zu gewärtigen. Ich werde dafür sorgen, dass Ihm die Schändlichkeit seines Verhaltens gründlich bewusst wird. Zum Zeichen Seiner Schande wird Er sich während Seiner drei Straftage von oben bis unten mit Asche einreiben, zum Gespött der ganzen Burg. Damit Ihn auch jeder Knappe und jeder schwarze Krieger in Seiner Erniedrigung sieht, wird Er an jedem dieser drei Tag während des allgemeinen Appells von seinem Waffenmeister den anderen vorgeführt werden – und deren Hohn ausgesetzt. Und beim Einzug Seiner Hoheit des Herzogs mit Ihrer Hoheit, der zukünftigen Herzogin, hat Er das Schrubben zu unterbrechen und im Spalier in vorderster Front zu stehen. Ist das klar?“

„Zu Befehl, Herr Kommandant!“, antworte ich und muss mich unheimlich zusammenreißen, um nicht zu heulen. Vor Erleichterung.

Jeromir sieht es und denkt natürlich, ich muss mir die Tränen verkneifen, weil ich seine Strafe so entsetzlich finde, und sagt: „Er hat es mit Seinem Hochmut und Seiner Aufsässigkeit nicht anders verdient!“

Ich nicke nur noch, weil ich noch mehr aufpassen muss, dass ich nicht heule. Weil ich jetzt wirklich gerettet bin und die Anrede „Kommandant“ richtig war und auch Jeromir nicht gemerkt hat, dass ich nicht Mimir bin, und mir in den nächsten Tagen jetzt wirklich nichts mehr geschehen kann.

Obwohl eine solche Strafe ziemlich fies ist. Aber ich hatte etwas viel Furchtbareres erwartet. Und was die Schande angeht – Jeromir scheint sicher zu sein, dass so was für Mimir das Schlimmste wäre, was es gibt. Schlimmer als zehn Zuchtmeister. Wie ich Mimir kennen gelernt habe, kann ich mir das sogar vorstellen. Und als ich mich umblicke und das Entsetzen in den Augen der Jungen aus meiner Gruppe sehe und das breite Grinsen im Gesicht des Waffenmeisters, da bin ich sicher, dass es so ist.

Mir kann das nichts anhaben. Sollen die anderen doch lachen oder mich verspotten, sollen sie doch! Ich schäme mich trotzdem nicht. Denn ich bin hier, um den Herzog zu besiegen. Und das kann keiner außer mir. Und wenn mir das gelingt, dann werden sich dieser gnadenlose Jeromir und der gemeine Waffenmeister schon umschaun und dann kommt der Herzog gar nicht mehr dazu, seine Verlobung und seine Hochzeit zu feiern!

Jeromir nickt dem Waffenmeister, der sich wieder straff vor ihm ausrichtet, knapp zu und geht. Eine Weile ist es ganz still. Kiri schaut mich so mitleidig an, als hätte er gerade mein Todesurteil gehört. Alle anderen schauen zu Boden.

„Jetzt zu dir, Thazo!“, erklärt der Waffenmeister mit offensichtlich befriedigter Stimme. „Du kennst die Regel! Welche Strafe trifft einen Knappen, der das Vergehen eines anderen nicht sofort meldet, sobald es ihm offenbar wird?“

„Die gleiche Strafe wie den Schuldigen, Herr Waffenmeister!“, erwidert Thazo, ohne zu zögern.

„Also?“

„Einen Tag Turm-Schrubben, Herr Waffenmeister!“

„Du sagst es! Abtreten!“

Kapitel 13

Habe ich gedacht, Schrubben ist blöd und langweilig und anstrengend? Es ist mehr als das. Es ist die blödeste und langweiligste und anstrengendste Arbeit, die man sich überhaupt vorstellen kann. Vor allem, weil die Bürsten, die ich dafür bekommen habe, kaum größer sind als eine Zahnbürste. Und weil ich die meiste Zeit auf den Knien herumrutschen muss und die inzwischen ganz widerlich wehtun. Da ist es schon eine Wohltat, wenn man wieder mit einem Podest fertig ist und im Stehen die nächste Leiter scheuern darf. „Darf!"

Es ist wirklich eine fiese Strafe. Na ja, wahrscheinlich sind Strafen immer fies, dafür sind es eben Strafen. Ich kenne mich damit nicht so aus, zum Glück. Normalerweise bestrafen meine Eltern mich nie. Nur ein einziges Mal hat Papa es doch getan. Und das war auch ganz schön hart, irgendwie.

Im letzten Winter war es, als Mama mit Anne-Marie bei Tante Julia war und ich den Verweis bekommen hatte. „Wegen Betrügens" stand darauf. Ich hatte meine Deutsch-Hausaufgabe nicht gemacht, einen Aufsatz, und dann bin ich drangekommen mit Vorlesen und habe mir schnell das Heft von Alex genommen, der neben mir saß, und seinen Aufsatz vorgelesen. Aber dann ist Alex auch noch mit Vorlesen drangekommen und hatte keinen mehr, der neben ihm saß, und so ist alles rausgekommen.

Ich habe mich geschämt und ich hatte Angst. Nicht davor, dass Papa mich ausschimpft, das hätte ich schon ausgehalten, auch wenn das ganz schön heftig sein kann. Aber Angst davor, dass er gewisse Sachen sagt über einen, der sich nicht zuzugeben traut, dass er seine Hausaufgabe nicht gemacht hat. Sachen über Feigheit. Weil ich gewusst habe, dass ich es dann nicht schaffe, cool zu bleiben, und dass ich womöglich noch anfange zu heulen, was er auf den Tod nicht ausstehen kann. Sagt er.

Also habe ich ihm nichts von dem Verweis erzählt, sondern einfach seine Unterschrift nachgemacht. Ich habe geglaubt, das wäre mir gut gelungen. Aber mein Deutschlehrer hat Papa in die Schule bestellt. Ich habe gleich befürchtet, dass es etwas mit dem Verweis zu tun hat, aber ich habe mir eingeredet, es könnte ja auch wegen meiner Rechtschreibung sein, die eine mittlere Katastrophe ist. Als Papa mich gefragt hat, ob ich eine Ahnung habe, warum er in der Schule antanzen soll, habe ich deshalb den Kopf geschüttelt. Weil ich gedacht habe: Jetzt kann ich es erst recht nicht mehr sagen. Aber ganz schön mulmig war mir schon dabei.

Papa ist also ahnungslos in die Sprechstunde gegangen und mein Deutschlehrer hat mich dazu geholt und ihm vor meinen Augen den Verweis gezeigt und gesagt: „Die Unterschrift ist ja wohl eindeutig gefälscht!"

Ich habe gedacht, ich falle tot um. Aber Papa hat nicht mit der Wimper gezuckt. Nur einen Blick auf den Verweis geworfen und erwidert: „Ihr Verdacht ist verständlich, aber unbegründet. Meine Unterschrift ist so krakelig, weil ich eine Sehnenscheidenentzündung habe, vom Heckeschneiden. Und was diesen Vorfall anbelangt: Dergleichen wird nicht wieder vorkommen, nicht wahr, Jens?" Ich habe genickt und einen roten Kopf bekommen.

Ich fand das unheimlich toll von meinem Vater. Dass er so cool bleibt. Auch jetzt noch zu mir hält. Und dass er sogar für mich lügt.

Danach, vor dem Elternsprechzimmer, wollte ich mich bei ihm bedanken, aber er hat mich gleich runtergeputzt: „Ich begreife dich nicht! So schlimm wäre es ja wohl nicht gewesen, mit einem Verweis zu mir zu kommen! Stattdessen machst du solch einen unglaublichen Scheiß! Und sagst mir nicht einmal was davon, wenn du dir schon denken musst, dass du aufgeflogen bist! Dass du *so* feige bist, hätte ich nicht gedacht." Damit ist er einfach gegangen.

An dem Vormittag habe ich kein Wort mehr vom Unterricht mitbekommen. Und an den Nachmittag möchte ich überhaupt nicht mehr denken.

Am Abend haben wir dann darüber geredet. Na ja, eigentlich hat nur er geredet. Zusammengeschissen hat er mich. Dass man dafür gradestehen muss, wenn man was Blödes gemacht hat, und nicht alles noch schlimmer machen soll. Dass das kriminell war, seine Unterschrift nachzumalen, weil das Urkundenfälschung ist und strafbar, und dass man mit so was in Teufels Küche kommen kann. Dass ich ihn total bei meinem Lehrer habe auflaufen lassen, weil ich ihm nicht einmal erzählt habe, warum er in die Schule bestellt wird. Dass es für ihn eine ganz heikle Sache gewesen ist, sich da nichts anmerken zu lassen und mich zu decken. Und dass er mich jetzt bis zum nächsten Abend im Gästezimmer einsperren wird, den ganzen Samstag. „Damit du endlich mal kapierst, dass man vor Schwierigkeiten nicht einfach davonlaufen kann!", hat er mich angeschnauzt.

Ich habe lieber nichts gesagt. Weil ich genau wusste, was mit meiner Stimme sein würde. Also habe ich bloß genickt. Geheult habe ich jedenfalls nicht. Ich wollte ja Papa nicht durch Heulerei noch mehr sauer machen.

Außerdem habe ich geglaubt, ein Tag im Gästezimmer, das ist nicht so schlimm. Weil es da ganz gemütlich war und sogar ein Bad gab und ich mir zu essen und trinken mitnehmen konnte, was ich wollte.

Es war aber doch schlimm. Allein der Augenblick, als sich der Schlüssel umgedreht hat. Und das Gefühl, dass man da jetzt nicht raus kann und mit jemandem reden, wenn man zufällig will, auch nicht mit Papa, um ihm zu sagen, dass es einem leid tut und dass man ihn nicht auflaufen lassen wollte und dass man gar nichts Kriminelles tun wollte. Und die Gedanken, die man sich da so macht, wenn man keinen Fernseher hat und keinen Computer und keine Bücher.

Wie gesagt, das war ganz schön hart. Aber kein Vergleich mit so einer Strafe hier.

Das mit der Asche und dem Vorgeführtwerden beim Appell ist ganz besonders fies. Obwohl die anderen Knappen viel zu entsetzt darüber waren, als dass sie mich ausgelacht oder verspottet hätten. Sie haben alle schweigend zu Boden gesehen. Bis dieses Arschloch von einem Waffenmeister ihnen befohlen hat, mich anzuschauen, aber eigentlich haben sie mehr an mir vorbeigeschaut. Das fand ich echt gut von ihnen. Nur der Waffenmeister ist natürlich übel auf mir rumgeritten.

Ich glaube nicht, dass Mimir das so durchgestanden hätte wie ich. Es war von Jeromir unglaublich grausam, sich ausgerechnet für Mimir so etwas auszudenken, wo Mimir doch nichts so wichtig ist wie sein Ansehen und seine Ehre. Wenn Jeromir gerecht sein soll, dann will ich nicht wissen, was hier als ungerecht gilt!

Für Mimir wäre das noch viel schlimmer gewesen als der Augenblick für mich, als Bastian „Du homosexuelle Missgeburt" zu mir gesagt hat und alle gegrinst haben. Aber ich habe mir, während ich mit dieser blöden Asche im Gesicht und auf dem Körper da im Burghof gestanden habe, die ganze Zeit gesagt: Ich stehe hier gar nicht für mich, sondern für Mimir. Und ich habe überhaupt nichts gemacht, wofür ich mich schämen müsste. Im Gegenteil, ich habe etwas gemacht, worauf ich richtig stolz sein kann. Und es wird nicht mehr lange dauern, dann werden sie alle es wissen. Die einen zu ihrem Glück. Und die anderen zu ihrem Schrecken. Und da ging es ganz leicht. Na ja, fast leicht.

Die letzten Stufen der letzten Leiter. Dann steht mir noch das ganze obere Podest des Turmes bevor. Der Waffenmeister hat gesagt, ich muss damit fertig werden, heute, am dritten Tag. Und wenn ich es nicht schaffe, dann muss ich eben noch die Nacht hindurch schrubben.

Mit Thazo gemeinsam wäre es ein Leichtes. Aber Thazo hat seinen Tag schon abgeleistet und macht wieder beim Waffentraining mit. Und beim Fest.

Heute feiert der Herzog seine Verlobung, und morgen soll schon die Hochzeit sein. Zum zweiten Mal heiratet er, weil seine erste Frau schon vor Jahren gestorben ist.

Ich habe die Braut des Herzogs kurz gesehen. Weil ich ja dabeistehen musste, als der Herzog mit ihr durch die äußere Burg zur inneren Burg geritten ist. Auf meine Asche und meine angebliche Schande hat kein Mensch geachtet, weil alle so gespannt waren, wie die Braut aussieht.

Soweit ich das erkennen konnte, ist sie sehr hübsch und furchtbar jung. Ich habe von ihr allerdings nicht viel mehr gesehen als ihre Haare, viele rotblonde Haare. Und ganz, ganz kurz ihr Gesicht, das mir sehr blass vorkam und gar nicht so glücklich wie Mama auf den Hochzeitsfotos.

In der inneren Burg feiern sie ein großes Fest, ich höre die Musik und das Lachen bis in meinen Turm. Auch im äußeren Burghof wird gefeiert. Wein gibt es und gebratene Schweine am Spieß und Musikanten und Schausteller, die Tiere mit zwei Köpfen zeigen oder eine Frau mit einem richtigen Bart, und Gaukler, die ihre Späße und Kunststücke vorführen. Ich kann nur manchmal einen kurzen Blick durch eine Schießscharte hinunter werfen und muss aufpassen, mich dabei nicht erwischen zu lassen. Ich muss ja schrubben.

Jetzt ertönt Musik genau unter meinem Turm. Durch die Schießscharte höre ich sie. Die Musik klingt ein bisschen seltsam, irgendwie quäkig und leierich, und jetzt beginnt einer dazu zu singen. Er singt ein Lied auf die Braut: wie jung sie ist, wie blutjung, und wie schön und lieblich mit ihrem goldenen Haar und mit Wangen wie ein Pfirsich, und wie ihre Tränen funkelten wie Diamanten, ihre bitterlichen Tränen, die sie weinte, als – und da ruft Jeromirs Stimme dazwischen, sehr scharf: „Unterstehe Er sich, Sänger!“, und der Sänger singt nicht weiter, nur die Musik quäkt noch eine Weile.

Endlich komme ich oben auf dem Turm an.

Der Wächter blickt so interessiert in den Burghof, dass er mich überhaupt nicht beachtet. Ich nutze die Gelegenheit und schaue auch über die Zinnen. Zu unseren Füßen sind zwei Wettkämpfe im Gange.

Der eine ist ein Kampf zweier sehr großer schwarzer Krieger mit riesigen Schwertern. Eben schlägt der eine dem anderen das Schwert aus der Hand, es fliegt im hohen Bogen davon. Die Zuschauer brüllen Beifall und der Sieger nimmt den Helm vom Kopf. Es ist Jeromir. Hätte ich mir denken können, nach dem, was Thazo über den erzählt hat.

Thazo sagt, Jeromir ist der einzige schwarze Krieger, der noch bei keinem Turnier geschlagen wurde. Und den selbst Mimir bewundert und fürchtet.

Irgendwie tut es gut, zu wissen, dass es wenigstens einen Menschen gibt, den Mimir bewundert und vor dem er sich fürchtet. Und verstehen kann ich es, nach meiner eigenen Begegnung mit Jeromir. Das Fürchten, meine ich. Denn das Bewundern – so einen gemeinen Hund doch nicht! Und wenn Jeromir noch so ein toller Ritter ist.

Der andere Wettkampf dort unten im Hof findet unter den jüngeren Knappen statt. Auf bunt geschmückten, schweren Pferden galoppieren sie aufeinander zu, eine lange Holzlanze mit dick umwickelter Spitze unter die Achsel geklemmt, und versuchen, sich gegenseitig von den Pferden zu stoßen. Thazo gelingt es, Kiri in den Sand zu befördern, aber Kiri rollt sich so gekonnt ab, dass ihm nichts dabei passiert.

Bin ich erleichtert, dass ich da nicht mitmachen muss! Wahrscheinlich würde ich schon vom Pferd fallen, bevor mich eine Lanze überhaupt berührt hat. Ich habe ja noch nie auf einem Pferd gesessen. Ich habe immer gedacht, Reiten ist mehr was für Mädchen, und schon deshalb wollte ich es nie lernen. Bastian hätte nur wieder blöd darüber gelacht. So, wie die hier reiten, sieht es allerdings nicht aus, als wäre es für Mädchen.

Ich knie mich wieder hin und schrubbe weiter. Ehe der Krieger auf mich aufmerksam wird und mich zusammenscheißt. Und womöglich meinem Waffenmeister verrät, dass ich unerlaubt Pause gemacht habe.

Hoffentlich steht morgen nicht wieder Reiten auf dem Programm, denn morgen sollen die Waffenspiele weitergehen!

Morgen. Bis morgen muss mir etwas eingefallen sein. Bis morgen müssen Borri, Ningar und Svidor endlich in der Burg sein.

Aber wie sollen wir dann in die innere Burg gelangen?

Thazo sagt, die silbernen Krieger, die das innere Burgtor, die inneren Türme und die inneren Wehrgänge bewachen, sind unüberwindbar. Und es ist unmöglich, unbemerkt einen von ihnen auszuschalten, weil sie zu neunt Dienst auf acht Wachtposten tun, sodass einer von ihnen immer die Runde macht durch alle Türme und Wehrgänge. Trotzdem will er darüber nachdenken. Thazo traue ich viel zu. Schließlich hat er mich schon einmal gerettet.

Und ich habe geglaubt, er sei ein Arschloch! Ich habe geglaubt, er habe nur auf eine Gelegenheit gewartet, mir, das heißt Mimir, eins auszuwischen und mir dabei, ohne es zu wissen, nur aus Versehen den größten Gefallen erwiesen, natürlich abgesehen von seiner Faust auf meinen Wangenknochen!

Ich hatte ja keine Ahnung.

„Es ist mir leid um deine Augen", hat er mir zugeflüstert, als wir mit unseren Bürsten im Turm herumgekrochen sind. „Und um die Sache mit der Asche und dem Vorgeführtwerden. Ich ahnte nicht, dass Jeromir hinzukommen und eingreifen würde. Das ist mir entsetzlich leid um dich. Aber mir kam in der kurzen Zeit kein anderer Plan, dich zu retten. Und ich musste dich so unter die Augen schlagen, weil ich nicht sicher war, ob der Waffenmeister uns beide sofort bestrafen würde oder erst das Radschießen beenden lassen – und das musste ich verhindern. Jeder Blinde sieht, dass du noch nie einen Bogen in der Hand hieltest! Aber mit zugequollenen Augen kann kein Mensch verlangen, dass du beim Schießen ein Rad triffst. Obwohl es ein gewagtes Spiel war. Weil ich Mimir vielleicht mit einem Schlag hätte überraschen können, aber nie und nimmer mit einem zweiten! Er wäre mir ausgewichen und hätte mich selber wie ein Stier angegriffen. Zum Glück ist das dem Waffenmeister nicht aufgefallen, weil er dermaßen in Zorn entbrannt war! Und Jeromir wird angenommen haben, deine verschwollenen Wangen seien ein Werk des Waffenmeisters."

Ich glaube, ich habe Minuten gebraucht, bis ich kapiert habe, was er da gesagt hatte. Dann habe ich herumgestottert: „Du, du weißt, dass ich nicht Mimir bin?"

Thazo hat die Schultern gezuckt. „Den ersten Verdacht hatte ich schon, als du im Brombeergestrüpp meine Herausforderung in Sachen Überheblichkeit nicht aufgegriffest und so seltsame Rede führtest. Um diesem Verdacht nachzugehen, versuchte ich dich in den Würgegriff zu nehmen. Als du das erlaubtest, verdichtete sich mein Verdacht. Ich konnte mir nicht vorstellen, dass Mimir das zuließe – dazu ist er viel zu sehr auf seine Stellung bedacht. Und sehr gewandt im Nahkampf, ihm bin auch ich nicht immer gewachsen. Er hätte versucht, mich zuschanden zu schlagen und in die Dornen zu drücken, und wenn ihm das geglückt wäre, hätte er erst von mir abgelassen, wenn ich winselnd um Gnade gebeten hätte!"

Als ich das gehört habe, musste ich schon schlucken. So hätte ich mir Mimir denn doch nicht vorgestellt. Ich meine, dass er überheblich ist und mit Vorsicht zu genießen, das habe ich auch schon gemerkt. Aber ein brutaler Schläger ...

Schön ist das ja nicht gerade.

Osliri hat er allerdings immer geholfen. Auf einen Schwächeren würde Mimir nicht losgehen. Er hat eben Ehre, trotz allem.

Thazo hat mir weiter erklärt: „Als letzte Probe befahl ich dir, mir den Rücken zuzukehren. Den Rücken! Nachdem ich dich so herausgefordert hatte! Als du auch da noch gehorchtest, war alles offensichtlich. Ich vermutete, dass dies eine weitere der abscheulichen Vorspiegelungen sei, mit der der unbekannte Magier des Herzogs uns mehr quält, als der Waffenmeister und der Zuchtmeister gemeinsam. Ich vermutete, dass er Mimirs Ebenbild erschaffen und als Kundschafter unter uns eingeschleuset habe. Aber ich wollte der Sache auf den Grund gehen und alles ausloten, ehe ich die anderen einzuweihen und dich unschädlich zu machen gedachte. Deshalb hielt ich ein Auge auf dich. Doch dann bemerkte ich, dass Kiri dir in allem beistand, dass er deine Entlarvung zu verhindern trachtete. Und wusste, dass er dies nur tun würde, wenn es Mimirs Wunsch und Wille sei. Du spielst mit Mimirs und Kiris Wissen die Rolle von Mimir, ist es so? Leider spielst du sie zum Erbarmen – ich frage mich, wieso es nicht jeder bemerkt hat! Aber jetzt will ich in alles eingeweiht werden! Wer bist du? Ein Zwillingsbruder von Mimir? Welches ist deine Absicht? Und wo ist Mimir?"

Ich habe es ihm erzählt. Alles. Zeit hatten wir ja genug. Einen ganzen langen Tag, an dem wir nebeneinander auf den Knien herumgerutscht sind. Thazo ist ein echter Held. Und ein Freund dazu. Der beste, den man sich vorstellen kann. Mein Freund.

Kiri ist natürlich auch ein sehr guter Freund und hat auch eine Menge für mich getan, aber genau genommen nicht für mich, sondern für Mimir. Weil eben Mimir sein bester Freund ist.

Mimir hat Thazo nie richtig vertraut. Immerhin ist Thazo stärker als er. Mimir passt unheimlich auf, dass Thazo ihn als Boss nicht absetzt.

Als er mir das erzählt hatte, hat Thazo gegrinst und gesagt: „Nicht so ganz unberechtigt, dass er mich belauert wie ein Luchs! Ich hätte tatsächlich nichts dagegen, ihn von seinem hohen Rosse herunterzuholen, sein Hochmut bringt mich zur Weißglut! Ich würde ihm gerne eine anständige Lehre erteilen, doch Mimir bietet mir keine Gelegenheit dazu. Aber um nichts in der Welt würde ich ihn an den Waffenmeister verraten. Ich beobachtete, wie er sich aus dem Brombeergestrüppe davonstahl. Ich wusste nicht, was er beabsichtigte – mich weiht er ja niemals ein. Aber ich war gewiss, dass er am Abend zur Stelle sein und uns nicht dem Zuchtmeister ausliefern würde. Man kann gegen Mimir einwenden, was man will, aber seine Ehre geht ihm über alles, niemals würde er andere für sich büßen lassen, niemals würde er einen seiner Kameraden im Stiche lassen!" Das Letzte hat er richtig mit Hochachtung gesprochen.

Wenn Mimir wüsste, dass Thazo ihn gesehen und nicht verraten hat! Obwohl die Strafe fürchterlich gewesen wäre, wenn das herausgekommen wäre! Mimir hat keine Ahnung, dass Thazo ein so guter Kamerad ist.

Ich vertraue Thazo wie sonst keinem Menschen auf der Welt. Außer Mama und Papa natürlich. Thazo ist der Einzige, der so was für mich gemacht hat wie bisher nur mein Papa: für mich einzustehen, als es ganz brenzlig war.

Ohne mit der Wimper zu zucken für mich zu lügen, obwohl das für ihn selbst gefährlich war. Dabei hat Thazo mich da noch gar nicht gekannt, nicht richtig.

Ich muss Mimir das alles klarmachen, wenn ich ihn wiedersehe. Wenn ich ihn überhaupt wiedersehe. Denn wenn ich bis morgen nicht herausgefunden habe, wo die Zwillinge sind und wie wir sie befreien können und wie wir aus der Burg fliehen können ...

Wir? Wo um alles in der Welt bleiben Borri, Ningar und Svidor? Sie haben doch versprochen, einen Weg in die Burg zu finden! Und nun lassen sie mich schon seit drei Tagen warten!

Der schwarze Krieger, der hier oben Wache schiebt, hat mir den Rücken zugedreht und putzt seinen Helm. Schnell nutze ich die Gelegenheit, mal wieder zwischen den Zinnen hindurch in den inneren Burghof zu sehen. Das heißt, den Hof selber sieht man nicht, nur einen Teil der Fassade eines palastartigen Gebäudes.

Dort drüben, hinter dem doppelten Bogenfenster, bewegt sich etwas. Einen Augenblick sehe ich in der Tiefe des Zimmers undeutlich eine Frau. Dann wieder nichts. Da! Jetzt tritt sie ans Fenster. Sie hält etwas im Arm. Es ist ein Baby! Es ist wirklich ein Baby, ich kann es deutlich sehen, es hat eine Art Haube auf, die ihm tief ins Gesicht gezogen ist.

Thazo sagt, der Herzog hat kein kleines Kind. Der Herzog hat überhaupt keine Kinder.

Eine zweite Frau kommt ans Fenster. Auch sie hat ein Baby auf dem Arm. Genauso groß. Genauso gekleidet.

Das sind sie, die Zwillinge der Königin. Sie müssen es sein. Ob sie sich ähnlich sehen wie ein Ei dem anderen, kann ich aus dieser Entfernung zwar nicht erkennen, und ob sie ein Muttermal auf der Stirn haben, kann ich erst recht nicht sehen, außerdem haben sie sowieso diese Mützchen auf, die ihre Stirn verdecken, aber ich weiß es, ich fühl es ganz sicher.

Vor Aufregung wird mir schwarz vor Augen. Ich schließe sie, halte mich an der Zinne fest.

„Wirf mir das Seil zu!“, ruft der Krieger hinter mir. Ich zucke zusammen.

Noch einmal schaue ich kurz zu den Frauen mit den Babys hinüber. Auch an anderen Fenstern des Palastes stehen jetzt Menschen. Es kommt mir vor, als würden alle zu mir herübersehen.

Schnell knie ich mich hin und beginne wieder zu schrubben. In meinem Kopf wirbelt es. Aus den Augenwinkeln sehe ich, dass der Krieger das Ende eines Seils auffängt, es mit aller Kraft spannt und um eine Zinne knotet.

Aus dem äußeren Burghof höre ich Klatschen und Rufe. Es klingt wie Beifall. Dann plötzliche Stille, und in die Stille hinein eine weit tragende Stimme. Ich erkenne sie sofort.

„Ehrenwerte Ritter! Hochverehrtes Publikum! Schreiten wir zum abschließenden Höhepunkt meiner Darbietung! Ich schätze mich glücklich, mein unwürdiges Leben vor solch illustrer Gesellschaft wagen zu dürfen! Ermesst den Abgrund, über den ich auf diesem schwankenden Seil von Turm zu Turm wandeln werde! Ein Augenblick der Unachtsamkeit, ein Quäntchen Unsicherheit, ja schon eine kleine Luftböe – und ich liege mit zerschmetterten Gliedern vor Euch! Kein Künstler außer meiner Wenigkeit würde dergleichen wagen!"

Borri!

Aber ja – natürlich! Ich wusste doch, dass Gaukler in die Burg geladen worden sind. Aber auf die Idee, dass sich Borri unter sie geschmuggelt haben könnte, bin ich nicht gekommen.

Kurz schaue ich zu dem Krieger hin. Er sieht über die Zinnen. Vorsichtig stehe ich auf, ganz langsam und leise, damit er es nicht merkt, und schaue das Seil entlang. Vom benachbarten Turm herüber ist es gespannt. Ein Mann in bunter, zerfledderter Kleidung und mehrzipfeliger Mütze steht zwischen den Zinnen, prüft mit dem Fuß, ob das Seil straff ist, breitet die Arme weit aus und tritt auf das Seil. Es ist Borri. Kaum traue ich mich hinzusehen. Aber wegsehen kann ich auch nicht.

Schritt für Schritt schiebt Borri sich vorwärts. Nun ist er in der Mitte des Seiles angekommen. Verharrt einen Augenblick. Kein Laut dringt aus der Tiefe herauf. Borri lässt seinen Blick in den inneren Burghof schweifen. Dann geht er weiter.

Ich knie mich wieder hin und schrubbe. Ich ertrage es nicht länger. Jeden Augenblick fürchte ich, einen Schrei zu hören. Und dann einen Aufprall. Stattdessen höre ich tosenden Beifall. Ich schau auf. Borri ist bei meinem Turm angekommen. Steht auf der

Brüstung. Verneigt sich tief. Dann plötzlich macht er einen Handstand auf der Zinne. Ich glaub, ich spinn!

Mit einem eleganten Überschlag springt Borri von der Zinne und landet genau vor mir auf dem Podest. „Was haben wir denn hier für ein graues Aschenputtel!“, sagt er grinsend und schnappt sich mit einer blitzschnellen Bewegung meine Bürste. „Mein lieber Knabe, du solltest besser dich selbst putzen als den Fußboden! Hole dir die Bürste, na komme, hole sie dir!“

Der Krieger lacht.

Borri beginnt mit meiner Bürste zu jonglieren, hält sie mir kurz unter die Nase, schon fliegt sie wieder durch die Luft. Ich versuche danach zu greifen, aber es gelingt mir nicht.

Ich weiß wirklich nicht, was das soll. Klar, dass Borri mich nicht mit einem Freudenschrei begrüßen und mir die Hand schütteln kann, der Krieger sieht und hört ja alles. Aber sich so über mich lustig zu machen bräuchte er auch nicht.

„Genug der Späße!“, befiehlt der Krieger. „Der Knabe hat hier zu seiner Schande eine entehrende Strafe abzuleisten!“

„Oh! Eine entehrende Strafe! Eine höchst spannende obendrein! Da will ich nicht länger stören!“, spottet Borri, gibt mir die Bürste zurück, springt wieder auf die Brüstung, wird aus dem Burghof mit Gejohle begrüßt und läuft Rad schlagend auf dem Seil zu dem ersten Turm zurück. Rad schlagend!

Ich bin so durcheinander, dass ich erst gar nicht merke, was ich in der Hand halte. Die Bürste. Aber nicht nur das. Ein winzig kleines, mit einem Korken verschlossenes Glasfläschchen, um das mit einem Faden ein Zettel gebunden ist. Am liebsten würde ich gleich den Faden aufreißen und den Zettel lesen, aber der Krieger könnte es merken. Also lasse ich alles in meiner kratzigen kurzen Hose verschwinden und warte auf eine Gelegenheit.

Ich muss lange warten. Endlich, als der Krieger damit beschäftigt ist, in die Regenrinne zu pinkeln, kann ich schnell den Zettel hervorholen und lesen. Mühsam entziffern, besser gesagt, denn die Schrift ist altmodisch und krakelig und schwer lesbar: „Sey heude Nachd auf dem Thurm. Gieb dem Thurmwechda abens diesn Schlafthrunk in den Thrank. Iss den Zedl auf. God mit dir.“

Das leise Plätschern hinter mir bricht ab. Schnell stecke ich den Zettel in den Mund. Sei heute Nacht auf dem Turm! Als ob ich darüber bestimmen könnte, wo ich bin! Seit ich hier meine Strafe ableiste, werde ich nachts in einem Verschlag eingesperrt, der mit einem Balken verrammelt wird. Keine Chance, auf den Turm zu klettern.

Aber der Waffenmeister hat mir gedroht, ich müsse die ganze Nacht putzen, wenn ich mit dem Podest bis zum Abend nicht fertig würde!

Ich stelle einen Rekord im Langsamschrubben auf. Die Zeit vergeht unglaublich zäh. Ständig denke ich darüber nach, ob es auch Ningar und Svidor geschafft haben, in die Burg zu kommen, und wie wir die Zwillinge aus der inneren Burg herausholen sollen.

Endlich ist Abend. Meine Rechnung geht auf. Der Waffenmeister brüllt mich ganz widerlich zusammen, weil ich mit meiner Arbeit nicht zu Ende gekommen bin, und befiehlt mir, die Nacht hindurch weiterzuschrubben. Der Krieger wird abgelöst. Der neue „Thurmwechda" hat einen Krug Dünnbier dabei. Es gelingt mir, unbemerkt den Inhalt des kleinen Fläschchens hineinzukippen. Nun muss er es nur noch trinken! Aber er scheint keinen Durst zu haben.

Es wird dunkel. Ich würde mich so gerne hinlegen, einen Augenblick nur ... Da! Ich zucke zusammen. Der Wächter hat in sein Horn gestoßen. Ein anderes Horn antwortet vom Burgtor her. Dreimal kurz – das bedeutet, ein schwarzer Krieger nähert sich der Burg. Mit lautem Quietschen wird die Zugbrücke heruntergelassen. Nichts Außergewöhnliches.

Trotzdem spähe ich zwischen den Zinnen hindurch. Sehe den Schein einer Fackel am äußeren Burgtor und dann einen schwarzen Krieger, der in voller Rüstung durch das Tor reitet und mit der gepanzerten Faust grüßt. Das Tor wird geschlossen, die Brücke hochgezogen.

Das Fest im Burghof ist vorbei. Keine Musik mehr, kein Gelächter, keine lauten Stimmen, kein betrunkenes Grölen.

Langsam verstummen alle Gespräche, alle Geräusche. Ich weiß: Nun sind außer den Wachen sämtliche Krieger und Knappen in den Kasematten. Nur hin und wieder leises Klirren oder das Schnauben eines Pferdes. Und das Schrubben meiner Bürste.

Ich bin unheimlich müde – und wach zugleich. Müde sind meine Arme und mein Rücken und meine Augen. Aber wach ist mein Kopf. Und mein Herz. Es klopft immer lauter.

Wenn Borri nicht merkt, dass der Wächter noch wach ist? Wenn Borri auf den Turm steigt und mich bei meinem Namen anredet und keine Ahnung hat, dass der Wächter alles hört? Borri verlässt sich darauf, dass ich dem Krieger den Schlaftrunk gebe. Aber was soll ich tun, wenn der sein Bier nicht trinkt?

Es ist stockfinster. Ich kann nicht mehr sehen, wo ich putze, scheure blind darauf los. Kein Mond, keine Sterne. Jetzt beginnt es auch noch zu regnen. Ich fange an, mich nach dem Verschlag zu sehnen, in den der Waffenmeister mich in den beiden letzten Nächten eingesperrt hat. Da war es wenigstens trocken und ich hatte einen Strohsack, auf den ich mich legen konnte.

Der Krieger flucht und sucht nach dem Bierkrug. „Muss der Himmel seine Schleusen öffnen, wenn ich Wachdienst habe! Neumondnacht! Da kann man nur Übles erwarten!“ Endlich hat er den Krug gefunden und trinkt.

Ich warte. Schrubbe. Warte. Der Krieger gähnt. Ächzt. Lässt sich stöhnend zu Boden gleiten und schon schnarcht er.

Er schnarcht.

Einige Zeit lasse ich noch verstreichen, dann stehe ich leise auf. Schleiche zu den Zinnen, spähe in den Burghof. Ich sehe nichts. Einfach nichts. Dafür höre ich etwas. Mir wird heiß und kalt zugleich. Schritte im Turm! Da kommt jemand die Leiter herauf! Nein, das kann nicht Borri sein, Borri bewegt sich leicht und gewandt wie eine Katze, aber das da sind schwere Schritte, begleitet von metallischem Klirren. Ein Krieger! Der Waffenmeister?

Wenn er sieht, dass der Turmwächter schläft ...

Ich knie nieder, suche nach der Bürste, finde sie nicht, rutsche auf den Knien herum, Schweiß bricht mir aus, vermischt sich mit dem Regen -

Der Krieger ist oben angelangt. Sein Kettenhemd rasselt. Schwach sehe ich seine Gestalt vor dem finsteren Himmel. Massig. Riesengroß. Jeromir?!

Das Podest bebt unter seinen Tritten. Ich drücke mich an die Mauer.

Er hat den schlafenden Wächter gefunden. Rüttelt ihn. Gibt ihm einen klirrenden Tritt. Dann fragt er leise: „Jens? Bist du hier?“

„Svidor!“ Beinahe hätte ich geschrien. Ich schluchze und stammle und lache, alles durcheinander.

„Na, na!“, murmelt er. „Ruhig, Jens, nicht so laut! Bin ich froh, dich heil vor mir zu wissen! Beim Barte meines Vaters, du machtest alles bestens, der Wächter hier wacht vor morgen früh nicht auf!“

„Warum seid Ihr nicht eher gekommen?“, flüstere ich. „Ohne Thazo wäre ich schon längst tot!“

„Es ist mir wirklich leid, wir waren wie toll vor Sorge um dich, aber Borri musste die Verlobung des Herzogs abwarten, um eine Möglichkeit zu haben, sich unter die eingeladene Gauklertruppe zu mischen. Und ich hatte einen einzelnen schwarzen Krieger abzupassen, der auch noch etwa meine Größe haben musste, damit ich in seine Rüstung steigen konnte, aber diese Ritter sind meistens zu mehreren unterwegs! Es war zum Bartausraufen! Doch heute fand ich endlich den richtigen Krieger, allein. Ich forderte ihn zum Zweikampf, besiegte und fesselte ihn und übergab ihn dem Schmied zur Bewachung, von dem kommt er nicht frei! Dann nahm ich das Pferd und die Rüstung und gab mich am Burgtor als er aus. So konnte ich vorhin in die Burg eindringen. Aber länger als eine Nacht hält meine Verkleidung nicht, bei Tage erkennt man mich, ich habe mir das Zeichen der schwarzen Krieger nur mit Kohle aufgemalt. Würde ich mich in der Burg mit Helm zeigen, erregte ich den allergrößten Verdacht. Heute Nacht müssen wir unsere Aufgabe erfüllen, doch jetzt heißt es erst einmal Ningar in die Burg zu holen! Borri hält unten im Turm Wache.“

Er knotet ein Seil um eine Zinne und lässt es in die Tiefe fallen. Nicht lange, und Ningar klettert über die Brüstung. Schweigend legt der mir die Hand auf die Schulter, drückt sie sehr fest.

Jetzt sind wir vereint in der Burg. Die drei Helden und ich. Und auch die Zwillinge sind hier.

Jetzt müssen wir die Prophezeiung erfüllen.

Kapitel 14

„Wach auf, Mimir!“ Thazo steht neben meinem Lager und rüttelt mich. Kiri schaut über seine Schulter. „Steh auf, Mimir!“.

Ich heiße Jens, will ich sagen, eine Weile weiß ich nicht, was los ist, beinahe sacke ich zurück in den Schlaf, dann fällt mir alles wieder ein und schlagartig sitze ich kerzengerade auf meinem Bett.

Wir haben die halbe Nacht beraten und nach einer Möglichkeit gesucht, in die innere Burg zu gelangen – und keine gefunden. Ningar wollte einen der Wächter auf den inneren Wehrgängen mit Pfeil und Bogen erschießen, aber ich habe ihm erklärt, dass das unmöglich ist, weil einer von ihnen ständig die Runde durch alle Türme und Wehrgänge macht, ohne je seinen Kopf über die Zinnen zu strecken, und hätte man einen erschossen, um über die Mauer in die innere Burg einsteigen zu können, so wäre das sofort aufgefallen. „Dann fordere ich die beiden silbernen Krieger zum Kampfe, die vor dem inneren Tor Wache halten, und steige in die Rüstung eines der beiden und Ningar in die andere, und so betreten wir bei Wachablosung das Burginnere!“, hat Svidor erklärt. Aber Borri hat darauf erwidert: „Welch ein bewunderungswürdiger Einfall! Deinen Heldenmut in allen Ehren, Svidor aus dem Geschlecht der edelen Marsakuren, aber meinst du, so ein Kampf gehe ohne Lärm ab? Ehe du zwei silberne Ritter mit Schwert und Lanze getötet hast, habt ihr mit euerem Waffengeklirr die ganze Burg aufgeweckt!“

Die Morgendämmerung war angebrochen, und wir hatten keinen Plan gefunden, nichts erreicht.

Svidor und Ningar haben sich in einem Verschlag im äußeren Burghof versteckt, ich musste auf den Turm und schnell die Schrubberei beenden, bevor der schlafende Krieger aufwachte und der Waffenmeister kam und mein Werk begutachtete. In einem seltenen Anfall von Menschenfreundlichkeit hat er mir befohlen, mich zu waschen und eine Stunde zu schlafen, während die anderen Jungen ihre morgendliche „Körperertüchtigung“ machten.

Ich hatte gedacht, nie und nimmer zur Ruhe zu kommen, aber ich war eingeschlafen, kaum dass ich mich auf mein Bett fallen gelassen hatte. Und jetzt?

Flüsternd erzähle ich Thazo und Kiri, was in der Nacht geschehen ist. Kiri bekommt große Augen und wird ganz aufgeregt, aber Thazo sagt nüchtern: „Damit ist uns auch nicht gedient. Ich habe mir den Kopf zermartert, aber es gibt keinen Weg in die innere Burg. Heute jedoch erwartet dich ein Tag der Waffenspiele, und mir fällt nichts ein, wie ich dir jetzt noch helfen kann, diesen zu überstehen, ohne Verdacht zu erwecken!"

Mein Hals wird trocken. „Wenn ich mich krank melde?", flüstere ich.

Kiri schüttelt den Kopf. „Das wäre nur möglich, wenn du vor Fieber glühen würdest oder schwer verletzt wärest. Jeromir höchstpersönlich entscheidet darüber. Und wenn dieser merkt, dass du dich drücken willst ..." Er spricht nicht weiter. Muss er auch nicht. Mir wird schlecht vor Angst. Was immer ich tue, ich werde mich verraten. Ich glaube nicht, dass meine Freunde mir helfen können, wenn der Waffenmeister merkt, dass ich nicht Mimir bin. Kiri und Thazo nicht. Und Svidor, Ningar und Borri auch nicht.

Das Frühstück ist heute, am Hochzeitstag des Herzogs, noch reichhaltiger als sonst, ein wahres Festessen. Ich bringe trotzdem keinen Bissen hinunter.

„Antreten!", brüllt der Waffenmeister. Ich stehe zwischen Thazo und Kiri. Versuche mein Zittern zu unterdrücken. Vergeblich. Und nicht wegen dem widerlichen Regen, der auf unsere nackten Schultern nieselt.

Ich möchte schreien. Weglaufen. Irgendwas. Nur nicht hier stehen und nicht wissen, was mich bei diesen Waffenspielen erwartet. Ich dreh gleich durch! Alles kommt mir ganz anders vor. Das Licht so unwirklich. Die Welt so merkwürdig still. Geisterhaft.

Auf einmal habe ich auch noch das Gefühl, dass mich ein warmer Hauch berührt. Als würde jemand dicht hinter mir atmen. Ich schau mich um. Da ist niemand. Fängt es so an, wenn man wahnsinnig wird?

„Heute, zu Ehren der Hochzeit Seiner Hoheit, tragen wir einen Wettkampf in sieben Disziplinen aus!", erklärt der Waffenmeister.

„Ihr gegen die Knappen von Hagvirs Gruppe. Ich erwarte, dass jeder von euch sein Bestes gibt, sein Allerbestes! Seid euch der Augen der Zuschauer bewusst! Und meiner Augen!“

Kiri stöhnt auf und wirft mir einen verzweifelten Blick zu. Seine Lippen sind farblos.

Ich kann nicht einmal mehr stöhnen. Sieben Disziplinen! Und natürlich ist Mimir der Beste in jeder einzelnen, und sobald ich –

„Wir beginnen mit Streitaxt-Werfen. Also: Streitäxte holen!“

Ich rühre mich nicht. Thazo fasst mich am Arm, zieht mich mit sich. „Hast du bereits einmal eine Streitaxt geworfen?“, flüstert er.

Ich schüttele den Kopf.

„Ginge doch die Welt unter!“, murmelt er.

O Mimir, wäre ich du! Wärst du jetzt da!

Wir laufen die lange Treppe hinunter zur Waffenkammer in den Kasematten. Ich laufe als letzter. Doch waren da nicht Schritte hinter mir?

Ich bleibe stehen, schau über die Schulter, sehe nichts als die Stufen. Was ist nur mit mir?!

Soll ich mich absichtlich die Treppe hinunterfallen lassen? Vielleicht breche ich mir dann einen Fuß oder einen Arm und muss keine Streitaxt werfen und keine sieben Disziplinen durchstehen, von denen ich die meisten nicht einmal kenne! Mama, Papa!

Da plötzlich schlingt sich von hinten ein Arm um meine Brust, eine Hand presst sich auf meinen Mund, ich will schreien, bekomme keinen Ton heraus, so hart drückt sie meine Lippen. Ich fasse nach der Hand, versuche sie wegzuzerren, sie hält viel zu fest, ich will schauen, wessen Arm das ist, ob ich ihn erkenne – aber ich sehe ihn nicht! Ich sehe nur meine eigene Brust und spüre doch den fremden Arm! Die Hand zieht meinen Kopf nach hinten – auch sie ist unsichtbar!

Da ist niemand und doch spüre ich ihn, kann mich nicht gegen ihn wehren! Jetzt höre ich auch noch dicht an meinem Ohr eine leise Stimme. Ich bin wirklich wahnsinnig geworden. „Nicht schreien, Jens“, flüstert die Stimme, sie kommt mir sehr vertraut vor, „nicht schreien! Und nicht weglaufen!“

Ich winde mich, versuche mich loszureißen, spüre einen Körper hinter mir, der genauso groß ist wie ich, aber viel stärker, blicke über die Schulter, da ist niemand, aber ich fühle ihn doch! Ich boxe diesem Niemand mit dem Ellbogen in den Bauch, spüre den

Widerstand angespannter Muskeln, und dann plötzlich fühle ich mich in den Schwitzkasten genommen, die Luft bleibt mir weg in einem erbarmungslosen Würgegriff, mein verdrehter Arm brennt wie Feuer.

Ich werde in eine Nische auf dem Treppenabsatz gezerrt, meine Füße schleifen über den Boden. Und dann ist da wieder die Stimme: „Ich musste dich zur Sicherheit niederringen, damit du dich nicht verrätst. Aber jetzt lasse ich dich los, verharre ganz still, hörst du, keinen Ton! Ich bin es, Mimir!"

Die Schritte meiner Kameraden entfernen sich auf der Treppe. Ich bin ganz allein. Allein mit meinem Wahnsinn.

„Wundere dich nicht, dass du mich nicht erblicken kannst!" flüstert die Stimme. „Ich habe die Tarnkappe des Medicus entwendet, wir müssen miteinander tauschen, ich gebe dir die Kappe, setze sie auf, dann bist du unsichtbar wie jetzt ich, aber sei dir bewusst, dass man dich hören kann und fühlen!"

Betäubt nicke ich. Da plötzlich sehe ich Mimir, dicht vor mir, eine Art Baskenmütze in der Hand. Er drückt sie mir auf die Haare, und – und ich kann mich selbst nicht mehr sehen! Nicht meine Arme, meine Beine, meinen Körper.

„Halte dich unsichtbar!", wispert Mimir. „Ich trete an deine statt und bestehe den Wettkampf für dich!"

Damit dreht er sich um und rennt die Treppe hinunter, auf der bereits die ersten Kameraden wieder herauflaufen, Streitäxte in der Hand.

Ich drücke mich in die Nische, lasse mich an der Wand hinuntergleiten, kauere da. Meine unsichtbaren Beine sind so weich, dass sie mich nicht mehr tragen können. Und meine unsichtbaren Hände zittern. Es dauert lang, bis der Schreck verdrängt wird von Erleichterung: Ich bin gerettet.

Die Tarnkappe, für die der Medicus seinen Lehrling so verprügelt hat, weil der sie aufgesetzt hatte – das ist in Wahrheit eine Zauberkappe, die unsichtbar macht! Und ich habe gedacht, das wäre eine Art Soldatenmütze!

Wie hat Mimir das nur herausbekommen? Und wie hat er geschafft, sie dem Medicus zu klauen, ohne dass der das merkte? Und wie ist Mimir in die Burg gelangt?

Und ich Dummkopf habe überhaupt nicht mehr mit Mimir gerechnet, habe geglaubt, der sitzt einfach bei seiner Mutter und lässt uns machen. Einer wie Mimir doch nicht! Er ist ein Held. Und jedenfalls ist er genau im richtigen Augenblick gekommen.

Kurz nach den anderen rennt Mimir, ebenfalls mit einer Streitaxt bewaffnet, die Treppe wieder herauf. Er stockt an meiner Mauernische. „Bist du da, Jens?“, flüstert er fast tonlos.

„Ja“, gebe ich ebenso leise zurück. Die Fragen in mir überstürzen sich. Doch dann fällt mir nichts anderes zu sagen ein als: „Woher hast du die Blutergüsse unter deinen Augen?“

Mimir grinst kurz: „Das ist nur Kohle! Damit ich dir gleiche. Bleibe in meiner Nähe! Aber gib Obacht, dass du niemanden berührst und keine Geräusche machst!“

Er stürmt die Stufen hinauf. Ich schleiche hinter ihm her. Im Hof presse ich mich an die Burgmauer, damit ich niemandem in die Quere komme, und beobachte Mimir. Es ist ein irres Gefühl, sich selbst zuzusehen. Und selber unsichtbar zu sein. Für Thazo und Kiri spielt Mimir Jens, der Mimir spielt, aber für die anderen ist Mimir einfach Mimir! Bald weiß ich selber nicht mehr, wer ich bin. Der da oder ich hier.

Zwei Gruppen von Jungen stehen in zwei Riegen hintereinander im Hof, jeder mit einer dieser schrecklich scharfen und schweren Äxte in der Hand. Die eine Gruppe ist die, zu der ich gehöre, das heißt Mimir. Kiri steht als Erster. Mimir als Zweiter. Die Jungen der anderen Gruppe scheinen ein bisschen älter zu sein.

Eine ganze Anzahl schwarzer Krieger, aber auch Mägde und einige der eingeladenen Musikanten und Schausteller haben sich als Zuschauer eingefunden. Mir wird schwach vor Dankbarkeit, dass ich jetzt nicht dort stehe. So schwach, dass mir irgendwie ein bisschen dunkel wird.

Kiri hebt den Arm, die geschwungene Schneide der Axt dem Holzschild zugewandt, der in vielleicht zehn Meter Entfernung an der mit Strohballen verkleideten Burgwand aufgehängt ist. Dann wirft er. Die Axt dreht sich im Flug rasend schnell um ihre eigene Achse – und landet mit der Schneide genau in der Mitte des Schildes, bleibt einen Augenblick stecken. Dann fällt sie zu Boden.

„Sauberer Wurf!“, meinen einige schwarze Krieger. Die Mägde klatschen, die Musikanten rufen Beifall. Nur unser Waffenmeister sagt: „Gut gezielt. Aber nicht genügend Kraft dahinter!“

Als nächster wirft der erste Knappe der zweiten Gruppe. Seine Axt dreht sich noch schneller als die von Kiri, und ich denke, er kann es noch besser, aber die Axt schlägt mit dem Stiel gegen das Schild, die Krieger pfeifen missbilligend und der Junge kriegt einen roten Kopf.

Jetzt ist mir klar, dass so ein Wurf alles andere als leicht ist. Und dass ich das nie und nimmer hingebracht hätte. Mimir, wie immer du das mit der Tarnkappe und mit dem In-die-Burg-Eindringen geschafft hast, du bist genau im richtigen Augenblick gekommen! Du hast gewusst, dass ich deine Hilfe brauche. Als wärst du ein Teil von mir.

„Mimir!", befiehlt der Waffenmeister.

Mimir macht einen Schritt nach vorn. Hebt den Arm mit der Axt. Wiegt sie locker und gekonnt in der Hand. Da, plötzlich, springt Borri mit einem mehrfachen Salto vom Wehrgang herunter genau vor den Schild, landet wie eine Katze auf seinen Füßen und klatscht in übertriebenem Beifall in die Hände. „Wahre Künstler mit der Axt, unsere angehenden Herren Ritter!", ruft er. „Aber können sie denn auch das?" Schnell zieht er seine Messer hervor und beginnt damit zu jonglieren, erst mit fünf, dann mit sieben. Mimir lässt die Axt sinken.

„Lasse Er den Unfug, oder ich mache Ihm Beine!", fährt der Waffenmeister Borri an.

„Sei nicht so, Meister!", ruft einer der schwarzen Krieger.

„Gönn uns das Schauspiel, und den Knaben auch!", ruft ein anderer.

„Nun denn, so sei es!", meint der Waffenmeister. „Bin selbst begierig zu sehen, was Er mit seinen Messern anrichtet!"

Borri verbeugt sich übertrieben und sagt: „Um Euch recht zu beeindrucken, benötige ich allerdings einen Knaben, der sich mir todesmutig zur Verfügung stellt! Damit ich meine Wurfkünste exemplifiziere, indem ich meine Messer um Haupt und Glieder dieses Knaben herum platziere! Wie wäre es mit diesem Knappen hier, den ich schon als Aschenputtel zu bewundern die Ehre hatte?" Damit macht er eine Verbeugung vor Mimir.

Ich muss schlucken. Borri glaubt, Mimir sei ich, er will mir helfen, verhindern, dass ich auffliege, er weiß ja nicht, dass ich es kann, das Axtwerfen, nein, nicht ich, Mimir ... Und nun soll der Wurfscheibe spielen für Borris Messer!

„Nur zu! Zeige Er, was Er kann!", ruft der Waffenmeister und lacht. „Mimir! An die Holzwand vorgetreten! Arme ausgebreitet!

Und fein stillgestanden und die Augen offen gehalten, bis zum letzten Messer!“ Er grinst so gemein, dass mehr als klar ist: Er freut sich, dass Mimir seine Haut hinhalten muss. Er genießt es, ihn zu quälen.

„Zu Befehl, Herr Waffenmeister!“, sagt Mimir sofort. Seine Stimme verrät nicht das geringste Schwanken.

Sich da jetzt hinstellen zu müssen und Borris Messern entgegenzusehen! Und Mimir weiß nicht einmal, was für ein Künstler Borri mit den Messern ist!

Mimir legt seine Axt ab. Mit ausgebreiteten Armen stellt er sich vor die Holzwand. Im Zirkus habe ich so was schon einmal gesehen. Sogar mit einer drehenden Scheibe, auf die eine Frau geschnallt war, und der Messerwerfer hat mit verbundenen Augen geworfen. Aber hier ist es etwas anderes. Das hier ist ernst. Wenn Borri nur keinen Fehler macht!

Was bezweckt er eigentlich damit? Gut, er denkt, Mimir wäre ich, und er wollte mir zu Hilfe kommen, indem er das Axtwerfen unterbricht. Aber es muss ihm doch klar sein, dass das nur einen kurzen Aufschub bedeutet!

Der erste Wurf, knapp über Mimirs linker Schulter. Mimir zuckt nicht einmal zusammen.

Borri umrundet Mimirs Kopf, Arme und Körper mit einwandfreien Messerwürfen. Mimir steht bewegungslos da. Mit kühlem, hochmütigem Gesicht. Wenn ich jetzt da stehen müsste ...

Als Borri im Wald mit seinen Messern an mir vorbeigeworfen hat, bin ich fast gestorben vor Angst. Mimir nicht. Der ist ein ganzer Kerl.

Ich würde gerne nicht nur so aussehen wie er.

Borri ist mit seinen Messerwürfen wieder bei der linken Schulter angelangt. Nun wendet er sich um und kündigt mit großartigen Worten an, dass er nun die Messer über die Schulter werfen wird. Ohne zu sehen, wohin er die Messer wirft.

Mimir presst die Lippen zusammen. Die Mägde und auch einige Jungen schreien erschrocken auf. Die meisten Krieger rufen Beifall, aber einer von ihnen brüllt den Waffenmeister an: „Gebiete dem Einhalt, Meister! Dein ist die Verantwortung für den Knappen!“

Der Waffenmeister grinst. „Mache Er weiter, Gaukler!“, sagt er ungerührt. „Oder“, dabei sieht er Mimir höhnisch an, „hast du etwas Angst, Prinz? Bei meinem Worte: Wenn du fein um Gnade flehst, werde ich dir diese Prüfung erlassen!"

Es ist beängstigend still. Als würden alle den Atem anhalten. Nur aus dem inneren Burghof tönt ferne Musik.

Mimirs Gesicht ist blass. Kurz fährt er sich mit der Zungenspitze über die Lippen. Dann antwortet er: „Nein, Herr Waffenmeister!" Und nach einer Pause ruft er mit fester Stimme: „Worauf wartet Er noch, Gaukler!"

Ich habe keine Spucke mehr. Diesen Mimir würde Papa niemals fragen, ob er ein Junge ist oder ein Jammerlappen. Nie, in seinem ganzen Leben nicht. Die Krieger und Jungen bilden einen dichten Kreis um das Schauspiel, nehmen mir die Sicht.

Es hält mich nicht an der Mauer. Ich muss es sehen! Vorsichtig schleiche ich mich an die Zuschauer heran, spähe zwischen zwei Kriegern hindurch auf Borri und auf Mimir. Sehe, wie die Messer über Mimirs linkem Arm in das Holz zischen, über Mimirs Kopf. Über der rechten Schulter.

Und plötzlich weiß ich, was Borri vorhat, beiße mir auf die Zunge, um nicht laut zu schreien. Borri will Mimir ein Messer in die rechte Hand werfen. Denn er denkt ja, Mimir wäre ich. Damit ich bei keiner einzigen Waffenübung mehr mitmachen muss.

Vielleicht trifft er einen Finger und es blutet und sieht schlimm aus und ist es gar nicht, und Mimir bekommt einen dicken Verband und weiter ist nichts. Aber Borri sieht nicht einmal, was er tut! Was ist, wenn er eine Sehne verletzt? Oder eine große Ader? Wenn Mimirs Hand kaputt geht oder wenn er verblutet? Borri ist doch kein Arzt, der sich mit so was auskennt!

Hör auf, Borri, hör auf! Ich bin es doch gar nicht, es ist Mimir!

Ich will vorspringen und es Borri sagen, aber das geht nicht, ich komme zwischen den Kriegern nicht durch, ich kann es auch nicht rufen, dann verrate ich uns alle, was soll ich bloß tun, lieber Gott, hilf uns doch! Hilfeflehend schau ich zum Himmel. Als wäre da einer, der Borri aufhalten könnte. Und da sehe ich es.

Der Himmel ist bewölkt, aber es regnet nicht mehr, und an einer Stelle lockern die Wolken ein wenig auf, genau über der Sonne, durch den Wolkenschleier kann man sie erkennen, die Sonne. „Da!", schrei ich. „Schaut! Die Sonne!"

Borri lässt die Hand mit dem Messer wieder sinken, blickt zum Himmel, da erst fällt mir ein, dass ich nicht hätte rufen dürfen, denn mich gibt es ja eigentlich nicht, aber keiner hat es mitbekommen, keiner hat sich nach mir umgedreht und gemerkt, dass ich gar nicht da bin, alle schauen zum Himmel hinauf, sehen, was ich sehe: Die Sonne ist nicht mehr voll und rund wie immer. Ein schwarzer Halbkreis hat sich von der Seite weit in sie hineingeschoben und von der Sonne ist nicht mehr übrig als ein strahlender Halbmond.

Ich kriege eine Gänsehaut. Obwohl ich gleich weiß, was das ist: eine Sonnenfinsternis, wie ich sie vor kurzem in meinem richtigen Leben mit meinen Eltern gemeinsam von der Burg aus angesehen habe, von diesem gleichen Berg aus. Ich weiß das, Mama hat mir erklärt, dass man ausrechnen kann, wann eine Sonnenfinsternis kommt, dass es mit der Mondbahn und der Erdumdrehung und allem zu tun hat, und doch muss ich gleichzeitig denken: Das hat der liebe Gott gemacht. Für Mimir. Und für mich. Und da muss ich heulen. Weil ich eigentlich gar nicht so richtig an ihn geglaubt habe. Und überhaupt.

Ich stehe da und schaue durch meine Tränen zum Himmel hinauf und fühle mich irgendwie so weich und leicht und merke erst nach einiger Zeit, was um mich herum vor sich geht.

Der Waffenmeister, die schwarzen Krieger, Thazo, Kiri, Mimir, die anderen Jungen, einfach alle starren zur Sonne hinauf, als hätten sie den Weltuntergang vor Augen. Und das scheinen sie wirklich zu glauben, denn jetzt schreit einer der Krieger: „Der schwarze Mond frisst die Sonne auf! Das ist das Ende der Welt!“

Ein unglaublicher Tumult bricht los. Von allen Türmen tuten die Alarmhörner. Einige Männer und Jungen brüllen aus Leibeskräften. Mägde heulen. Andere werfen sich auf den Boden und vergraben ihren Kopf in den Händen. Irgendjemand lacht wie ein Irrer und kreischt immer wieder: „Der schwarze Mond frisst die Sonne auf! Der schwarze Mond frisst die Sonne auf!“ Unser Waffenmeister reißt sich das Kettenhemd vom Leib und sagt: „Dies ist der Tag. Wer hätte gedacht, dass wir es sind, die das erleben! Das Letzte, was wir erleben.“ Damit dreht er sich um und geht.

Selbst Borri sind die Späße vergangen. Er schlägt die Hände vors Gesicht. Und Mimir? Er steht genau so starr und blass wie Kiri und Thazo. Osliri schluchzt.

Da begreife ich: Ich bin der Einzige in der Burg, der weiß, was eine Sonnenfinsternis ist. Der Einzige, der weiß, dass jetzt nicht etwas ganz Furchtbares geschieht. Dass bloß der Mond einen Schatten auf die Sonne wirft und es höchstens kurz finster wird und ein bisschen kalt, aber dass das gleich wieder vorbei geht und danach alles wieder so ist wie davor. Dass nicht die Welt untergeht. Aber ich kann es ihnen nicht erklären – mich gibt es ja nicht.

Von der inneren Burgmauer schrillt eine Frauenstimme: „Das ist die Strafe für unsere Sünden!“, und daraufhin wird das Durcheinander und das Geschrei noch schlimmer. Ich drücke mich an die äußere Burgmauer, damit mich nicht jemand in Panik über den Haufen rennt.

Das Tor der inneren Burg wird aufgestoßen, ein silberner Krieger jagt auf seinem Streitross heraus, auf das äußere Burgtor zu, das sich vor ihm öffnet, die eisernen Hufe donnern über die Zugbrücke. Ohne nachzudenken rase ich los, vielleicht komme ich mit meiner Tarnkappe unentdeckt in die innere Burg, aber ehe ich das Tor auch nur annähernd erreiche, ist es schon wieder geschlossen. Ich schaue zum Wehrgang der inneren Burg hinauf und sehe, dass der Herzog dort steht und dass sich viele silberne Krieger, aber auch einige Frauen um ihn scharen und alle den Himmel beobachten und auch wenn ich ihre Gesichter nicht erkennen kann, merkt man doch deutlich, dass auch sie sich fürchten.

Da plötzlich wird mir klar, dass das unsere große Chance ist. Wenn wir jemals unbemerkt die Mauern zur inneren Burg übersteigen und die Zwillinge befreien können, dann jetzt. Solange alle schwarzen und alle silbernen Krieger glauben, dass die Welt untergeht, und zur Sonne starren und kopflos durch die Gegend laufen und die Mauern und Tore nicht bewachen.

Ich laufe zu Mimir und greife nach seiner Hand. „Wir müssen wieder tauschen!“, flüstere ich ihm zu. Wortlos folgt er mir einen Winkel. Ich nehme mir die Tarnkappe ab und drücke sie ihm auf den Kopf, das Letzte, was ich von ihm sehe, sind angestrengt in die Ferne gerichtete Augen.

„Bleib hinter mir!“, befehle ich und renne zu Borri. Der sieht mich an, als sei er aus tiefstem Schlaf wachgerüttelt worden. „Es schmerzt mich für dich, Jens“, sagt er, „dass du in dieses Unheil gerätst!“

„Von wegen Unheil!“, erwidere ich. „Außerdem heiße ich Mimir. Komm mit, ich muss mit dir reden!“ Auch Thazo und Kiri ziehe ich hinter mir her, niemand hindert uns, niemand schert sich um uns, jeder ist mit seinem eigenen Entsetzen beschäftigt. Wir finden einen abgelegenen Ort zwischen Waffenschmiede und Holzkohlen-Lagerschuppen. Weder der Schmied noch seine Gesellen sind zu sehen. Wahrscheinlich stehen sie auf dem Wehrgang oder haben sich in den Kasematten verkrochen. Ich erzähle den anderen, dass Mimir unsichtbar unter uns ist, Mimir nimmt ganz kurz die Tarnkappe ab, er steht dicht hinter Kiri, schon ist er wieder verschwunden, die anderen schreien auf, aber ich sage, sie sollen mir endlich zuhören, und dann erkläre ich ihnen, was eine Sonnenfinsternis ist.

Sie wollen es mir nicht glauben. Sie sagen, das kann alles nicht stimmen, weil die Erde sich nicht dreht, sondern eine Scheibe ist, und außerdem gibt es eine heilige Geschichte, in der es heißt, dass am Tage des Weltuntergangs der schwarze Mond die Sonne fressen und dann auf die Erde stürzen und alles zerstören wird.

Ich verliere die Geduld, die Sonnenfinsternis schreitet immer weiter voran, und wir vertun kostbare Zeit. „Ach ja?“, sage ich. „Und warum kann ich dann auf dieser Erde lange nach eurer Zeit leben, wenn sie heute untergeht?“ Da sagen sie nichts mehr, und ich kann ihnen endlich meinen Plan erklären: dass das jetzt eine Gelegenheit ist, wie wir sie nicht noch einmal bekommen, und dass wir sofort versuchen müssen, über die hohe Mauer in die innere Burg zu klettern und die Zwillinge zu befreien.

Endlich kapieren sie es. „Wir können die Sturmleitern nehmen!“, ruft Thazo, aber der unsichtbare Mimir widerspricht im Befehlston: „Nein, Enterhaken mit Seilen, das ist unauffälliger, holen wir sie aus der Waffenkammer! Und Armbrüste, um sie hinaufzuschießen! Wir treffen uns zu Füßen des runden inneren Turmes!“

Thazo und Kiri rennen weg, auch Mimir scheint ihnen gefolgt zu sein, denn als ich ihn anspreche, antwortet niemand.

Ich suche mit Borri das Versteck von Svidor und Ningar auf, und hier beginnt das Gleiche von vorn – ich muss sie erst einmal davon überzeugen, dass jetzt die Welt nicht untergeht. Obwohl sie ja in Wirklichkeit auch aus meiner Zeit sind und in ihrem richtigen Leben schon eine Sonnenfinsternis erlebt haben, aber davon haben sie eben genauso wenig Ahnung wie davon, dass sie eigentlich Jungen sind und hier nur in ihren Rollen gefangen. „Wenn wir Glück haben, wird es sogar ein paar Minuten finster, das wäre der beste Augenblick, um an die Zwillinge heranzukommen, aber sicher bin ich nicht, weil ich nicht weiß, ob wir hier in einer Totalitätszone liegen."

„Worin?", fragt Svidor.

Da gebe ich es auf, ihnen noch etwas über Sonnenfinsternisse zu erklären.

Kurz darauf sind wir alle auf der Rückseite der Burg unterhalb des runden inneren Turmes vereint. Thazo, Kiri und der unsichtbare Mimir haben schon auf uns gewartet. Sonst ist niemand hier. „Kein einziger silberner Krieger mehr hier auf dem Turm und dem Wehrgang", ruft uns Kiri entgegen, „die sind alle mit dem Herzog auf dem Torturm! Und von den schwarzen Kriegern dort drüben schaut keiner her!"

Er weist auf den Turm in der äußeren Befestigung, auf dem sich zehn oder fünfzehn schwarze Krieger versammelt haben und mit dem Rücken zu uns reglos wie Steinfiguren in den Himmel sehen. Eben lichtet sich die Wolkendecke wieder gerade so weit, dass man die Sonne durch die Schleier hindurch erkennen kann. Sie ist nur noch eine hauchfeine Sichel.

Der Tag verblasst immer mehr. Ein düsteres, unwirkliches Licht liegt über dem Burghof. Reichlich unheimlich. Und diese merkwürdige Stille! Obwohl ich das alles ja schon einmal erlebt habe und weiß, dass es nichts Schlimmes ist, muss ich mich zusammenreißen, um mich nicht von der Furcht der anderen anstecken zu lassen.

Thazo und Kiri spannen mit der Kurbel die beiden Armbrüste und reichen sie Ningar, der damit Enterhaken mit langen Seilen über die innere Burgmauer schießt, genau im Winkel hinter dem Turm. Damit wenigstens der Herzog und die silbernen Krieger uns nicht sehen können, wenn sie sich umdrehen. Svidor prüft, ob die Haken auch wirklich fest sitzen. Dann lehnt er einen großen, eisenbeschlagenen Holzschild griffbereit gegen die Mauer. „Borri und Ningar folgen mir! Wir entern die Burg und holen die Zwillinge heraus!", befiehlt er. „Ihr anderen haltet euch hier bereit! Oder, Prinz Mimir, wollt Ihr uns in Eurer Tarnkappe folgen?"

„Selbstredend!", kommt die Antwort, ein wenig empört.

„Aber", vor Aufgeregtheit kann ich kaum reden, „das geht nicht, ich muss mit Euch kommen, ich muss doch dabei sein, wenn die Zwillinge, die Prophezeiung ..."

Svidor sieht mich scharf an. „Du weißt, dass dies für einen Ungeübten unmöglich ist? Hast du dergleichen gelernt?" Er weist zu den Zinnen der inneren Burgmauer.

Ich schaue hinauf. Höher als ein Kirchturm. Und niemand wird mich sichern.

Die Seile wehen im Wind.

Ich sage nichts mehr. Schüttele den Kopf. Und hasse mich dafür.

„Prinz Mimir, seid Ihr bereit?", fragt Svidor knapp. „Ich nehme an, Euch hat man das Seilklettern gelehrt?"

„Was fragt Ihr das noch!", kommt die zornige Antwort. „Verwechselt Ihr mich mit Jens? Ich sagte Euch, ich sei bereit!"

Ich könnte schreien.

Svidor setzt seinen Helm auf und schließt das Visier, ohne mich auch nur noch eines einzigen Blickes zu würdigen. So unwichtig bin ich für ihn. Dann wenden sich die drei Sichtbaren und der eine Unsichtbare der Mauer zu.

Borri rennt, ein Messer zwischen die Zähne geklemmt, am Seil die Mauer hinauf, als sei es ein harmloser Spaziergang. Ningar klettert schnell und gleichmäßig. Am langsamsten ist Svidor, der ein Wahnsinnsgewicht hinaufschleppen muss: sein eisernes Kettenhemd, seinen eisernen Helm, sein eisernes Schwert und auch noch seinen eiserner Brustpanzer, den er sich zusätzlich angelegt hat. Von Mimir sieht man nicht mehr als das Schwanken seines Seiles.

„Wenn sich jetzt einer der schwarzen Krieger auf dem Turm doch umdreht und die drei sieht!", flüstert Kiri.

„Dann ist Mimir der einzige, der möglicherweise die Mauer überwinden kann", gibt Thazo stimmlos zurück.

Ich vergrabe mein Gesicht in den Händen.

„Es ist ihnen gelungen!", sagt Kiri endlich mit einem Seufzer der Erleichterung. Ich hebe den Kopf und sehe im fahlen Dämmerlicht, wie die Seile die Mauer hinaufgezogen werden. Von den drei Helden sehe ich nichts.

Nun sind sie in der inneren Burg. Mimir ist es, der mit den drei Helden die Zwillinge befreit. Ich bin nur Jens.

Kapitel 15

Soll das wirklich alles gewesen sein? Die ganze Angst, das In-eine-fremde-Welt-entführt-Werden, die Ungewissheit, ob ich überhaupt wieder nach Hause komme, die Lebensgefahr, die Anstrengung und Mühe – und dann hocke ich hier am Fuß der Mauer und warte darauf, dass andere die Zwillinge befreien?!

Gut, ich habe dem Wächter den Schlaftrunk in das Bier getan, damit Svidor Ningar in die Burg holen konnte. Aber das hätte Borri auch ohne mich geschafft.

Gut, ich habe das mit der Sonnenfinsternis gewusst und das konnte keiner wissen außer mir, denn nur ich kenne hier eben das von der Sonne und dem Mond und der Erdumdrehung. Aber das soll mein ganzer Beitrag gewesen sein?! Dafür die Prophezeiung?

Oder – habe ich alles verdorben?! Geht jetzt alles schief und die Zwillinge werden nicht befreit und der Herzog nicht besiegt, weil ich zu feige war?

Aber es kann doch nicht Feigheit sein, etwas nicht zu tun, wovon man ganz sicher weiß, dass man es nicht kann! Und dass man dabei ums Leben kommen würde! Dreißig Meter an einem lose baumelnden Seil in die Höhe klettern zu wollen, wenn man so was noch niemals probiert hat, nicht einmal einen einzigen Meter hoch –

Klar, Mimir kann das. Mimir kann sowieso alles. Aber so deutlich hätte er sich das auch nicht raushängen lassen müssen! *Verwechselt Ihr mich mit Jens ...*

„Thazo?“, frage ich leise. „Könntest du die Mauer da hochklettern wie Mimir?“

Thazo schnaubt verächtlich. „Mimir! Die Hälfte von uns klettert besser als der, Kiri und ich auch, was ist schon Großartiges daran, wenn man es am Sicherheitsseil gelernt und so eingeprügelt bekommen hat wie wir! Mimir hat zwölf Stunden Kletterunterricht mehr gebraucht als Osliri und musste zweimal beim Zuchtmeister antreten, bis er es sicher konnte! Aber dir gegenüber, der darin überhaupt nicht unterwiesen ist, spielt er sich auf! Doch warte nur, das werde ich ihm bei Gelegenheit so klar machen, dass er nicht mehr weiß, wo ihm der Kopf angewachsen ist! Das darfst du ihm ruhig von mir ausrichten, Kiri!“

Ich muss beinahe grinsen. Und fühle mich ein bisschen besser.

„Schaut!“, ruft Kiri leise. Ich blicke auf. Es ist sehr duster geworden. Trotzdem sehe ich, dass das äußere Burgtor geöffnet ist und sich nun auch das innere öffnet und dass ein Reiter auf einem schwarzen Pferd darauf zu sprengt, ein Reiter mit einem schwarzen Hut und einem schwarzen Umhang und schwarzen Hosen. Der Medicus!

Ich fasse nach Aribors Stein in meinem Hosenbund.

Da schreit es. Nicht ein einziger Schrei – Hunderte von Stimmen, die gleichzeitig schreien, aus allen Enden der Burg. Und dann Stille. Totenstille.

Kein Mensch, kein Pferd, kein Vogel ist mehr zu hören.

Es ist finster geworden. Stockfinster.

Das ist der Augenblick, auf den alles ankommt. Wenn es Svidor und den anderen jetzt nicht gelingt, an die Zwillinge heranzukommen und sie an sich zu nehmen, dann wird es ihnen nie gelingen.

Bitte, Zwillinge, brüllt, brüllt so laut wie Anne-Marie, damit sie euch entdecken! Ningar mit seinem Jägerinstinkt findet bestimmt den Weg zu euch, wenn ihr nur laut genug schreit, aber sobald sie euch haben, müsst ihr still sein, dürft keinen einzigen Laut mehr von euch geben, damit ihr sie nicht verratet!

Plötzlich wird mir kalt. Ich schaudere zusammen.

Von irgendwo höre ich Weinen. Sonst ist es immer noch so unnatürlich still.

Nein, da ist etwas. Ein leises Geräusch direkt über uns.

Und dann –

Ich zucke zusammen, fahre herum, schlage wild um mich. Etwas hat mich berührt! Am Nacken. Etwas Leichtes, Kitzliges, Ekliges.

Da bekomme ich es zu fassen. Es ist das Ende eines Seiles. Ich fange an zu lachen und kann nicht mehr aufhören. Wie hysterisch.

„Was ist?“, flüstert Thazo.

Endlich kriege ich wieder Luft, unterdrücke das Lachen. „Das Seil!“, presse ich hervor. „Sie kommen zurück.“

Im gleichen Augenblick höre ich dicht neben mir einen leisen Plumps und dann die Stimme von Borri: „Wir haben sie! Eines ich, eines Ningar. Jetzt nichts wie weg von hier!"

„Warten wir auf Svidor!", flüstern die Stimmen von Ningar und Mimir fast gleichzeitig.

Ich schaue die Mauer hinauf, sehe, wie Svidor die Seile, an denen die anderen hinuntergeklettert sind, von den Enterhaken löst, zu uns in den äußeren Burghof wirft und sich dann selbst über die Brüstung schwingt – sehe, und begreife erst jetzt, was das bedeutet: Es wird wieder hell!

Ein allgemeines „Oh!", ertönt und ein „Seht!". Dann ruft vom inneren Torturm eine laute Stimme, die ich kenne, die Stimme des Medicus: „Fürchtet euch hinfort nicht mehr, ihr tapferen Krieger! Ich habe über den schwarzen Mond obsiegt! Meine Zauberkraft hat die Sonne errettet und damit die Welt! Sehet an und staunet: Die Sonne wird wieder von Neuem geboren!"

Von dem uns gegenüberliegenden äußeren Turm aber ertönt plötzlich das Alarmsignal und eine Stimme brüllt: „An die Waffen! Ein Verräter an der inneren Burgmauer!"

„Weg hier!", flüstert Ningar. „Noch hat man nur Svidor entdeckt!"

„In die Kasematten!", befiehlt Mimir.

Thazo rennt geduckt vor uns her zu einer offen stehenden Falltür, die vom äußeren Burghof in die Tiefe führt. Hinter uns hören wir einen klirrenden Aufprall. Wir rennen die Stufen hinunter. Als ich mich umdrehe, sehe ich, dass Svidor sich am Fuß der Mauer schwerfällig vom Boden aufrappelt – er muss die letzten Meter in den Burghof hinab gesprungen sein! Schnell reißt er den an der Mauer lehnenden Schild an sich und schützt sich damit vor einem Hagel von Pfeilen. Dann trifft ihn ein Wurfspeer auf seinem Panzer am Rücken. Svidor bricht in die Knie wie unter einem Keulenschlag. Trotzdem steht er wieder auf.

„Hierher!", schrei ich ihm zu und winke aus dem unterirdischen Eingang. Svidor dreht den Kopf zu mir. Einen Augenblick meine ich durch das geschlossene Visier seinen Blick zu spüren. Dann wendet er sich ab und stapft in die andere Richtung davon. Wieder wehrt er einen Pfeilregen mit dem Schild ab. Und dann sehe ich die schwarzen Krieger, die vom Wehrgang herunterstürzen, ihre Schwerter gezogen.

„Komme!“, sagt Ningar, packt mich an der Hand und zieht mich ein paar Stufen hinunter.

„Aber Svidor!“, schrei ich.

„Er ist ein Krieger“, erwidert Ningar, als sei damit alles gesagt. „Hier, nimm du das Baby! Du bleibst bei Borri und den Knaben. Was auch geschieht, ihr müsst die Zwillinge retten, hörst du!“

Ich nicke. Obwohl er das in der Dunkelheit des Ganges vermutlich gar nicht sieht. Aber reden kann ich jetzt nicht. Svidor allein gegen so viele Krieger ...

„Hier, nimm die Wurfspeere!“, höre ich hinter mir die Stimme von Mimir. Plötzlich hat Ningar ein ganzes Bündel schwerer Wurfspeere in der Linken und stürmt damit die Stufen hinauf, zurück in den Burghof.

Er lässt Svidor nicht im Stich. Eilige Schritte folgen ihm. Und dann – eine Gänsehaut rieselt mir den Rücken hinunter.

Aus dem Nichts ein paar Meter vor mir löst sich ein Pfeil, durchschneidet sirrend die Luft, fliegt auf einen schwarzen Krieger zu, trifft ihn am ungeschützten Oberschenkel, genau in dem Augenblick, in dem der Krieger sich auf Svidor stürzen will.

Mimir.

Der unsichtbare Mimir hat in den Kampf eingegriffen. Schon wieder fliegt ein Pfeil von Geisterhand. Und ein Speer von Ningar ...

„Jens! Komme endlich!“, ruft Borri aus dem Gang unter mir. Ich drehe mich um und renne die Treppen hinunter. Thazo und Kiri führen uns durch immer neue Gänge. Das Baby in meinen Armen ist eingeschlafen und schwer geworden. Wir gehen immer tiefer in den Berg hinein. Ab und zu fällt Tageslicht durch Schächte oder Schießscharten. Wir begegnen keinem Menschen.

An einer hellen Stelle betrachte ich kurz das kleine Mädchen, das ich trage. Von den Schultern bis zu den Füßen ist es in Bänder gewickelt, sodass es die Arme gar nicht bewegen kann und mit den Beinen nicht strampeln, nur sein Gesicht sieht aus der Verpackung heraus. Hübsch ist es: blond, graue Augen, Grübchen im Kinn. Eine Haube hat es nicht mehr auf, die haben die anderen ihm bestimmt abgenommen, um zu sehen, ob es auf der Stirn ein Muttermal hat. Und das hat es. Ein kleines, dunkles Muttermal, als sei da ein winziger liegender Halbmond aufgemalt oder eine Schale, in die von oben drei Tropfen hineinfallen.

Das Schwesterchen, das Borri trägt, muss genauso aussehen. Eines wie das andere, durch nichts zu unterscheiden ...

Wir haben sie, die Zwillinge der Königin. Aber noch sind sie nicht gerettet! Draußen im Burghof tobt der Kampf von Svidor, Ningar und Mimir gegen die Übermacht der schwarzen Krieger, es ist längst hell, keiner glaubt mehr an den Weltuntergang, das Tor ist wieder bewacht, der Medicus ist in der Burg -

„Thazo?“, frage ich. „Gibt es hier einen Geheimgang, der aus der Burg herausführt?“

„Jedenfalls keinen, von dem wir Kenntnis haben!“, antwortet er. „Sonst wäre ich längst nicht mehr hier!“

Ich drehe mich nach Borri um. „Wie sollen wir je ...“, beginne ich, merke selbst, wie schrill meine Stimme klingt.

Borri zischt mir zu: „Still! Da kommt jemand!“

Wir rühren uns nicht. Lauschen. Und da höre ich Schritte. Schwere, klirrende Schritte. Svidor?

Die Schritte kommen von rechts. Aber dann kommen sie auch von links. Und von hinten. Und von vorn ...

Es ist nicht nur ein Krieger. Es sind viele. Sie poltern durch die unterirdischen Gänge. Ich presse das Baby an mich.

„Gib es mir!“, flüstert Borri und lässt das Baby gemeinsam mit seinem Zwillingsschwesterchen unter seinem zerfledderten Umhang verschwinden. „Rühre dich nicht!“

Ich kann mich sowieso nicht mehr rühren.

Die Zeit bleibt stehen. Die Schritte dröhnen in den Gängen. Dann höre ich eine fremde Männerstimme: „Sie müssen hier unten sein, der Verräter und der fremde Jäger, ich sah sie in die Kasematten verschwinden. Die Ausgänge sind alle besetzt. Licht her! Durchforscht jeden Winkel!“

Sie suchen nach Svidor und Ningar. Also leben die beiden noch, konnten ihnen in das Labyrinth der Kasematten entkommen! Nach uns suchen die Krieger nicht. Haben sie uns an der Mauer nicht gesehen?

Und selbst wenn! Sie haben nichts gesehen als Thazo, Kiri und Mimir, drei Knappen, die sie kennen, und einen Gaukler, der in die Burg eingeladen war. Was soll daran verdächtig sein?!

Die Zwillinge haben sie nicht gesehen. Die hatten Ningar und Borri unter ihrer Kleidung versteckt. Und wahrscheinlich wissen sie noch gar nicht, dass die Zwillinge entführt worden sind, vielleicht wissen sie überhaupt nichts von den Zwillingen, schließlich kommt niemals ein schwarzer Krieger in die innere Burg ...

Aber ist ihnen vielleicht aufgefallen, dass wir mit Ningar zusammen geflohen sind? Außerdem kann es nicht lange dauern, bis die Frauen, die auf die Zwillinge aufpassen, merken, dass diese verschwunden sind. Und es dem Herzog melden. Und der nach den Zwillingen suchen lässt. Oder es dem Medicus sagt.

Der Medicus! Wie konnte ich das vergessen! Kann er die Zwillinge aufspüren, mit seinem magischen Auge? Dann können wir nicht mehr entkommen, wie gut wir uns auch verstecken, dann können wir die Zwillinge nicht retten –

Flackerndes Licht erhellt den Gang, der von rechts kommt. Wir stehen stocksteif. Sehen zwei schwarze Krieger, in Kettenhemden und ohne Helm, um die Kurve biegen, mit Fackeln in den Händen. Sie bemerken uns, stutzen. „Was habt ihr hier zu suchen!", sagt der eine streng.

Mich verlässt auch das allerletzte Fünkchen Mut. Es ist Jeromir.

„Die Sonne", beginnt Kiri, „der schwarze Mond ..." Er stottert und schlottert vor Angst.

Jeromir schüttelt den Kopf. „Beruhige dich, Knappe! Die Welt geht nicht unter, die Sonne ist wiedergeboren, das Unheil ist abgewendet. Aber nun rate ich dir und den anderen Knappen dringend, in den Hof zu gehen und euch bei dem Waffenmeister zu melden, es ist langst zum Appell gepfiffen. Ihr dürft euch auf mich berufen, wenn der Waffenmeister euch wegen eueres zu späten Erscheinens bestrafen will – dies ist ein Tag, der alle Regeln außer Kraft setzt. Und Er, Gaukler, schere Er sich zu seiner Truppe! Aber zuvor teilt ihr mir alle noch mit, ob ihr einen fremden Mann in Jägerkleidung saht und einen schwarzen Krieger mit Brustpanzer und Helm!"

Nein, will ich sagen, aber Borri kommt mir zuvor und ruft: „Gewiss doch, Euer Hochwohlgeboren, die Knie zitterten mir, als ich den furchtbaren Krieger erblickte, ein wahrer Riese ist er, da vergeht unsereins das Spaßen, dort den Gang ist er hinunter und der Jäger hinter ihm her!"

Jeromir nickt. Gemeinsam mit dem anderen Krieger stampft er an mir vorbei, an Kiri, an Thazo. Doch dann, als die beiden bei Borri angelangt sind, beginnen plötzlich die Zwillinge zu schreien. Gleichzeitig brüllen sie aus Leibeskräften.

Jeromir und der Krieger bleiben stehen, Borri will an ihnen vorbei, doch Jeromir packt ihn mit seiner eisernen Faust, der andere reißt ihm den Umhang vom Leib. Borri steht da, in jedem Arm eine Tochter der Königin, und selbst ihm fällt nichts mehr ein, was er sagen oder tun könnte.

„Was sind das für Ki-", beginnt Jeromir misstrauisch und bricht mitten im Wort ab. Starrt die Zwillinge an. Erst das eine Baby, dann das andere. Wie im Traum lässt er Borri los und fährt sich an die Stirn.

Borri will die Gelegenheit nutzen und fliehen, aber schon hat der andere Krieger ihn in seinem eisernen Griff. Nun leuchtet dieser den Zwillingen mit der Fackel genau ins Gesicht. Und auch er sieht aus, als ob er träume.

Eine solche Veränderung geht in den Gesichtern der beiden Männer vonstatten, dass ich fast meine Angst darüber vergesse. Sie stieren, erst leer, dann mehr und mehr fassungslos. Die furchtbaren Brandmale auf ihrer Stirn beginnen zu pulsieren und zu leuchten wie flüssiger Stahl. Dann füllen sich ihre Augen mit Tränen, und ein Stöhnen dringt aus ihrer Brust, das nicht mehr menschlich ist.

„Diese Zwillinge, wer sind sie?", flüstert der Krieger, den ich nicht kenne, und sieht mich an, als hätte noch nie einen Jungen gesehen.

Ich muss schlucken. Und plötzlich spricht es aus mir, ich will das gar nicht, die Worte kommen mir einfach über die Lippen: „Es sind Malina und Lybina. Die Töchter Eurer Königin."

„Die Töchter meiner Königin", wiederholt der Krieger wie im Traum. „Meiner verehrten Königin."

Jeromir aber, diesem von allen gefürchteten Jeromir, stürzen die Tränen aus den Augen. Er wischt sie nicht ab, scheint sich für sie nicht zu schämen. Sieht mit seiner glühenden Brandnarbe nur mich an, dann wieder die Zwillinge und sagt leise: „Die Töchter der Königin. Die Töchter meiner geliebten Schwester. Dann – bei Gott! – dann sind es ja meine Nichten! Und du, Mimir, bist mein Neffe!" Er streift seinen eisernen Handschuh ab und fährt mit dem Zeigefinger unendlich behutsam den beiden Babys über das Gesicht, erst dem einen und dann dem anderen.

Einen solchen Augenblick zu erleben – das ist etwas, was keiner verstehen kann, der es nicht selbst erlebt hat. So wie ich.

Erst langsam begreife ich, was es bedeutet: Die Krieger erinnern sich! Und Jeromir ist der Bruder der Königin, der als Knabe entführt worden ist! Warum bin ich nicht darauf gekommen, mir kam doch sein Name gleich irgendwie bekannt vor! Jetzt weiß ich, dass die Königin ihn mir gesagt hat. Kein Wunder, dass alle so viel Respekt vor Jeromir haben.

Er war ein Prinz wie Mimir ...

Nun streckt er mir die rechte Hand hin, legt mir die linke auf die Schulter und sagt: „Sei gewiss, mein Neffe, von dieser Stunde an werde ich mich persönlich deiner annehmen!"

Ich muss schlucken. Stehe da, meine Hand in seiner. „Danke, Herr Kommandant!", sage ich leise.

Er lacht und zieht mich am Ohr, aber nicht so, dass es weh tut. „Oheim heißt das, mein Lieber, Oheim!"

Zum ersten Mal, seit ich in der Burg bin, fühle ich mich unheimlich elend bei dem Gedanken, dass ich den anderen vormache, ich wäre Mimir. Aber ist das jetzt eigentlich noch nötig? So schnell weiß ich nicht, ob ich ihm jetzt sagen darf, wer ich bin, in meinem Kopf geht es ganz durcheinander, wenn ich kurz mit Thazo darüber reden könnte!

Jeromir beugt sich über die beiden Mädchen und küsst ihnen sanft auf die Stirn. Genau auf das Muttermal. Und die Narbe auf seiner eigenen Stirn erlischt, verschwindet. Als habe es sie niemals gegeben.

Der andere Krieger tut das Gleiche: Küsst die beiden Zwillinge auf ihr Muttermal. Und auch seine glühende Narbe wird blass und verschwindet. Dann lässt er sich vor Borri, nein, vor den Zwillingen auf ein Knie nieder und spricht feierlich: „Vernehmt meinen Schwur, ihr Töchter meiner Königin, an deren statt! Ich bin der Vasall der Königin, Ihrer Majestät allein werde ich hinfort dienen, für sie kämpfen, für sie sterben."

Da, mit einem Mal, wird mir alles klar: Der Anblick der Zwillinge war es, der den Kriegern ihr Gedächtnis wiedergegeben hat, genauer genommen das Muttermal auf der Stirn der Kleinen! Dieses Muttermal hebt die Wirkung des Zeichens auf, das der Medicus den schwarzen Kriegern in die Stirn gebrannt hat! Und das muss ein Zauberzeichen gewesen sein, mit dem er ihnen ihr Gedächtnis geraubt hat. Das Muttermal aber ist das Gegenmittel gegen diesen Zauber.

Deshalb wollten der Herzog und der Medicus um jeden Preis verhindern, dass ein schwarzer Krieger die Zwillinge zu Gesicht bekommt. Deshalb wurden die Zwillinge von silbernen Kriegern entführt und in der inneren Burg versteckt, in die nie ein schwarzer Krieger kommt.

Also müssen wir nichts anderes tun, als jeden schwarzen Krieger ins Gesicht der Zwillinge blicken zu lassen, und die Prophezeiung erfüllt sich ganz von allein! Denn aus allen schwarzen Kriegern werden treue Untertanen der Königin werden, sobald sie sich wieder erinnern, und sie werden uns die Burg öffnen und uns beschützen und den Herzog und den Medicus töten und die silbernen Krieger besiegen, denn die schwarzen Krieger sind viel, viel zahlreicher als die silbernen!

Wir sind gerettet. Alles wird gut. Ich kann wieder heim! Und ich kann Jeromir sagen, wer ich wirklich bin, und ihm alles erklären, wahrscheinlich wird er anfangs sauer sein, weil ich ihn reingelegt habe, aber wenn ich es ihm erkläre, wird er es verstehen und sich sogar bei mir bedanken. Kiri sagt, Jeromir ist immer gerecht.

Eben will ich den Mund aufmachen, da höre ich eine Stimme hinter mir: „Da sind sie! Töte sie!“ Ich fahre herum und sehe den Medicus, der den Gang herab auf uns zustürmt, gefolgt von einem silbernen Krieger. „Ziele auf die Stirn der Säuglinge!“, schreit der Medicus. Dann streckt er seinen Arm aus, zeigt mit seinem Stab auf uns und ruft mit dröhnender Stimme: „Donnerkeil und Flammen-“

Weiter kommt er nicht. Jeromir brüllt auf, schwingt sein Schwert und stürzt sich an uns vorbei auf den Medicus und den silbernen Krieger, der andere schwarze Krieger hinter Jeromir her ...

Ich schau weg. Höre das Waffengeklirr. Keuchen. Stöhnen. Und dann einen Schrei. Nein, keinen Todesschrei. Auch keinen Schmerzensschrei. Einen Schrei ohnmächtiger Wut.

Ich schaue doch. Sehe Jeromir mit blutigem Schwert in der Hand über dem silbernen Krieger stehen, der am Boden liegt. Aus seiner zerschlagenen Rüstung sickert Blut. Ich sehe den zweiten schwarzen Krieger neben Jeromir. Aber ich sehe nicht den Medicus.

„Er ist verschwunden!“, schreit Jeromir. „Der Medicus ist verschwunden! Wie vom Erdboden verschluckt! Ich hatte mein

Schwert schon erhoben, ließ es schon niedersausen auf sein verbrecherisches Haupt, da plötzlich löste er sich auf! Er ist nicht etwa vor mir weggelaufen, niemals hätte er mir entkommen können! Er wurde einfach unsichtbar und mein Schwert schnitt die blanke Luft."

„Dann lebt er noch!", sagt Kiri. Seine Stimme ist heiser.

„Sich unsichtbar machen! Sich in Luft auflösen! Durch Mauern gehen! Er ist ein noch mächtigerer Magier, als wir je vermuteten", stöhnt Borri.

„Und kann uns noch immer mit seinem Zauber schaden!", stimmt Thazo verzweifelt ein. „Kann uns mehr schaden als der Herzog!"

Der Medicus lebt, der Magier! Und ich Idiot habe geglaubt, wir seien gerettet! „Bestimmt hat er sich in die innere Burg gerettet!", stoße ich hervor.

„Wir müssen sie einnehmen, sofort!", schreit Borri. „Den Herzog unschädlich machen! Und dann versuchen, den Medicus ..."

„Die innere Burg einnehmen?!", geht der schwarze Krieger mit bitterem Lachen dazwischen. „Diese unbezwingbare Festung, verteidigt von den silbernen Kriegern, der mächtigsten Leibgarde, die es je gab?! Gaukler, Er weiß nicht, was Er da sagt!"

„Und dennoch ist das der einzige Weg, der uns bleibt!", erklärt Jeromir entschlossen. „Folgt mir! Zeigt jedem einzelnen schwarzen Krieger eine der beiden Königstöchter und erlöst so einen jeden von dem Fluch! Der Königin werden sie dienen, meinem Befehl werden sie gehorchen. Dann, wenn der letzte schwarze Krieger geheilt ist, wirst du, Mimir, gemeinsam mit Kiri die Zwillinge aus der Burg bringen, zur Königin! Ich lasse in weniger als einer Stunde zum Angriff auf die innere Burg blasen. Bei Gott, wir werden sehen, wie schwarze Krieger für ihre Königin zu kämpfen verstehen – und wenn es sein muss: zu sterben!"

Kapitel 16

Die Zwillinge haben alle schwarzen Krieger erlöst und ihnen das Gedächtnis wiedergegeben. Aber aus der Burg bringen konnten wir die beiden Kleinen nicht.

Als wir es versucht haben, hatte der Medicus den Bannkreis um die äußere Burg bereits geschlossen. Keiner konnte sich dem äußeren Burgtor auch nur nähern. Nur ich. Mich schützt Aribors Stein. Aber die anderen ...

Es ist nicht derselbe Bann, mit dem der Medicus seinen Hof und das Brombeergestrüpp umgeben hatte. Dieser ist noch furchtbarer. Und stärker.

Jeder, der sich dem Tor nähert, gerät in lebensgefährliche Atemnot. Bekommt keine Luft mehr. Muss umkehren, sonst würde er ersticken. Jeder außer mir, auch die kleinen Töchter der Königin. Selbst wenn ich sie trage, wenn ich ihnen Aribors Stein in die kleine Faust drücke.

Ich begreife das nicht. Mimir konnte ich im Wald mit Aribors Amulett befreien, die Zwillinge hier nicht. Ich habe es versucht, aber ich musste es aufgeben. Es hätte sie umgebracht.

Als mir das klar war, wollte ich nur noch eins: abhauen. Aufgeben. Mich selber retten. Weil der Angriff der schwarzen Krieger auf die innere Burg begonnen hatte und alles so entsetzlich war, so grauenhaft. Weil ich Angst hatte, dass ich selber umgebracht werde, spätestens, wenn der Herzog siegt. Und weil ich heimwollte, nichts als heim.

Zu Aribor wollte ich flüchten, ihn bitten, mir die magische Kugel zu geben, mich nach Hause zu entlassen. Weil ich doch eigentlich alles getan habe, was er wollte. Und außerdem, was sollte ich hier noch?! Ich kann doch nicht kämpfen! Das muss auch Aribor einsehen.

Ich habe den anderen nichts davon gesagt. Die waren schließlich sowieso mitten im Kampf. Heimlich habe ich mich zum äußeren Tor geschlichen, keiner hat es gemerkt. Aber ich habe den

Riegel nicht aufgekriegt. Und den schweren Balken nicht hochheben können, mit dem das Tor zusätzlich verrammelt ist. Da war nichts zu machen.

Ich bin in der Burg gefangen wie alle anderen auch. Ich bin mit ihnen wie zusammengeschmiedet. Wenn sie hier nicht mehr rauskommen, komme auch ich nicht mehr raus.

Ich habe mich vom Burgtor wieder zurückgeschlichen. Zum Glück hat mich keiner gesehen. Wäre mir jetzt doch ganz schön peinlich, wenn die anderen das wüssten. Vor allem Mimir. Und Thazo.

In die Kasematten habe ich mich verkrochen, damit mich kein Wurfgeschoss trifft. Und damit ich möglichst wenig hören und sehen muss von dem Kampf.

Und dann wurde Thazo verwundet.

Der Kampf ist aus. Aber es ist alles hoffnungslos. Es gibt keinen Ausweg. Der Medicus ist stärker als wir. Stärker selbst als Jeromir und Svidor, Ningar und Borri, stärker als alle schwarzen Krieger zusammen.

Die Geschosse der silbernen Krieger konnten Jeromirs Angriff auf die innere Burg nicht stoppen. Der Medicus konnte es. Seit heute Morgen liegt ein Bann auch um die innere Burg, sodass sich kein Mensch näher als fünf Meter an sie heranbewegen kann und dass Pfeile und Speere von ihrer Bahn umgelenkt werden und den treffen, der sie abgeschossen hat.

Der Herzog und die silbernen Krieger haben sich in der inneren Burg verschanzt. Wir sind fast alle in den Kasematten. Nur ein paar schwarze Krieger halten Wache im äußeren Burghof.

Es ist still geworden in der Burg. Beängstigend still. Nach dem ganzen Kampflärm gestern heute diese Ruhe, gespenstisch.

Selbst die Schwerverletzten geben kaum einen Ton von sich. Auch Thazo nicht. Aber sein ganzer Körper zittert und bebt, es schüttelt ihn richtig. Und seine Hände fahren immer hin und her, hin und her, als würden sie etwas suchen und nicht finden.

Ich nehme sie zwischen meine Hände. Halte sie fest. Normalerweise würde ich so was nie machen. Aber das hier ist etwas anderes.

Thazos Kopf liegt in meinem Schoß. Seine Augen sind geschlossen. Sein Gesicht ist schrecklich verzerrt.

„Thazo!“, flüstere ich.

Er reagiert nicht. Ich glaube, meine Stimme kommt nicht zu ihm. Als wären seine Schmerzen wie eine Wand zwischen ihm und mir. Und was für Schmerzen müssen das sein! Seine Schulter ist zerschmettert, richtig zermatscht von einer Steinkugel, die ein silberner Krieger von der inneren Burgmauer herab auf ihn geschleudert hat, während Thazo mit der Kurbel eine Armbrust aufzog.

Ningar hat Thazo gestern hier heruntergetragen und seine Schulter verbunden, aber dann ist Ningar sofort zurück in den Kampf. Doch die innere Burg ist uneinnehmbar geblieben.

Sie haben gekämpft wie Löwen und Stiere in einem, alle miteinander. Im äußeren Burghof, am inneren Burgtor, an den vier inneren Türmen, überall an der inneren Mauer. Jeder einzelne hat sich mit Todesverachtung in diesen Kampf gegen den Herzog und seine silbernen Krieger gestürzt. Vergeblich.

Jetzt weiß ich, was dieses Wort bedeutet: „Todesverachtung". Ich habe es gestern gesehen, als ich mich die Mauer entlang vom Burgtor zurückgeschlichen habe. An Jeromir, der an vorderster Front gegen die Schar von silbernen Krieger gefochten hat, die einen Ausbruch aus der inneren Burg unternommen hatte. An den schwarzen Kriegern, die an den Mauern kämpften, obwohl ein Hagel von Geschossen auf sie niederging. An Svidor, der mehr als einen Zweikampf durchgestanden hat, an Ningar, der Speer um Speer geworfen und Bolzen um Bolzen verschossen hat, und an Borri, der an einem Seil durch die Luft geflogen und silbernen Krieger auf die Schulter gesprungen ist und ihnen mit seinem Messer –

An Mimir habe ich es auch gesehen. Ja, an dem auch.

Wenn ich Mimir überhaupt sehen konnte. Meist hatte er ja die Tarnkappe auf und war unsichtbar, aber einmal hat er sie einem Krieger geliehen, der die innere Burgmauer entern wollte, und da habe ich gesehen, wie Mimir Pfeil um Pfeil verschoss.

Mimir hat fast wie ein erwachsener Krieger gekämpft. So stark ist er natürlich nicht. Aber so treffsicher im Bogenschießen. So mutig. Und so skrupellos. Mit Pfeil und Bogen hat er sich auf die Lauer gelegt und geschossen, sobald sich einer zwischen den Zinnen der inneren Burgmauer sehen ließ.

Er war der einzige der Knappen, der die Radprüfung bestanden hatte ...

Ich möchte nicht wissen, wie oft er getroffen hat. Sogar getötet? Ich glaube, mir wird schlecht.

Es war schon furchtbar genug, die Männer kämpfen zu sehen. Ich weiß ja, dass der Herzog besiegt werden muss, weil er sich nicht ergibt. Und dass der Medicus unschädlich gemacht werden muss. Trotzdem ist es einfach grässlich.

Aber dann auch noch Mimir! Er ist doch noch ein Kind wie ich!

Und so wie der wollte ich einmal sein.

Svidor kommt in den Kasemattenraum, in dem ich bei Thazo und den anderen Verwundeten bleibe, ohne mehr für sie tun zu können, als ihnen Wasser zu trinken zu geben oder sie mit nassen Lappen zu kühlen. Svidor wirft seinen Helm auf eine der Holzpritschen und lässt sich schwer auf diese fallen. Borri und Ningar kommen hinter ihm herein und setzen sich neben ihn.

„Wie soll man da nicht verzweifeln!“, bricht es aus Svidor heraus.

Ningar nickt. „Gegen Krieger kann man kämpfen, gegen die gewaltigsten Mauern kann man anrennen oder eine List ersinnen …“

„... aber gegen Zauber ist man machtlos!“, vollendet Jeromir bitter den Satz. Er lehnt in seinem Kettenhemd am Eingang zu unserem Raum an der Wand. Ich habe ihm längst gesagt, dass ich nicht Mimir bin und wie alles gekommen ist. Er war überhaupt nicht sauer, sondern hat sich sehr ernst bei mir bedankt. Seither behandelt er mich fast wie einen Erwachsenen. Wie alle anderen hält er Mimir und mich an den Blutergüssen unter meinen Augen auseinander, die ich noch als Andenken an Thazos Rettungsaktion habe.

„Wenigstens können wir die Kasematten halten, bezwingen wird uns der Herzog nicht, sondern über kurz oder lang wir ihn!“, fährt Jeromir fort. „Jedoch befürchte ich, dass dies lange währen und viel Blut kosten wird.“

„Ich fordere den Herzog zum Zweikampf!“, ruft Svidor. „Dann werden wir ja sehen.“

Jeromir lächelt. „Brav geredet, edeler Krieger! Nur leider wird der Herzog sich nicht fordern lassen. Ich wüsste sonst noch jemanden, der diesen Strauß liebend gerne mit ihm ausfechten würde.“

„Wen der Herr Kommandant nur damit meint!“, ulkt Borri. „Ningar vielleicht oder meine Wenigkeit?“

„Lasse das! Mit dem Heldenmut des Kommandanten treibt man keinen Spott!“, geht Svidor auf ihn los, doch Jeromir winkt nur ab, worauf Borri eine Verbeugung nach der anderen vor ihm macht, und nach jeder Verbeugung ein Salto.

„Borri!“, sagt Ningar ungehalten. „Wir sitzen hier in der Falle, da sind Späße nicht angebracht! Nicht einmal die Zwillinge können wir zur Königin bringen!“

„Wo weilen diese überhaupt?“, erkundigt sich Svidor.

„Im sichersten Raum der Kasematten“, antwortet Jeromir. „Kiri bewacht ihren Schlaf. Ich war eben noch einmal bei ihnen. Ich werde nicht satt, sie anzusehen – und das Muttermal auf ihrer Stirn. Ihr Anblick hat uns von diesem schrecklichen Zauber des Vergessens erlöst und dem noch schrecklicheren Zauber des Zwanges, dem Herzog gehorchen zu müssen, als hätten wir keinen eigenen Willen. Wenn ich bedenke“, er bricht ab, fährt fast tonlos fort: „Wie wir diese armen Knaben ihren Eltern entrissen haben! Und fast mehr noch: Was wir ihnen als Knappen alles antaten!“

Svidor erwidert barsch: „Ach was! Knappen muss man hart rannehmen! Man darf ihnen nichts schenken, sonst werden nie richtige Krieger aus ihnen! Wenn ich daran denke, wie Graf Muninor mich zurechtgestutzt hat! Wie unerbittlich er mich zwang, bis an die äußersten Grenzen meiner Leistungsfähigkeit zu gehen! Ohne das wäre ich längst einen Kopf kürzer und würde noch unter der Erde über eine zu lasche Ausbildung fluchen!“

Jeromir schüttelt den Kopf: „Das meine ich nicht. Darin sind wir uns einig. Ich meine diese grausamen Prüfungen auf Leben und Tod. Das schreckliche Ende, das wir denen bereitet haben, die diesen Prüfungen nicht gewachsen waren. Und auch sonst noch so manches, was wir taten, unter meiner Aufsicht, meiner Anleitung, um auf Befehl des Herzogs den Willen der Knappen zu brechen, wie der unsere einst gebrochen wurde. Und was ich selbst tat, wenn die Waffenmeister und der Zuchtmeister damit nicht ans Ziel kamen. Ist es nicht so, Jens?“ Und damit sieht er mich an, so ernst und so unendlich traurig.

Ich muss schlucken. Ich hätte nie gedacht, dass Jeromir mir einmal leidtun könnte. Aber jetzt ...

„Für mich war das nicht so schlimm, wie Ihr denkt, Herr Kommandant", sage ich leise.

„Weil du nicht Mimir warst, und dafür bin ich dankbar. Ihn hätte ich auf diese Weise gebrochen, früher oder später, das war ja der Sinn der Sache. Ich wusste jeden Knappen, den sein Waffenmeister nicht klein bekommen konnte, an seiner verletzlichsten Stelle zu packen – das ist der Grund, warum ich so gefürchtet war. Ich glaube, jedes Kind hat eine solche Stelle, ich jedenfalls fand immer eine. Dann bedurfte es keiner lauten Worte mehr. Und keines Zuchtmeisters. Dann bedurfte es im Grunde sehr wenig, um das Innerste eines Knaben zu treffen. O mein Gott! Ich hoffe, ich kann wenigstens an dem einen wiedergutmachen, was ich an so vielen verbrochen habe!"

Es ist sehr still. Endlich beendet Ningar das Schweigen: „Das wart nicht Ihr, Kommandant. Das war der Zauber!"

Jeromir stöhnt. „Ich weiß nicht mehr, was ich war und was der Zauber! Ich werde wohl den Rest meines Lebens brauchen, um das herauszufinden. Dieser vermaledeite Magier! Wenn ich bedenke, dass ich ihn schon unter meinem Schwert hatte und er mir entkommen ist!"

Thazo schreit auf. Er öffnet die Augen. Sie sehen mich nicht, stieren durch mich hindurch, haben einen irren Glanz. Ich fühle mit meiner Hand, wie heiß seine Stirn ist. Sie glüht.

Vorsichtig lege ich seinen Kopf auf den Boden, nehme die Lappen von seinen Beinen, tauche sie in den Wassereimer, wringe sie aus und wickle sie wieder um seine Waden. Mama hat das bei mir so gemacht, als ich die Grippe hatte und ganz hohes Fieber und es hat geholfen. Aber vielleicht waren das auch die Lieder, die sie mir dabei leise vorgesungen hat, alles ist in meinem Kopf durcheinander gegangen, die Lieder und die wirren Träume und die Hitze, aber die Lieder, die haben gesiegt.

Ach Mama, Mama, ich brauch dich jetzt so, damit du Thazo Lieder singst und auch mir, Lieder, die die Angst vertreiben.

Thazos Fieber ist noch höher als meines damals, glaube ich. Wie hoch darf Fieber werden, bevor man dran stirbt?

Thazo darf nicht sterben! Nicht Thazo, der mich so genial vor dem Waffenmeister gerettet hat, als alles zu spät schien, der für mich eine Bestrafung in Kauf genommen hat, obwohl er nicht einmal wusste, wie schlimm sie werden würde. Nicht Thazo, der sein Leben riskiert hat, als er mich nicht verriet. Nicht Thazo, der genau genommen mein bester Freund ist.

Wenn Aribor da wäre, der könnte Thazo retten. Der würde ihm die Hand über die Schulter halten und schon wäre sie geheilt. Und das Fieber würde verschwinden.

Aribor!

Warum habe ich nicht eher an den gedacht!

Ich springe auf. „Ich hole Aribor zu Hilfe!“, rufe ich. „Aribor kann Thazo heilen und die anderen Verwundeten, und vielleicht kann er uns auch gegen den Medicus helfen! Ich kann den Bann überwinden, mir hilft Aribors Stein, ich laufe in den Wald und suche Aribor, ich habe ja noch seine Zauberrute, sie liegt unter meinem Strohsack, ich glaube, sie wird mich zu Aribor führen und dann ...“

„Und wie willst du aus der Burg hinaus gelangen, wenn ich mich erkundigen darf?“, lässt Borri sich vernehmen. „Ganz abgesehen von dem Banne. Meinst du, du könntest einfach das Burgtor öffnen?“

Ich klappe den Mund zu. Wie konnte ich so blöd sein und das vergessen! Ich weiß doch, dass ich das Tor nicht aufkriege!

„Das kann ein Knabe allein nicht bewerkstelligen!“, erklärt Jeromir und sieht mich nachdenklich an. Ich hoffe bloß, ich werde nicht rot. Damit er nicht merkt, dass ich das schon einmal versucht habe.

„Wohin willst du gehen, Jens?“, fragt Mimir, der eben unseren Höhlenraum betreten hat.

„Zu Aribor. Ihn zu Hilfe holen. Mit seinem Stein kann ich den Bann überwinden, aber ich muss noch einen Weg aus der Burg finden.“

„Die Riegel und Balken sind selbst für einen Mann schwer!“, fährt Jeromir fort. „Wegen des verfluchten Bannes können wir Jens nicht beistehen, nicht einer unter uns kann sich dem Tore nähern. Und selbst wenn er es zu öffnen vermöchte und Mimir ihm die Tarnkappe gäbe – die silbernen Krieger werden das Tor mit einem Hagel von Pfeilen eindecken, sobald es sich wie durch Geisterhand bewegt!“

„Dann bleibt nur der Weg über die Mauer oder einen der Türme!“, erklärt Mimir. „Aber den werde wohl ich gehen müssen an seiner Statt! Freilich muss er dafür wagen, mir Aribors Stein zu leihen.“ Dann fragt er grinsend: „Oder gelüstet es dich, doch lieber deine Kletterkünste zu erproben, Jens? Viel harmloser als die innere Burgmauer ist das nicht.“ Er lacht unverschämt.

Dieser blöde Angeber! Aber das lasse ich nicht auf mir sitzen. „Du gehst mir vielleicht auf den Geist! Frag du dich doch mal, wie lange du gebraucht hast, um das Seilklettern zu lernen!“, sage ich. „Thazo hat mir da so einiges erzählt! Und ich wüsste auch eine ganze Menge Sachen, die ich kann und du nicht! Wie wäre es zum Beispiel mit Fußballspielen? Oder mit Englisch? Oder Mathematik? Außerdem ist es meine Sache, Aribor zu suchen. Mir hat er den Stein gegeben. Und nur bei mir kommt der Stein gegen diesen neuen Bann an, sonst könnte ich ihn auch Svidor oder deinem Onkel geben, damit sie mir das Tor öffnen!“

Mimir will etwas antworten. An seinem Gesicht merkt man schon, dass es etwas total Hochmütiges sein wird.

„Mimir!“, sagt Jeromir mahnend, hebt die Augenbrauen und schüttelt ganz leicht den Kopf. Da klappt Mimir den Mund wieder zu. Jeromir sieht ihn lang an. Unter so einem Blick würde mir ganz schön heiß. Mimir offensichtlich auch. Er wird rot. So rot, wie ich bisher gedacht habe, dass nur ich es werden könnte.

„Verzeih, Jens!“, sagt er und schaut vorsichtig zu seinem Onkel.

Jeromir nickt ihm zu. „In einem hat Mimir zumindest Recht“, sagt der Kommandant dann zu mir, „du wirst klettern müssen. Einen anderen Weg gibt es für dich nicht aus der Burg.“

„Was verlangst du, Jeromir!“, ruft Svidor. „Eine Sturmleiter kann er alleine nicht anlegen! Und an einem Seile die Burgmauer hinunter und – noch schlimmer – womöglich wieder herauf?! Jens ist ein tapferer Knabe, aber er ist kein ausgebildeter Knappe!“

„Und erst recht kein in der hohen Kunst der Akrobatik geschulter Gaukler!“, fällt Borri ein.

„Wir besitzen Strickleitern in der Burg“, erwidert Jeromir kurz angebunden. „Auch wenn wir sie für unsere Knappen unter Verschluss hielten, denn diese hatten das Seilklettern zu erlernen!“

Strickleitern? Das hört sich schon etwas besser an.

Daheim hatte ich mit Peter und Alex eine Art Baumhaus auf einer Eiche im Wald, das haben wir uns selbst gebaut und da sind wir das unterste Stück auch immer mit einer Strickleiter rauf und runter ...

„Der kleinere westliche Turm hat eine Schießscharte einigermaßen weit unten“, sagt Mimir. Seine Stimme klingt richtig eifrig. „Sie ist gerade eben groß genug. Ich weiß es, weil ich eines Nachts versuchen wollte, durch sie bis zum Morgengrauen zu entkommen, um meiner Mutter Nachricht geben zu können. Aber der Bannwald hat mich daran gehindert. Auf jeden Fall – Jens passt hindurch! Und sie liegt nicht so hoch über dem Erdboden.“

Nicht so hoch? Das hört sich noch besser an.

„Traust du dir das zu, Jens?“, fragt Svidor.

Es geht um Thazos Leben und Thazo hat viel mehr für mich gewagt, als mit einer Strickleiter ein Stück den Turm hinunterzuklettern.

Ich nicke. Dann knie ich mich neben Thazo auf den Boden, bücke mich zu ihm runter und flüstere ihm ins Ohr: „Ich hole Hilfe für dich. Du wirst gesund werden. Und ich komme wieder. Ich schwöre es dir.“

Ich bin sicher, das hat er gehört.

Kapitel 17

Locker halte ich die Zauberrute vor mich hin und spüre die Richtung, in die ich gehen muss. Aribors Rute hat mich bis hierher geführt, und sie wird mich zu Aribor bringen, so wie mir sein Stein geholfen hat, den Bann zu überwinden und die Burg zu verlassen.

Das mit der Strickleiter war auch kein Problem. Jedenfalls keines, mit dem ich nicht fertiggeworden wäre.

Wie lang ich hier schon gehe, weiß ich nicht. Ziemlich lang. Ich laufe schnell, obwohl mir meine nackten Füße wehtun. Aber was sind brennende Füße gegen Thazos entsetzliche Schmerzen!

Plötzlich stehe ich vor einer grünen Mauer. Nein, eine richtige Mauer ist es nicht, aber eine dichte, völlig undurchdringliche Hecke. Die Rute zieht mich die Hecke entlang und ich komme an eine Öffnung, die wie ein Torbogen ins Innere führt. Ein Gang tut sich dahinter auf. Ich gehe hinein, rechts und links undurchdringliches Gestrüpp, ein dichtes Blätterdach über mir. Dämmerlicht. Der Weg beschreibt einen großen Kreis, windet sich immer enger wie ein Schneckenhaus. Und dann …

Geblendet schließe ich die Augen. Ich trete auf einen sonnenbeschienenen Platz. In dessen Mitte sitzt eine helle Gestalt auf einem Thron, der von weißen Blüten umrankt ist.

Ein König! Sein Mantel ist mit silbernen Blumen bestickt, eine silberne Krone leuchtet in seinem weißen Haar.

Jetzt erst erkenne ich ihn: Es ist Aribor.

Ich wusste ja, dass er ein König ist, der König der Elfen. Jetzt sehe ich es.

Ohne darüber nachzudenken, mache ich etwas, was ich nie für möglich gehalten hätte: Ich lasse mich vor ihm auf ein Knie nieder und senke den Kopf, wie ich es von den schwarzen Kriegern gesehen habe.

„Erhebe dich!“, spricht Aribor hoheitsvoll und sieht mich aus seinen hellen Augen durchdringend an. „So bist du also gekommen, um meinem Versprechen gemäß die magische Kugel von mir zu erhalten, die dich in deine Heimat zurückgeleiten wird! Nun denn – nimm sie in Empfang!“

Mir bleibt die Spucke weg. „Nein, das, das wollte ich nicht, ich meine ...“ Ich komme ins Stottern.

Er runzelt die Stirn. „Hegst du nicht den Wunsch, zu deinen Eltern zurückzukehren?“

„Doch, schon, natürlich, aber doch nicht jetzt ...“

„Nicht jetzt?!“, sagt er schneidend. „Du anmaßendes Menschenjunges, was unterstehst du dich vor dem König der Elfen! Wähnst du, ich überließe es dir, darüber zu bestimmen, wann es Zeit für dich sei?!“

Ich starre ihn an. Er sieht sehr zornig aus. „Bitte“, sage ich, meine Stimme ist heiser, „bitte, seid mir nicht böse, aber ich muss doch Thazo helfen, ich habe es ihm versprochen und Ihr habt doch selbst gesagt, ich muss meinen Teil dazu beitragen, dass der Herzog besiegt wird ...“

„Ich sagte dir, du habest deinen Teil dazu beizutragen, dass die Zwillinge aus der Macht des Herzogs befreit werden! Danach werdest du dorthin gelangen, woher du gekommen seiest!“, erwidert er schroff. „Sind die Zwillinge etwa dem Herzog nicht entrissen?“

„Doch schon, aber nicht so richtig, ich meine, sie sind noch in der Burg und sie können nicht herausgebracht werden, weil der Medicus einen Zauberbann um die Burg gelegt hat, bitte, nur Ihr könnt den lösen, Euer Stein hat mir ja auch den Weg heraus gebahnt, bitte, tut es, und bitte, kommt mit mir in die Burg, es gibt so viele Verletzte und Thazo, mein Freund, er stirbt doch ...“

„Menschen sind nun einmal sterblich!“, antwortet er eisig. „Umso mehr, wenn sie einander bekriegen. Was habe ich damit zu schaffen!“

„Aber, Ihr, Ihr wolltet Euch doch an dem Herzog rächen und er ist immer noch in der inneren Burg und hat seine Leibgarde!“

„Er ist seiner Macht über die schwarzen Krieger verlustig gegangen, das ist mir Rache genug. Auch Rache muss einmal ein Ende haben. Was ich tue, das tue ich, und was ich lasse, das lasse ich! Du schweige nun vor mir, sonst wirst du dich über die Folgen wundern!“

Das darf nicht wahr sein, darf es einfach nicht!

Ich muss noch einen letzten Versuch machen, ganz gleich, was passiert. „Ihr habt gesagt, Ihr konntet die Not des armen Volkes nicht mehr mit ansehen! Aber die Not hat kein Ende, solange der Herzog nicht wirklich besiegt ist! Und die Prophezeiung muss sich doch erfüllen, ganz und gar, sonst war doch alles umsonst!"

„Kein Wort mehr, kein einziges!", sagt Aribor und jetzt klingt seine Stimme noch viel schärfer. „Wage nicht, mir Vorhaltungen zu machen! Weißt du nicht, dass du mit einem König sprichst?! Über wen mein Zorn kommt, derselbige ist verloren."

Ich zittere am ganzen Leib. Muss schweigen und kann es nicht. Falle vor ihm nieder, richtig auf beide Knie, und flehe ihn an: „Bitte, bitte, rettet Thazo! Und bitte, helft diesen schrecklichen Kampf zu beenden!"

Er schweigt.

Mir klopft das Herz im Hals. Jetzt wird sein Zorn über mich kommen. Aber ich musste es doch versuchen, ich musste einfach!

Endlich spricht Aribor. Nichts als einen knappen Befehl: „Gib mir meine Rute zurück! Und den Stein!"

Ich will nicht gehorchen, ich brauche die Rute und den Stein, wenn ich zu Thazo zurück will, aber da ist ein Zwang, gegen den ich nichts tun kann, so wie an der Höhle, als Aribor mich gezwungen hat, auf ihn zuzugehen. Ich stehe auf und reiche ihm die Rute, knote den Stein aus meinem Hosenbund und halte ihm auch den hin.

Aribor verbirgt beides in den Falten seines weißen Gewandes. Dann befiehlt er: „Und nun nimm die Kugel aus meiner Hand und gehe damit zum Brunnen! Mein Rabe wird dich geleiten! Heute noch wirst du mit deinen Eltern vereint sein."

Ich stehe da mit der magischen Kugel in den Händen.

Aribor wird nicht helfen. Weder die Verwundeten heilen noch den Zauberbann des Medicus brechen. Mir ist der Rückweg in die Burg versperrt, denn ohne den Stein kann ich den Bann nicht mehr überwinden. Es gibt nichts mehr, was ich tun kann.

Ich kann mein Versprechen nicht einlösen. Alles war umsonst.

Plötzlich sehe ich es ganz klar: Mithilfe der Zauberkraft des Medicus wird es dem Herzog gelingen, die Macht wieder an sich zu reißen. Er wird die schwarzen Krieger vernichten. Er wird die Königin und ihr Volk fürchterlich bestrafen. Alles wird schlimmer werden, als es vorher war.

Und Thazo wird sterben. Unter Schmerzen, die unvorstellbar sind.

Da beginne ich zu weinen. Die Tränen stürzen aus meinen Augen, strömen über mein Gesicht, ich kann nichts dagegen tun. Will ich auch gar nicht. Ich weine immer weiter.

Wahrscheinlich machen Tränen Aribor nur noch zorniger auf mich. Aber das ist mir jetzt auch gleich.

Thazo –

Die Tränen tropfen von meinem Gesicht, tropfen auf meine Hände, tropfen auf die magische Kugel.

Plötzlich beginnt diese heiß zu werden. Und da –

Sie beginnt zu leuchten, zu funkeln, ein violettes Licht zu verströmen, das meine Hände in Farbe taucht, meine Arme, meine ganze Umgebung!

Ich sehe Aribor an. Auch sein Gesicht strahlt dieses violette Licht wider. Er lächelt mir zu.

Das violette Licht erlischt wieder. Die Kugel kühlt sich ab. Aber trotzdem spüre ich, dass sich etwas mit ihr verändert hat.

Ich wage kaum mehr zu atmen.

Aribor lächelt noch immer. Und als er spricht, ist seine Stimme freundlich, fast sanft: „Das, mein tapferer Knabe, war die äußerste Prüfung. Tränen selbstlosen menschlichen Mitgefühls waren es, an denen es mir ermangelte, um diese Kugel mit mehr magischer Kraft zu erfüllen, als sie mir selbst zu Gebote steht. Mit einer Kraft, die ausreicht, um gegen die Zauberkunst des Medicus gewappnet zu sein. Doch nun ist es vollbracht. Mit dieser Kugel hältst du den Schlüssel zur Befreiung des armen Volkes in der Hand, den Schlüssel zur Erfüllung der Prophezeiung."

Ich bringe keinen Ton heraus. Meine Beine werden so schwach, dass ich kaum mehr stehen kann.

Meine – Tränen? Wirklich meine Tränen?!

Aribor spricht weiter, und jetzt ist seine Stimme zwar immer noch freundlich, aber sehr, sehr ernst: „Merke dir eines, merke es dir dein ganzes Leben lang: Nicht selten vermag ein Herz voller Liebe mehr als jeder Heldenmut! Der größte Mut aber kann darin bestehen, unbeirrt der Stimme dieses Herzens zu folgen."

Ich weiß nicht, warum, aber plötzlich muss ich noch viel mehr heulen. Aber dieses Heulen ist etwas anderes. Als würde etwas frei und weit werden in mir.

„Aber noch ist die Prophezeiung nicht erfüllt, noch ist das arme Volk nicht gerettet“, fährt Aribor ernst fort. „Und nur du bist es, der es tun kann und tun muss. Bist du dazu bereit? Bist du bereit, meinen Anweisungen zu folgen und allein eine Aufgabe zu bewältigen, die deine Tapferkeit auf eine harte Probe stellen wird?“

„Ja“, sage ich leise. Und dann noch einmal laut: „Ja. Dazu bin ich bereit.“

„Nun denn!“, erklärt Aribor entschlossen. „Rüste dich zum entscheidenden Kampf gegen den Medicus!“

Kapitel 18

Diese magische Kugel ist nicht zu überbieten. Sie hat Thazo geheilt und die Verwundeten unter den schwarzen Kriegern.

Ich habe alles so gemacht, wie Aribor es mir gesagt hat. Ich habe die Kugel Thazo an die Lippen gehalten, sodass er sie berührte, die Kugel fing dabei wieder an, violett zu leuchten, und da hat Thazo die Augen aufgemacht und ganz verständnislos um sich geschaut, seine Schulter war plötzlich wieder heil und sein Fieber weg und Thazo konnte sich an kaum etwas erinnern, nur daran, dass er furchtbare Schmerzen hatte und dass ich ihm versprochen hatte, Hilfe für ihn zu holen. „Ich war gewiss, dass du mich nicht im Stiche lässt!“, hat er gesagt. „Das hat mir geholfen, alles zu ertragen.“

Ich glaube, das war so ungefähr der schönste Augenblick in meinem ganzen Leben.

Mit den verletzten schwarzen Kriegern habe ich es dann genauso gemacht und sie sind alle wieder gesund geworden.

Aribors ganze Heilkraft liegt in der magischen Kugel.

Aber die Kugel kann noch viel mehr bewirken: Sie kann jede Tür öffnen, ja mehr noch, mit ihr in der Hand kann man durch gemauerte Wände gehen, als seien es Vorhänge.

Das Wichtigste aber, das, was erst meine Tränen bewirkt haben: Die Kugel kann dem Medicus die Zauberkraft rauben. Und dazu bin ich hier.

Aribor hat mir die Rute wiedergegeben, damit sie mich zur Burg zurückführt. Wie er es wollte, habe ich sie am Fuß des Turmes niedergelegt, denn in der Burg kann sie mir nicht mehr nützen, hat er gesagt. Die Strickleiter musste ich nur so weit hinaufklettern, bis ich die Höhe des Burghofs erreicht hatte, dann bin ich mit der Kugel einfach durch die Mauer geschlüpft.

Aribor hat mir auch sein Amulett wiedergegeben, den Stein, damit er mich vor dem Bann und dem magischen Auge des Medicus schützt. Er hat gesagt, ich soll die Tarnkappe tragen, damit mich keiner sehen kann, und sie niemals, auch nicht für den kleinsten Augenblick, abnehmen. So soll ich mithilfe der Kugel in die innere Burg eindringen und den Medicus ausfindig machen. Und dann soll ich den Zauberstab des Medicus unschädlich machen.

Aribor hat mir alles ganz genau erklärt. Dass die Zauberkraft des Medicus keine Naturgabe ist wie die von Aribor selbst, sondern dass der Medicus eine harte Ausbildung an der Zauberakademie hinter sich gebracht und als Bester vollendet hat, und dass seine ganze Magie nur auf zweierlei beruht: Auf der Kenntnis von Zaubersprüchen und Zeichen, die im Buch der sieben Siegel niedergelegt sind – und auf seinem Zauberstab.

Dieser Zauberstab, den ich einmal für einen gewöhnlichen zu kurz geratenen Spazierstock gehalten habe, ist der Schlüssel zu allem. Denn Aribor meint, es ist sinnlos, dem Medicus das Buch der sieben Siegel zu rauben, vermutlich weiß dieser sowieso die meisten Sprüche und Zeichen auswendig. Was man ihm aber rauben und was man vernichten muss, das ist der Zauberstab.

Ich habe genickt und gesagt: „Dann mache ich das eben und werfe den Stab ins Feuer!"

Aribor hat den Kopf geschüttelt und geantwortet: „Wenn es so einfach wäre, meinst du, ich hätte es nicht längst selbst getan oder einen meiner Untertanen damit beauftragt? Mit diesem Stab hat es eine besondere Bewandtnis. Dieser Stab kennt seinen Meister. So wie mein Amulett mich kennt und nur demjenigen den Bann zu überwinden hilft, dem ich dazu verhelfen will, nicht wahr?" Er hat über mein verblüfftes Gesicht gelächelt und fortgefahren: „Wenn je ein anderer als der Medicus selbst diesen Stab berührt, so wird dieses arme Wesen sofort und bis zu seinem Tode von Kopf bis Fuß gelähmt sein. Ja, mehr noch: Dieser Stab ist unzerstörbar. Weder durch Feuer noch durch die Axt noch durch zentnerschwere Lasten kann er vernichtet werden. Zudem kann er auf keine Weise vor seinem Meister verborgen gehalten werden."

Ich war wie erschlagen. Es hat lange gedauert, bis ich hervorgebracht habe: „Und wie soll ich das dann tun?"

„Mithilfe der magischen Kugel, die du selbst dafür begabt hast!", hat Aribor erwidert. „Um die Kraft dafür in diese Kugel herabbeschwören zu können, bedurfte ich ja der Tränen eines Menschen, die nicht um seiner selbst willen geweint wurden, sondern ausschließlich um das Leid derer, die unter das Joch dieses Zauberstabes gezwungen sind! Aber auch nur in den Händen ebenjenes Menschen behält die Kugel diese Kraft. Deshalb kann die schwere Aufgabe auch niemand anderes vollbringen als du."

Das habe ich verstanden.

Aribor hat mir erklärt, dass ich mit der Kugel den Zauberstab von oben bis unten entlang streichen soll, ohne selbst den Stab zu berühren, und dass im gleichen Augenblick jede Zauberkraft für immer aus diesem Stab entweichen wird, ja mehr noch: dass sofort jeder Zauber, den der Medicus je ausgeübt hat, wirkungslos werden wird, auch der Bann, den er um die Burg gelegt hat. Dass der Medicus dann nichts anderes sein wird als ein gewöhnlicher Sterblicher, ein schwacher alter Mann, und die schwarzen Krieger endlich den Herzog und dessen Leibgarde besiegen können.

Zu diesem Zweck bin ich jetzt hier, allein in der inneren Burg. Fast einen ganzen Tag schon. Aber den Medicus oder seinen Zauberstab habe ich noch immer nicht gefunden.

Ich muss zugeben, dass ich mir das alles leichter vorgestellt habe. Ich habe gedacht, ich laufe da durch ein paar Wände durch, sehen kann mich ja sowieso keiner, und schau, wo der Medicus ist, und warte, bis er den Zauberstab eben mal aus der Hand legt, und dann berühre ich den Stab mit der Kugel und laufe schnell wieder aus der inneren Burg raus und alles ist erledigt. Das weitere ist dann die Sache von Svidor, Ningar und Borri, die ja nur darauf warten, ihren Heldenmut unter Beweis zu stellen, und von Jeromir, der das Kommando über die schwarzen Krieger führt, die darauf brennen, den Herzog zu besiegen. So habe ich das auch Thazo erklärt. Aber der hat den Kopf geschüttelt und gemeint: „Könnte ich mit dir kommen! Welch unzählbaren Gefahren kannst du begegnen, in welche Nöte geraten!"

Leider hat er recht gehabt.

Es reicht schon, diese ganzen furchtbaren Krieger um sich zu sehen und plötzlich dem Herzog zu begegnen und zu wissen, dass man nur die Tarnkappe verlieren müsste, um denen hilflos ausgeliefert zu sein!

Doch dann die Augenblicke, in denen jemand meine Schritte gehört hat oder meinen Atem oder ich weiß nicht was – und sich misstrauisch umsieht, und ich bin ihm so nah, dass er nur die Hand ausstrecken müsste, um mich zu packen!

Aber ich halte es durch. Mimir könnte das auch nicht besser machen als ich.

Er hätte es überhaupt nicht machen können. Tränen selbstlosen Mitleides hätte der jedenfalls nicht geweint. Mimir weint nie.

Wenn ich nur endlich den Medicus finden würde! Bald weiß ich nicht mehr weiter. Die ganze Burg habe ich abgesucht, in jedem einzelnen Raum bin ich gewesen, in jedem Gang, jedem Keller, jedem Turm, nur nicht in diesem allerletzten. Nur den runden Turm muss ich noch erforschen. Wenn der Medicus auch hier nicht ist, dann bin ich am Ende.

Der Turm ist ganz anders als die drei eckigen, nicht nur, weil er rund ist. Heller ist er, denn er hat immer wieder schmale Fenster in tiefen Fensternischen, an denen man erkennen kann, dass die Wände mindestens drei Meter tief sind. Und er hat keine hölzernen Leitern, die von Podest zu Podest führen, sondern eine enge Wendeltreppe aus Stein. Leise schleiche ich sie hinauf, höher und höher. Es kommt kein Stockwerk, keine Tür. Nichts als Stufen.

Da – ich höre etwas. Männerstimmen am Eingang zum Turm, einen Ruf, der den Turm herauf hallt: „Wachablösung!“ Und plötzlich ist da noch etwas: Schritte von oben, Kriegerschritte.

Nur schnell hinunter, die Treppe ist viel zu schmal, um einen Krieger an mir vorbei zu lassen, ohne dass er mich streift und entdeckt! Ich haste ein paar Stufen hinab, stocke. Da kommen schwere Schritte auch von unten!

Ich stehe wie gelähmt. Die Schritte kommen näher. Von oben, von unten. Ich in der Mitte. Gefangen. Gleich sind sie bei mir!

Gehetzt sehe ich mich um. Da, die Fensternische! Zu spät, um sich vorsichtig hineinzuzwängen, mit zwei Sprüngen treppauf bin ich vor ihr, werfe mich hinein wie in ein Fußballtor, halte die Kugel am ausgestreckten Arm vor mich – nur die Kugel nicht zerbrechen! –, schlittere mit dem Bauch, mit den Beinen über die Steinfliesen, schürfe mir die Haut auf, ganz nah höre ich die Stimmen von zwei Männern auf der Treppe: „Nichts Langweiligeres, als diese Tür zu bewachen!“, „Ein wahres Wort!“, und dann –

Etwas Schweres berührt meinen Fuß, bleibt daran hängen, ich bin nicht weit genug in die Nische gekrochen, mein Fuß stand hervor, ein Krieger ist darüber gestolpert, nun bin ich entdeckt!

„Verdammt!“, flucht der Krieger. „Dieses neue Schwertgehänge ist ein Rattenkot! Ständig schlägt das Schwert gegen die Beine!“

Aber er geht weiter.

Ich krieche tiefer in die Fensterhöhlung, mein Herz schlägt so laut, hört man das nicht?

Die Krieger begegnen sich auf der Treppe, quetschen sich mit Geklirr und dummen Witzen aneinander vorbei. Es wird wieder ruhig im Turm.

Lange liege ich auf dem Boden der Fensternische, die Kälte des Steins durchdringt mich. Mehr noch die Kälte bei dem Gedanken: Wie wenig hat gefehlt und ich wäre verloren gewesen!

Dass es so schwer sein würde, so lebensgefährlich, das wusste ich nicht. Das hat auch Aribor mir nicht gesagt.

Ich möchte weg hier! Heim! Ich kann nicht mehr. Ich bin doch nur ein Kind!

Aber nicht irgendeines ...

Alles hängt von mir ab. Thazos Leben. Die Rettung des ganzen Volkes.

Oben in diesem Turm ist der Medicus, muss der Medicus sein. Denn da gibt es eine Tür, die ständig von zwei Kriegern bewacht wird. Wozu sollte das dienen, wenn nicht zum Schutz des Medicus? Denn der Herzog wohnt drüben im Palast.

Dort oben muss ich meine Aufgabe erfüllen.

Ich krieche aus der Nische, schleiche weiter die Treppe hinauf. Gelange an ihr Ende, auf einen Absatz, von dem nur noch eine kurze Leiter zu einer geöffneten Falltreppe in die Höhe führt. Eine einzige Tür in der Wand. Rechts und links von ihr stehen breitbeinig zwei silberne Krieger und kreuzen ihre Lanzen vor der Tür. Nur einen Meter von ihnen entfernt stehe ich auf der letzten Stufe. Versuche, ganz lautlos zu atmen.

Hinter dieser Tür ...

Durch die Mauer kann ich nicht hinein, die Krieger stehen davor. Vorsichtig lasse ich mich auf die Knie, lege mich auf den Boden, rutsche unendlich langsam auf die Mitte der Tür zu, berühre sie genau unter den gekreuzten Lanzen mit der magischen Kugel, dringe durch das dicke Türblatt wie durch einen Schleier, richte mich leise, leise auf die Knie auf, bin im Zimmer des Medicus.

Auf alles war ich gefasst: ein Labor, einen Kessel über einem Feuer, den Medicus mit dem Zauberstab – aber nicht auf das: Er ist nicht hier, der Medicus. Und ein Zauberlabor ist das auch nicht.

Jetzt ist meine letzte Chance dahin. Der Medicus hat sich in Luft aufgelöst. Ich werde den Medicus nie finden. Und seinen Zauberstab erst recht nicht.

Hinter dieser streng bewachten Tür, habe ich geglaubt, müsste er endlich sein. Aber hier sind nur eine dicke Frau und ein junges Mädchen, und das Mädchen weint.

Es sitzt auf einem Hocker am Fenster, die dicke Frau steht hinter ihm und bürstet ihm die Haare, es hat sehr schöne Haare, rotblond und lockig und ganz, ganz lang, und die Frau bürstet und bürstet und das Mädchen weint und weint.

Nein, das ist kein Mädchen, das ist die Braut des Herzogs. Das heißt, inzwischen ist sie ja schon seine Frau! Die Herzogin!

Aber warum um alles in der Welt weint sie so sehr?

Plötzlich habe ich einen Kloß im Hals. Und obwohl ich schon längst wieder gehen könnte, weil ich hier meine Aufgabe sowieso nicht erfüllen kann, drücke ich mich eng an die Wand und bleibe.

Die dicke Frau redet auf die Herzogin ein, mit einer lieben, tröstenden, traurigen Stimme: „Mein Täubchen, mein Augenstern, weine doch nicht, weine nicht, ach es hilft ja nichts, hilft nicht, heiraten musst du ihn doch ..."

Also ist sie noch gar nicht verheiratet?! Und ich dachte, die Hochzeit wäre schon gewesen!

Die Herzogin, ich meine die Braut, dreht sich auf dem Hocker um, einen Augenblick kann ich ihr Gesicht sehen. Ist die jung! Und ich glaube, sie ist wirklich sehr hübsch, aber vor allem ist sie verzweifelt und blass, nur die Augen sind ganz rot geweint. Nun schlingt sie die Arme um die Frau und drückt ihr Gesicht gegen deren dicken Bauch und schluchzt: „Ach Amme, Amme, als wir in der Kapelle standen, ich im Brautkleid, und als ich schon gemeint habe, jetzt ist alles zu spät, und als dann plötzlich das Geschrei war, dass der schwarze Mond die Sonne fresse, da habe ich gedacht: Jetzt geht die Welt unter und das ist meine Rettung. Jetzt muss ich nicht seine Frau werden!"

„Kindchen, Kindchen", murmelt die Frau und drückt den Kopf des Mädchens an sich.

„Und als dann die schwarzen Krieger die Burg angriffen, ich hätte schreien und singen und lachen können vor Glück, gebetet habe ich, Gott vergib mir: Ich habe gebetet, dass sie den Herzog töten! Und jetzt ..." Sie schluchzt noch lauter.

Ich glaub, ich werd nicht mehr!

Sie ist bestimmt nicht viel älter als Peters Schwester – und die kommt grad in die neunte Klasse! Und obwohl sie die Braut des Herzogs ist, will sie ihn überhaupt nicht heiraten! Und nur die Sonnenfinsternis hat verhindert, dass sie bereits die Frau von jemandem ist, dem sie den Tod wünscht. Kann denn der Herzog jemanden zwingen, seine Frau zu werden?!

„Leise, mein Täubchen, leise!“, flüstert die Frau. „Ich glaube, er kommt!“

Tatsächlich, ich höre ein knappes Kommando an der Tür und dann geht diese auf und der Herzog steht im Raum.

Ich traue mich nicht, mich auch nur einen einzigen Zentimeter zu bewegen, traue mich nicht zu verschwinden, traue mich kaum mehr zu atmen.

Die Frau macht einen Knicks und bleibt so halb unten, tief gebückt, und auch die Braut steht auf und macht einen Knicks und der Herzog sieht auf sie herab: „Tränen, meine Liebe? Aus Sehnsucht, will ich hoffen!“ Dann nimmt er ihre Hand und zieht sie in die Höhe. Der Frau, die immer noch knickst wie festgefroren und vor Anstrengung schon fast keucht, befiehlt er: „Erhebe Sie sich! Lege Sie Ihrer Herrin das Brautkleid an und schmücke Sie Ihre Herrin! Ich will eine schöne Braut an meiner Seite haben, wenn sie mir in einer Stunde ihr Jawort gibt!“

Dann nimmt er das Gesicht seiner Braut in die Hände und sagt ganz sanft, aber trotzdem mit einem Ton, bei dem ich eine Gänsehaut kriege: „Du wirst Ja sagen, meine Liebe, auf die Frage des Priesters, ob du mich zum Gemahl nehmen willst und ob du mir immer gehorchen und mir treu sein willst, wirst du vor allen Zeugen klar und deutlich ‚Ja, ich will‘ sagen!“

„Lieber sterbe ich!“, flüstert die Braut.

Da schlägt er ihr mit dem Handrücken auf den Mund, er holt kaum aus dabei, aber trotzdem muss es sehr wehtun, sie schreit auf, die Lippen bluten.

Ich beiße mir in die Hand. Hier zu stehen und das alles mit anzusehen und nichts tun zu können und nicht den leisesten Mucks von sich geben zu dürfen!

Der Herzog lächelt spöttisch. „Wie wenig kennst du mich, meine Liebe! Du wirst mir gehorchen, früher oder später, verlasse dich darauf! Vergiss nicht, dass du mir nicht mehr entkommen kannst, weder als meine Frau noch als meine Gefangene. Du solltest klug genug sein, aus freien Stücken das Erstere zu wählen und mir deine Liebe und Ergebenheit zu zeigen! Es würde sehr unschön für dich, wenn ich dich dazu zwingen müsste. Hier, nimm mein Taschentuch und stille dein Blut damit, du wirst doch dein Brautkleid nicht verderben wollen! Und nun mache dich bereit! Ach – beinahe hätte ich es versäumt! Ich muss dir die Halskette anlegen, die seit Generationen jede Gemahlin eines Herzoges meines Geschlechtes seit ihrer Hochzeit trug, jeden Tag ihrer Ehe. Ich bringe sie dir. Und sei gewiss: Wenn du sie nicht wie jene in Gehorsam und Ehren trägst, werde ich dir ganz andere Ketten anlegen!" Damit dreht er sich um und geht. Seine Schritte verhallen auf der Treppe.

Jetzt könnte ich mich davonmachen. Aber ich kann nicht.

Die Braut tut mir so entsetzlich leid, und sie ist doch noch so jung, viel zu jung zum Heiraten. Und dann die Frau werden zu müssen von so Einem, der sie schlägt und ihr androht, sie in Ketten zu legen, und der dabei als Krönung auch noch „meine Liebe" zu ihr sagt! Dem gehorchen zu müssen und ihm für immer und ewig ausgeliefert zu sein und so tun zu sollen, als würde sie ihn lieben!

Nein! Sie darf ihn nicht heiraten! Wir müssen sie retten, wir müssen vorher die Burg befreien! Aber wie soll das gehen, wenn ich den Zauberstab nicht finde, ich muss ihn finden, nur noch eine Stunde, eine einzige Stunde, das ist nicht zu schaffen, selbst nicht, wenn ich wüsste, wo der Medicus ist!

„Ach Amme,", schluchzt sie, „wäre ich tot! Es gibt keine Rettung. Ich sage Ja, sage ‚Ja, ich will', was bleibt mir anderes!"

„Nein!", rufe ich aus. „Das darfst du nicht!"

Sie fährt herum, starrt in meine Richtung, auch die Amme starrt mich an, alle beide, aber sie sehen mich nicht. „Amme", flüstert die Braut, „hörtest du auch, was ich hörte? Hörtest du die Stimme, die mir verbot, mein Jawort zu geben?"

„Ich hörte es auch", antwortet die Frau mit bleichem Gesicht.

„Aber da ist niemand, nicht wahr?", fragt das Mädchen leise. „Doch einen wahnwitzigen Augenblick lang glaubte ich, da sei mein Retter!"

„Ich bin es, Jens", sage ich, „ich bin gekommen, den Medicus und den Herzog zu besiegen, und du darfst nicht Ja sagen!"

„Geist, treibe nicht grausamen Spott mit einem verzweifelten Mädchen!“, keucht die Amme.

„Ich bin kein Geist, ich bin der Junge, der die Prophezeiung erfüllt!“

Die Braut stößt einen leisen Schrei aus, ihre Augen strahlen plötzlich, sie macht einen Schritt auf mich zu, streckt die Hände aus. Doch die Frau packt sie am Arm, hält sie fest und sagt: „Glaube es nicht, mein Engel, glaube kein Wort! Auch das wird nichts sein als eine der Vorspiegelungen des Magiers, eine finstere List! Sei auf der Hut! Wenn er der wäre, der er behauptet, könnten wir ihn sehen und berühren!“

Da beginnt sie wieder zu weinen, und jetzt sieht sie noch unglücklicher aus als vorher, die Tränen laufen bis zu ihrem verschwollenen Mund herunter.

Das halte ich nicht aus. „Ihr seht mich nicht, weil ich eine Tarnkappe aufhabe, die mich unsichtbar macht“, sage ich, „aber jetzt nehme ich sie ab, damit ihr mich seht und wisst, dass es mich gibt! Anfassen kann man mich übrigens sowieso.“

Ich ziehe mir die Tarnkappe vom Kopf. Die beiden sehen mich an, als wäre ich ein grünes Männchen vom Mars. Und dann –

Das Mädchen läuft auf mich zu und nimmt meine Hände und hält sie zwischen ihren. Mir ist das ziemlich peinlich, ich weiß nicht mehr, wohin mit meinen Augen und mit mir.

Da lässt sie mich los und sagt leise: „Wie betete ich, dass du kämest! Bitte ...“

„Der Junge der Prophezeiung?!“, fragt die Amme aufgeregt. „So ist es wahr?! Und darum wurden die Zwillinge entführt?! Dem Himmel sei Dank, hörst du, mein Täubchen, nun wirst du befreit!“ Und dann zu mir: „Wir beide sind vom Volke der Königin, der Herzog hat mein armes Täubchen mit Gewalt an sich gerissen, weil er von ihrer Schönheit nicht lassen wollte. Niemand wartete sehnsüchtiger auf die Rettung als wir – und nun ist sie in dir erschienen!“

„Na ja“, stottere ich herum, „genau genommen ist es nicht so einfach mit der Rettung, ich muss nämlich erst den Zauberstab vernichten und dafür muss ich den Medicus finden, ich habe die ganze Burg nach ihm abgesucht, dies hier war der allerletzte Raum, ich kann ihn nirgends finden, und wenn ich ihn nicht finde, dann können die schwarzen Krieger die Burg nicht einnehmen und dann ist alles verloren. Wisst ihr, wo der Medicus sich versteckt hat?"

„Einmal sah ich ihn im Gespräch mit dem Herzog unten im Burghof", murmelt die Amme, „mehr weiß ich nicht. Und du, Eiline?"

Eiline heißt sie also.

Eiline schüttelt den Kopf und presst sich das Taschentuch an die Lippen.

„Man müsste ...", murmelt die Amme, bricht ab. Dann flüstert sie aufgeregt: „Um des Himmels willen, Knabe, verbirg dich! Der Herzog!"

Schnell setze ich mir die Tarnkappe wieder auf, ich sehe gerade noch, wie die Amme Eiline aufgeregt etwas ins Ohr flüstert, Eiline reißt die Augen auf – da öffnet sich die Tür und der Herzog steht im Raum.

„Noch immer nicht im Brautkleide?", fragt er scharf. „Ich werde dich gehorchen lehren!"

Eiline kniet nieder, senkt demütig den Kopf. „Bitte verzeiht mir, mein Herr", sagt sie leise, richtig unterwürfig. „Wüsstet Ihr nur, wie sehr ich mir wünschte, Euerem Befehle gehorchen zu können, Euch mein Jawort geben zu dürfen! Wie sehr ich mir wünschte, dass mir die hohe Ehre zuteilwürde, Euere liebende und ergebene Gattin zu sein! Allein ..." Sie bricht ab.

Ich glaube, ich höre nicht recht!

„Allein?", fragt der Herzog und hebt die Augenbrauen.

Nun fällt auch die Amme aus ihrem unbequemen Knicks auf die Knie. „Bitte, Euer Hoheit wollen gnädig verzeihen, wenn ich meinen unwürdigen Mund vor Euerer Hoheit öffne, aber Euer Hoheit mögen doch gnädig die Verwirrung von Euerer Hoheit Braut ansehen, Eiline weiß nicht, wie sie es Euerer Hoheit offenbaren soll, wie sie die schreckliche Wahrheit Euerer Hoheit unterbreiten soll, so sehr fürchtet sie Euerer Hoheit Zorn. Wenn ich Euer Hoheit untertänigst bitten dürfte, mich für sie sprechen zu lassen?"

„Welch schreckliche Wahrheit? Spreche Sie!"

„Es ist ein Fluch, Euer Hoheit, ein Fluch, der auf Euerer Hoheit beklagenswerten Braut liegt und den Euerer Hoheit zu gestehen sie nicht gewagt hat."

„Wenn Sie mich belügt, Weib! Was für ein Fluch?"

„Es gibt Neiderinnen, Euer Hoheit, wie sollte es die nicht geben, da doch ein solch armes Mädchen vor Euerer Hoheit erhabenen Augen Gnade gefunden hat! Eine Hexe, Euer Hoheit, die in ihrer Anmaßung der Meinung war, ihre Tochter sei noch schöner als Eiline und ihrer Tochter komme es zu, von Euerer Hoheit erhoben zu werden. Und darum beging sie den schrecklichen Frevel, Eiline zu verfluchen. Und wenn Euer Hoheit Eiline nun zu Euer Hoheit Gemahlin machen, in diesem selben Augenblicke wird sie, o Euer Hoheit, wie soll ich die Worte über meine Lippen bringen, wird sie ...."

„Wird sie?", wiederholt der Herzog ungeduldig.

„Wird sie sich in eine ekelige Kröte verwandeln."

„In eine Kröte?!", brüllt der Herzog. „Weib!" Dann verstummt er plötzlich und murmelt vor sich hin: „Sollte der Magier mit seiner Warnung vor dieser Heirat doch recht behalten?"

Eine lange Zeit schweigt er, dann droht er mit fürchterlicher Stimme: „Ich sage Ihr, Weib, wenn dies ein Ammenmärchen ist, wird Sie um Ihren Tod noch flehen! Sehr lange flehen!"

„Euer Hoheit, wie könnte ich je wagen, Euer Hoheit zu belügen! Es ist die reine Wahrheit!", beteuert die Amme. „Und darum, Euer Hoheit mögen allergnädigst verstehen, fürchtet Euerer Hoheit Braut so sehr die Vermählung. Ach, wenn Euer Hoheit Eiline nur erretten wollten! Wenn Euer Hoheit einen Weg wüssten, wie dieser Fluch von ihr zu nehmen wäre! Mit welchen Tränen der Dankbarkeit würde sie Euere Hoheit preisen! Mit welchen Freuden würde sie sich und ihre ganze Ergebenheit und Liebe Euerer Hoheit zu Füßen legen ihr Leben lang!"

Ich bin noch immer erstarrt. Drücke mich an die Wand. Höre, sehe. Aber glaube nicht, was ich da höre und sehe.

Es kann nicht die Wahrheit sein, nicht nach dem, was die beiden mir gesagt haben – aber was soll dann das Ganze? Wenn der Herzog merkt, dass es eine Lüge ist!

Der Herzog starrt schweigend auf Eiline, die noch immer mit gesenktem Kopf vor ihm kniet. Endlich zieht er sie auf die Füße, legt seine Hand unter ihr Kinn, hebt ihren Kopf an, sodass sie ihn ansehen muss. „Ich frage es dich nur ein einziges Mal, Eiline", sagt er furchtbar drohend, „und von deiner Antwort hängt dein Leben ab und mehr als dein Leben! Redet deine Amme wahr?"

„Ja, mein lieber gnädiger Herr, sie redet wahr!“, antwortet Eiline leise.

Ich halte die Luft an. Jetzt wird etwas ganz Schreckliches geschehen.

Doch der Herzog nickt nur langsam und schaut sie durchdringend an. „Wir werden sehen, meine Liebe! Ich geleite dich jetzt zu meinem Magier. Er ist ein sehr mächtiger Magier – mächtiger als jede Hexe. Kein noch so dunkler Fluch, der ihm nicht offenbar würde wie klares Wasser. Verlasse dich darauf, wenn es diesen Fluch gibt, so wird er ihn von dir nehmen, und du wirst noch heute glücklich mit mir vereint sein. Sollte der Fluch aber nichts sein als ein Lügengespinst, so wird der Magier dich entlarven. Und dann gnade dir Gott!“

Ich könnte schreien. Der Magier – der Medicus! Er wird erkennen, dass das alles eine Lüge ist! Wie konnte die Amme Eiline das antun!

Da bemerke ich den Blick, den die Amme in meine Richtung wirft, als könnte sie mich sehen. Ihre kaum wahrnehmbare Bewegung mit dem Kopf zum Herzog und zur Tür hin – und da begreife ich endlich: Der Herzog selbst wird mich zum Medicus führen! Das also war die Absicht der Amme ...

Der Herzog zieht Eiline an der Hand aus dem Raum und hinter sich die Wendeltreppe hinunter. Ich folge ihnen lautlos.

Eiline dreht den Kopf um, als wollte sie sich vergewissern, dass ich da bin, und sie hat dabei so viel Angst in den Augen, dass ich merke, sie weiß nicht, ob ich ihr folge oder ob vielleicht das ganze Täuschungsmanöver umsonst war und sie jetzt vom Medicus entlarvt wird. Deshalb berühre ich sie leicht mit der Hand an der Schulter.

Eiline lächelt kurz und trotz ihrer geschwollenen Lippen sieht sie dabei so erleichtert aus, dass mir ganz anders wird. Was ist, wenn ich versage?! Wenn ich es nicht schaffe, dem Medicus den Zauberstab wegzunehmen, bevor er feststellen kann, dass Eiline gar keine Kröte würde, wenn sie den Herzog heiratet, und wenn der Herzog ihr dann –

Ich muss es schaffen!

Wir sind ganz unten im Turm angelangt. Aber der Herzog tritt nicht ins Freie, sondern schaut sich kurz um, ich halte die Luft an, als seine Augen genau in die Richtung schweifen, in der ich auf der untersten Stufe stehe, dann bleibt er vor dem Wappen stehen, das in die Wand eingemeißelt ist: ein Helm mit geschlossenem Visier und darunter ein halber Adler und ein halber Löwe. Der Herzog legt seine Finger auf das Wappen in die Sichtspalten des Visiers und drückt sie fest hinein. Ich höre ein leises Knirschen, und direkt vor meinen Füßen schiebt sich wie von selbst eine Steinplatte zur Seite und eine schmale Stiege wird sichtbar, die in die Tiefe führt. Unten flackert ein schwaches Licht.

„Hier hinunter!“, befiehlt der Herzog und lässt Eiline voraus. Unmittelbar nach ihr betritt er die Stiege, wendet sich dabei um, greift an die Wand – und ehe ich ihnen folgen kann, schließt sich die Steinplatte wieder!

Einen Augenblick stehe ich völlig bewegungslos, dann stürze ich zur Wand, das Wappen ist so hoch, ich kann es nicht erreichen, stelle mich auf die Zehenspitzen, es geht nicht, ich kann die Steinplatte nicht bewegen, dem Herzog nicht folgen, Eiline nicht retten –

Da erst fällt mir die magische Kugel wieder ein. Ich berühre mit ihr die Steinplatte, schon bin ich auf der Stiege, eine Fackel brennt in der Tiefe, der Herzog und Eiline sind nicht zu sehen. Ich renne hinunter, einen Gang entlang, am Ende des Ganges schließt sich eben eine schwere Tür. Auch sie durchdringe ich mit der Kugel, lande hautnah neben dem Herzog in einem großen, von vielen Fackeln erhellten Höhlenraum.

Und da, über ein Buch mit einem dicken Einband aus Holz gebeugt, von dem jede Menge Siegel an bunten Lederschnüren herabhängen, sitzt der Medicus an einem Tisch. Seine rechte Hand ruht auf dem Zauberstab, der neben ihm auf dem Tisch liegt.

Mir wird schwach. Wie soll ich so je den Zauberstab mit der Kugel berühren und sogar von oben bis unten entlangstreifen!

Der Medicus blickt auf, mehr als ungnädig. „Was stört Ihr mich bei meinem Werke, Hoheit!“, sagt er unwirsch. „War es nicht Euer eigener Wille, dass ich einen Zauber ausfindig mache, der die schwarzen Krieger zu völliger Bewegungslosigkeit lähmt, damit Euere Leibgarde sie in den Kasematten wie Lämmer abschlachten kann?! Und nun, da ich nur noch eine Handbreit entfernt von der Vollendung stehe, einen Atemzug entfernt von der siegreichen und restlosen Wiederherstellung Euerer Macht – was tut Ihr: Ihr stört mich! Und bringt mir auch noch die da! Dieses dumme Ding, das nichts aufzuweisen hat als ein hübsches Gesichtchen, ist das letzte, was ich hier brauchen könnte!"

Der Herzog bekommt einen knallroten Kopf. Außer sich vor Wut ist er mit zwei Schritten am Tisch des Medicus. „Was erdreistet Er sich, Er spricht von meiner Braut!", brüllt er den Medicus an, packt ihn an seiner Jacke, reißt ihn in die Höhe, reißt ihn über den Tisch, stellt ihn vor dem Tisch heftig wieder auf die Füße. Das Buch mit den vielen Siegeln fällt polternd zu Boden – und dann, mit einem hohen Klappern: der Zauberstab!

Er rollt genau auf mich zu.

Da passiert alles gleichzeitig. Ich bücke mich, berühre mit der Kugel den Stab, fahre ihn mit der Kugel von oben bis unten entlang, die Kugel fängt in meiner Hand zu glühen an, verbrennt mich fast, sie leuchtet in allen Farben, ich sehe, wie sie meine Hand, meinen Arm, meinen ganzen Körper bescheint, der Medicus stöhnt wie von wahnsinnigen Schmerzen gebeutelt, der Herzog brüllt: „Was geht hier vor, wo kommt dieser Knappe her!", Eiline schreit: „Vorsicht, Jens, Vorsicht, du bist sichtbar!", ich fahre herum, sehe, wie der Herzog mit gezogenem Schwert auf mich zu kommt, wie er es hochreißt, ich mache blitzschnell eine Flugrolle von ihm weg, ich habe viel zu viel Schwung, ich werde mit dem Kopf gegen die Wand knallen, schon bin ich dort, die Wand gibt nach wie ein weiches Kissen, ich rolle durch sie hindurch, höre hinter mir ein Wahnsinnsgebrüll, dann nichts mehr, bin im Gang, springe auf die Beine, renne, so schnell ich kann, hinter mir höre ich die Tür, das Brüllen des Herzogs, ich rase die Stiege hinauf, die Kugel vor mich gestreckt, renne durch die Steinplatte hindurch, aus dem Turm hinaus, über den Hof, wohin soll ich fliehen, das Tor ist bewacht und ich bin wieder sichtbar – aber warum nur, ich habe die Tarnkappe doch gar nicht verloren! –, durch die Burgmauern kann ich nicht hindurch, ich würde an die zehn Meter in die Tiefe stürzen, „Haltet den Knappen!", ruft einer der silbernen Krieger, ich renne die Treppe zum Wehrgang hinauf, vom Burghof kommt brüllend das Kommando des Herzogs: „Tötet den Knappen!", ich bin auf dem Wehrgang, die Kugel, ich muss die magische Kugel meinen Freunden zuwerfen, sie müssen das Burgtor damit öffnen, sofort angreifen, sonst bin ich verloren, unten im äußeren Burghof sehe ich Borri, er schaut zu mir herauf, „Fang, Borri!", schrei ich und ziele mit der Kugel auf ihn, da trifft mich ein ungeheurer Schlag an der Schulter, es verreißt meinen Arm, die Kugel fliegt weg, viel zu weit rechts, die Kugel aus Glas, in meiner Schulter ein Schmerz, ein Schmerz – alles wird schwarz ...

Der Medicus drückt mir eine brennende Fackel auf die Schulter, nein, seinen glühenden Zauberstab, er frisst sich tiefer und tiefer, es tut so weh, so weh, mein Körper brennt –

Etwas Glattes, Kühles berührt meine Lippen, durchströmt mich mit sanfter Wärme, das Brennen hört auf, das Pochen in meiner Schulter ist weg, etwas kitzelt auf meinem Gesicht, an meiner Nase, ich muss niesen.

Da höre ich ein Lachen, dicht über mir. Nein, zwei Lachen. Das eine kenne ich, das ist Thazo. Das andere kenne ich nicht. Es klingt höher und ein bisschen so, als würden kleine Perlen eine Steintreppe hinunterrollen.

Ich öffne die Augen, sehe erst einmal nur Haare, ganz viele rotblonde Haare, dann sehe ich Thazo. Und Eiline mit verschwollenen Lippen und strahlenden Augen.

Ich liege am Boden, sie haben sich beide über mich gebeugt, Thazo hält die magische Kugel in der Hand, eben verblasst ihr violettes Scheinen.

„Die Kugel", sage ich, „sie ist mir doch aus der Hand gefallen!"

„Borri hat sie gefangen!", antwortet Thazo. „Er sagt, das war sein schwierigstes Kunststück in seinem ganzen Gauklerleben. Sein wichtigstes war es mit Sicherheit. Mit der Kugel vermochte Jeromir das Tor zu öffnen und mit der Haupttruppe der schwarzen Krieger und den älteren Knappen die innere Burg zu stürmen, während Svidor, Borri, Ningar und die restlichen schwarzen Krieger die Mauern geentert haben."

„Und ich?", frage ich. „Was war mit mir? Und wo sind wir hier?"

„In einem Winkel auf dem Wehrgang hinter dem runden Turm", sagt Thazo. „Eiline hatte dich schon hierher in Sicherheit geschleift, als ich endlich in die Burg kam. Welch eine Angst hatte ich um dich, als ich dich hier so liegen sah! Wie ein Verrückter bin ich hinter Jeromir her, um mir die magische Kugel zu holen, und die ganze Zeit habe ich befürchtet, ich käme zu spät. Aber du warst nur bewusstlos. Und von einem Wurfspeer schwer verletzt, an der Schulter, wie ich. Doch nun bist du geheilt und selbst die Blutergüsse unter deinen Augen, für die ich verantwortlich war, sind verschwunden."

Ein Wurfspeer. Das also waren der Schmerz, die Fackel, der glühende Zauberstab! Ich seufze auf. „Der Medicus?", frage ich.

„Er ist tot", sagt Eiline. „Und der Herzog auch! O Jens, du hast mich gerettet! Wenn du wüsstest, wie dankbar ich dir bin. Wenn ich es dir sagen könnte!"

„Du sagst es doch schon!", meine ich. Ich setze mich auf. „Übrigens, du solltest mal die Kugel an deine eigenen Lippen halten!"

„Oh, das!" Eiline lacht. Nimmt die Kugel, küsst sie, gibt sie an Thazo zurück, lächelt mich an: „Besser so?"

Ich muss schlucken. Kann nur nicken. Dass Eiline so hübsch ist, war mir noch gar nicht klar. Kein Wunder, dass der Herzog verrückt nach ihr war.

Vom Burghof herauf höre ich Schreien, Klirren, einen ziemlichen Krach. „Was ist das?", frage ich, weil ich nicht noch länger an Eilines Hübschsein denken will.

„Das Ende des Kampfes", erwidert Eiline. „Er ist gleich vorüber, nicht wahr, Thazo?"

Thazo nickt.

„Und Mimir?", frage ich.

Thazo zuckt die Schultern. „Liegt irgendwo mit Pfeil und Bogen auf der Lauer und ist überzeugt davon, dass Jeromir, die schwarzen Kriegern und die drei Helden ohne sein Zutun diesem Kampfe nicht gewachsen wären, mögen sie auch noch so in der Überzahl seien!" Er grinst.

Kapitel 19

Ich sitze mit Eiline am Fußboden in dem Turmzimmer, in dem sie vom Herzog gefangen war, und die Zwillinge krabbeln zwischen uns hin und her. Wir haben ihnen die blöden Bänder abgewickelt, damit sie sich endlich frei bewegen können. Eiline nimmt mit einer Affengeduld Lybina oder Malina wieder aus dem Mund, was die sich reinstecken.

Svidor und Jeromir stehen vor der offenen Tür und bewachen sie und Ningar lehnt mit der Armbrust am Fenster. Unter so einem Schutz kann einem wirklich nichts mehr zustoßen, nicht, seit der Medicus tot ist.

Aber die drei passen trotzdem auf. Falls sich doch noch irgendwo ein silberner Krieger verborgen hält und den Zwillingen etwas antun will.

Aber es gibt keinen silbernen Krieger mehr in der Burg. Allen silbernen Krieger, die nicht beim Kampf gefallen sind, hat Jeromir die Waffen, die Rüstung und sogar die Kleidung abnehmen lassen, sie aus der Burg gejagt und ihnen angedroht, dass er sie einen nach dem anderen erschlagen wird, falls sie je wieder zurückkehren. Das war vielleicht ein Anblick, wie die in Unterhosen den Burgberg hinuntergerannt sind!

Borri läuft im Zimmer auf den Händen herum und jongliert mit Äpfeln und macht die tollsten Kunststücke. Für die Zwillinge, damit sie sich nicht langweilen. Sagt er. Aber ich glaube, er macht es eher für Eiline.

„Die Königin ist angekommen! Eben reitet sie mit den drei Knappen durchs Tor!“, sagt Ningar.

Mimir, Thazo und Kiri sind vor Stunden ins Dorf geritten, um der Königin Bericht zu erstatten. Und nun ist sie da.

Svidor grüßt formvollendet. Die Königin und Jeromir sehen sich erst ganz lange an, dann fallen sie einander in die Arme. Jetzt kommt die Königin zu uns herein. Nein, sie kommt nicht, sie fliegt! Sie kniet bei den Zwillingen nieder, nimmt sie hoch, drückt sie an sich, küsst sie und streichelt und drückt und küsst und weint und lacht.

Hier zu sitzen und zu wissen: Ohne mich wäre das nie geschehen – das ist irgendwie wie Weihnachten und Ostern und Geburtstag gleichzeitig. Ein starkes Gefühl. Aber so, dass man ganz schön aufpassen muss, dass nicht die Nase läuft.

Ach, was soll's! Soll sie doch laufen und mehr als die! Und wenn Papa es sehen würde, das würde mir überhaupt nichts machen. Und wenn er dann sagen würde, er kann diese Heulerei auf den Tod nicht ausstehen, dann würde ich ihm was erzählen! Ich würde ihm zum Beispiel sagen, dass sogar Jeromir einmal geweint hat, und von dem kann man nun wirklich nicht behaupten, dass er ein Weichei ist. Und dass das alles mit dem Weichei und dem ganzen Kerl und so überhaupt Quatsch ist, weil nämlich Mimir und Thazo den Zauber nicht hätten brechen können und sämtliche Helden zusammengenommen auch nicht. Aber ich.

Thazo, Kiri und Mimir sind inzwischen auch hereingekommen und wir setzen uns alle auf den Fußboden im Kreis um die Zwillinge herum und reden darüber, was wir erlebt haben.

Mimir schildert uns, wie ihm klar wurde, dass ich es nicht lange durchhalten konnte, in der Burg seine Rolle zu spielen, und dass er sich deshalb zum Hof des Medicus geschlichen hat, um einen Weg zu suchen, in die Burg hineinzugelangen und mich wieder zu ersetzen. Und dass er beobachtet hat, wie der Lehrling mit der Tarnkappe herumexperimentiert hat.

Ich muss grinsen, weil ich denken muss, dass die ganzen Prügel, die der Medicus dem armen Lehrling dafür ausgeteilt hat, gar nichts geholfen haben.

Dann schildert Mimir, wie er die Tarnkappe gestohlen hat und sich hinter einem schwarzen Krieger in die Burg geschlichen hat und gerade zurecht kam, um von den Kampfspielen zu hören, und deshalb mich niedergerungen und meine Stelle eingenommen hat, denn dass ich dabei entdeckt werden musste, war ja sicher. Und dann erzählt er ausführlich davon, wie er im Kampf einen Pfeil nach dem anderen geschossen und wie oft er getroffen hat, und gibt ziemlich damit an. Das finde ich ehrlich gesagt zum Kotzen. Ich bin echt froh, dass ich nur genauso ausschaue wie der!

Da höre ich, wie Jeromir ganz leise etwas zu Mimir sagt, so leise, dass außer Mimir nur noch ich es hören kann, weil ich direkt daneben sitze: „Wenn ich dir zuhöre, Mimir, dann erinnere ich mich wieder des Knaben, der ich einmal war. Ich war dir sehr ähnlich. Auch ich kämpfte jahrelang um mein Überleben wie du in diesen drei Jahren, nicht nur um das äußere, mehr noch um das innere, nicht wahr? Und dann die Last, der Prinz zu sein! Zu glauben, man dürfe sich dem Herzog nie ergeben, müsse ein sichtbares Zeichen des Widerstandes setzen, die Schwachen schützen, die Ehre des Königshauses bewahren und dessen Führungsanspruch verteidigen, die Kameraden befreien, ja das ganze Volk – zu viel Last selbst für die Schultern des stärksten Mannes. Und man ist doch noch ein Kind! Da wappnet und rüstet man sich. Mit unerbittlicher Härte gegen sich selbst, damit vor allem. Aber auch mit Kälte. Mit Hochmut. Mit Prahlerei. Und womit nicht noch sonst! Mir hat es am Ende nichts genutzt, ich bin dennoch unterlegen, denn ich wurde durch den Zauber gebeugt – und zuvor schon durch mehr Unmenschlichkeit, als selbst ich sie ertragen konnte. Du aber hast bis heute standgehalten. Und nun wirst du nicht mehr unterliegen, denn es gibt den Zauber nicht mehr. Auch nicht den Waffenmeister, den Zuchtmeister und den Kommandanten, gegen die du dich so verzweifelt zur Wehr setzen musstest. Der Kommandant von gestern, der dich brechen wollte, ist heute der Oheim, der dich liebt. Lege deinen Panzer ab, er hat seinen Dienst getan. Jetzt brauchst du ihn nicht mehr."

Da lehnt Mimir seine Stirn an die Schulter seines Oheims, drückt sein Gesicht an das eiserne Kettenhemd und Jeromir legt den eisenbewehrten Arm um ihn. Hält ihn fest. Und dann merke ich –

Ich kann es nicht fassen: Mimir weint.

Ich höre kaum, was die anderen reden. Sehe immer nur Mimirs zuckende Schultern vor mir, auch wenn ich nicht mehr hinsehe, weil ich denke, das wäre Mimir nicht recht.

Ich würde ihn gerne trösten, den Mimir. Aber ich glaube, das kann sein Onkel besser als ich.

Erst als Svidor von seinem Zweikampf mit dem Herzog berichtet, höre ich wieder zu: Wie Svidor dem Herzog das Schwert in der Hand entzwei geschlagen hat und wie Jeromir im rechten Augenblick herzugesprungen ist und ihm den Rücken gedeckt hat, als ein silberner Krieger ihn von hinten anfallen wollte, sonst wäre Svidor jetzt tot.

Mimir hat sich inzwischen aufrecht hingesetzt und die Tränen aus dem Gesicht gewischt. Nur auf seiner Stirn sieht man noch den Abdruck der eisernen Kettenglieder von Jeromirs Rüstung.

Jeromir und Svidor schütteln sich die Hände und schlagen sich gegenseitig so auf die Schultern, dass jeder andere davon umfallen würde. Irgendwie passen die beiden gut zusammen. So ganz geheuer sind sie mir alle zwei nicht, trotz allem. Krieger eben.

Ich frage Eiline, wie sie eigentlich auf die tolle Idee gekommen ist, dass der Herzog selbst mich zum Medicus führen könnte, aber sie sagt, das war die Amme, die hätte ihr zugeflüstert, dass sie vor dem Herzog ganz demütig tun soll und sagen, sie würde ihn gerne heiraten, und dann solle sie nur einfach ihre Amme machen lassen. Aber dass sie selbst eine riesige Angst dabei hatte, vor allem, als ich plötzlich sichtbar geworden bin und der Herzog sich mit dem Schwert auf mich gestürzt hat.

Da begreife ich endlich, wie das geschehen konnte: Es war ein Zauber des Medicus, dass die Tarnkappe jeden unsichtbar gemacht hat, der sie aufgesetzt hat, und dieser wurde wie alle seine anderen Zauber in dem Augenblick unwirksam, in dem ich den Zauberstab mit der magischen Kugel berührt hatte.

Ich erkläre es den anderen, auch, wie der Medicus gerade dabei war, alle Krieger mit einem Zauber zu lähmen, und Jeromir ruft aus: „Um des Himmels willen! Ich wähnte, wir könnten uns in den Kasematten verschanzen und wochenlang gegen die Leibgarde behaupten und sie nach und nach doch noch überwältigen! Dass du uns allen das Leben gerettet hast, Jens, auch uns Kriegern, das war mir noch gar nicht bewusst!“

Ich muss zugeben, es ist ein tolles Gefühl, von Jeromir so gelobt zu werden. Aber zu wissen, dass Eiline Angst um mich gehabt hat, ist auch irgendwie gut.

Und dann spricht die Königin. In ihrem alten Kleid sitzt sie auf dem Fußboden unter uns, aber als sie spricht, merkt man trotzdem gleich, dass sie eine Königin ist. Sie dankt uns, Svidor, Ningar, Borri, Thazo, Mimir und Kiri, aber mir ganz besonders. Sie dankt uns so sehr, dass es mir fast zu viel wird, und ich bin richtig froh, als eines der beiden Babys anfängt zu weinen und die Königin es wiegt und das Lied singt, dieses Lied ...

Plötzlich muss ich ganz stark an Mama denken und mir wird richtig warm dabei. Und ich möchte, dass sie mich drückt, jetzt gleich. Und auch einmal wieder leise ein Lied für mich singt, für mich ganz allein, so wie früher.

„Gibt es einen Wunsch, den ich dir erfüllen kann, Jens?“, fragt die Königin, als ihr Gesang zu Ende ist und das Baby nicht mehr weint. „Nun, da der Herzog tot ist und die silbernen Krieger vertrieben sind, sind uns die Schätze, die er in der Burg angehäuft hat, zugänglich. Meine Mittel sind nun also nicht mehr so begrenzt wie bei unserer ersten Begegnung.“

„Ich hab nur einen Wunsch“, antworte ich. „Ich will heim.“

„Das verstehe ich“, sagen Mimir, Thazo und Kiri wie aus einem Mund.

Natürlich verstehen sie es! Sie waren jahrelang von zu Hause weg und haben glauben müssen, sie würden nie wieder zurückkehren. Aber bei mir waren es immerhin auch ein paar Tage, und was für welche!

Die Königin reicht mir schweigend die Hand.

Mimir knufft mich mit der Faust vor die Brust und sagt: „Betrüblich, dass wir uns trennen müssen, ehe wir uns richtig kennengelernt haben! Es wäre schön, wenn wir gemeinsam den Waffenunterricht erhielten, den mein Oheim mir erteilen will! Mut genug hättest du für einen Krieger! Ich würde gerne ein großer Krieger werden, um dereinst für die Sicherheit unseres Volkes Gewähr leisten zu können, und jetzt, da Oheim Jeromir höchstpersönlich mich ausbildet, hoffe ich es erreichen zu können.“ Er schaut zu seinem Onkel. „Meinst du, ich schaffe es, ein so großer Krieger zu werden wie du?“ Und dann fügt er hastig hinzu: „Nicht ganz so groß natürlich, aber fast so?“

Jeromir erklärt gelassen: „Wir werden sehen, Mimir! Wer weiß, vielleicht wirst du auch ein größerer Krieger als ich. Aber wenn du das wirklich erreichen willst, darf ich dir nichts ersparen, dann muss ich so viel Anstrengung von dir fordern, dass du mich mitunter verfluchen wirst. Denn wie dir der edele Svidor bestätigen wird: Bis zum wirklich großen Krieger ist es ein steiniger Weg.“

„Und ob!“, sagt Svidor mit breitem Grinsen. „Ein sehr steiniger!“

„Da hörst du es!“, sagt Jeromir. „Willst du es dennoch?“

Mimir nickt.

Da nickt auch Jeromir. „Was ich dazu tun kann, werde ich tun, Mimir. Aber gehen musst du diesen Weg selber.“

„Das werde ich!“, erklärt Mimir überzeugt. „*Du* kannst von mir fordern, was immer du willst, und ich erfülle es! Ich halte eine Menge aus. Das hast du doch gemerkt, nicht wahr, Oheim?“

„Ja, das habe ich gemerkt, Mimir.“ Jeromir ist plötzlich weiß im Gesicht.

Ich glaube, um seinem Onkel zu gefallen, täte Mimir einfach alles.

Der Mimir, der tut mir so leid.

„Und dich, Jens, juckt es dich nicht, dich doch noch zum Krieger ausbilden zu lassen?“, fragt Svidor.

„Bestimmt nicht!“, sage ich. Das wäre so ungefähr das allerletzte, was ich mir wünschen würde.

Die Königin erhebt sich, und sofort stehen auch alle anderen auf, außer Malina und Lybina natürlich. Die Königin wendet sich zu Svidor, Ningar und Borri: „Aber ihr, meine Helden, werdet nichts dagegen einzuwenden haben, euch in der Schatzkammer des Herzogs zu bedienen und so viele Reichtümer an euch zu nehmen, wie ihr tragen könnt!“, sagt sie lächelnd. „Und Thazo und Kiri auch!“

Offenbar haben sie nichts dagegen. Das geben sie jedenfalls alle miteinander ziemlich lautstark zu verstehen. Einen Augenblick denke ich, ob ich nicht doch sagen soll, ich will mir auch etwas aussuchen. Aber eigentlich bin ich sicher, dass ich Sachen aus Gold oder Edelsteinen sowieso nicht mitnehmen kann, nach Hause, meine ich.

Aber die Erinnerung kann ich mitnehmen.

Ich erkläre den anderen, wo die Schatzkammer ist, denn die habe ich bei meiner Suche nach dem Magier gefunden, und Thazo, Kiri und die Männer machen sich auf. Mimir begleitet sie, weil er sehen will, was es dort alles gibt. Die Königin setzt sich mit Jeromir auf die Bank, und leise erzählen sie sich, wie es ihnen ergangen ist in den letzten zwanzig Jahren.

Irgendwie finde ich es nicht richtig, da zuzuhören, und deshalb erzähle ich Eiline, dass ich auch zwei kleine Zwillingsschwestern habe, so alt wie Malina und Lybina, und dass sie Anne und Marie heißen.

Da sagt Eiline: „Sie sind glücklich zu schätzen, Anne und Marie! Dass sie einen solchen großen Bruder haben!“

So habe ich das noch nie betrachtet. Aber wenn Eiline es sagt!

Ich fürchte, ich werde rot. Und mache ein ziemlich dummes Gesicht, denn Eiline lacht. Und dann sagt sie: „Aber das größte Glück hatte ich. Dass ich einen solchen Freund gefunden habe wie dich!“

Vor Verlegenheit weiß ich gar nicht mehr, wo ich hinschauen soll.

Dass sie so etwas zu mir sagt, obwohl ich doch ein paar Jahre jünger bin als sie! Aber irgendwie ist es trotzdem schön – wenn man nur wüsste, was man darauf sagen soll! Zum Glück kommen die anderen zurück. Svidor hat sich ein Schwert mit vergoldetem Griff und einer vergoldeten Scheide umgegürtet und Borri hat sich über und über mit Armreifen und Halsketten behängt, und außer Mimir haben sich alle aus dem starken Stoff der Vorhänge, die im Palas an den Fenstern angebracht sind, Bündel geschnürt und diese Bündel scheinen sehr schwer zu sein, obwohl sie gar nicht groß sind.

Die Königin lächelt, als sie das sieht, und meint: „Meine Freunde, wenn ihr so schwer zu tragen habt, dann solltet ihr euch jeder ein Pferd aus dem Stalle des Herzogs aussuchen, damit ihr nicht zusammenbrecht, bevor ihr euer Zuhause erreicht!“

Und da erst, in diesem Augenblick, denke ich wieder daran, dass Svidor, Borri und Ningar hier ja nicht ihr echtes Zuhause haben, dass ihr echtes Zuhause bei mir daheim ist und dass sie da bestimmt die Schätze gar nicht mitnehmen können und dass ich nicht weiß, wie ich es bewerkstelligen soll, dass sie überhaupt wieder mit mir zurückgezaubert werden.

Ich hatte mich so daran gewöhnt, dass sie Svidor, Borri und Ningar sind. Aber sie sind doch in Wahrheit Jungen wie ich, und wenn ich sie fragen könnte, würden sie bestimmt nicht für immer und ewig hierbleiben wollen, sondern würden wieder mal zurück wollen zu ihren Eltern und Familien und Freunden und allem.

Aber fragen kann ich sie ja nicht und erklären kann ich es ihnen sowieso nicht. Sie würden einfach glauben, ich wäre vor lauter Aufregung verrückt geworden.

Und tatsächlich bin ich jetzt wirklich so aufgeregt, dass ich gar nicht mehr abwarten kann. Ich muss mit Aribor darüber reden. Hoffentlich finde ich ihn, ich habe doch die Rute nicht mehr! Ich kann nur hoffen, dass er mich am Brunnen erwartet. Oder durch seine Tiere abholen lässt.

„Begleitet ihr mich in den Wald?“, frage ich die drei. „Ihr wisst schon, zu dem Brunnen? Oder finden wir den vielleicht nicht?“

Ningar lacht: „Die Stelle im Walde, die ich nicht finde, gibt es nicht! Also dann, wenn du es so wünschst, Jens: Nimm Abschied! Uns ist es eine Ehre, dich geleiten zu dürfen!“

Thazo und Eiline, Mimir und Kiri, Jeromir und die Königin fragen alle durcheinander, ob sie mich nicht auch begleiten sollen. Oder dürfen.

Ich schüttle den Kopf. Räuspere mich. Schlucke. Räuspere mich wieder. „Lieber nicht“, sage ich. „Solche Abschiede ...“

Es ist wieder so wie daheim, beim Umzug, als wir endgültig weggefahren sind. Ich saß schon im Auto und Alex und Peter haben mir dauernd durch das Fenster die Hand geschüttelt, und ich wusste nicht mehr, was ich sagen wollte, und habe nur noch gewünscht, dass Papa endlich losfährt, obwohl ich doch eigentlich bleiben wollte.

Nein, es ist noch viel schlimmer. Da wusste ich ja, zu Besuch kann ich sie wiedersehen. Aber Mimir und Thazo und Eiline und alle anderen kann ich nie wiedersehen. Nur in meinen Erinnerungen. Und in meinen Träumen.

Und deshalb mache ich es ganz kurz und lasse sie nicht ausreden, als sie sich alle noch einmal bei mir bedanken wollen und mich ihren Retter nennen, und schüttle ihnen bloß die Hände.

Zuletzt der Abschied von Mimir.

Ich schaue in einen Spiegel und sehe mich.

Wir sind uns so ähnlich.

Vielleicht sind wir eben doch Zwillinge, er und ich. Und ich bin nur nicht in einer so schlimmen Zeit geboren wie er. Aber seine Zeit wird ja jetzt auch besser. Und daran ist ein gewisser Jens nicht ganz unbeteiligt.

Ich habe das Gefühl, dass ganz viel zu sagen wäre. Aber ich bringe nur hervor: „Also dann! Mach’s gut, Mimir!“

Dann renne ich mit der magischen Kugel in der Hand aus der Burg, als wären der Herzog und der Medicus hinter mir her.

Die schwarzen Krieger im Burghof jubeln mir zu, als sie mich sehen.

Die Knappen sind nicht mehr da. Sie sind ja nun befreit und längst zu ihren Familien nach Hause zurückgekehrt, genau wie die Jungen, die in der Höhle gefangen waren.

Jetzt bin ich mit Svidor, Borri und Ningar schon am Burgberg. Da schaue ich noch einmal zurück. Aus dem Fenster des runden Turmes flattert etwas, etwas Rotgoldenes.

Da winke ich, winke und winke und dann renne ich den Berg hinunter, ohne mich einmal umzudrehen, und erst im Wald, als man die Burg nicht mehr sehen kann, halte ich an.

Kapitel 20

Aribor hat mich tatsächlich am Brunnen erwartet. Als ich ihn sehe, weiß ich sofort, es wird alles gut. Er lässt sich sein Amulett von mir reichen und gibt mir meine Shorts und mein T-Shirt zurück und dann schaut er mich lächelnd an, legt mir eine Hand auf den Kopf und sagt: „Sei getrost. Du hast getan, was getan werden musste, und du hast es gut getan. Denn du bist der Stimme deines Herzens gefolgt. Nun werde ich das Meine tun, und auch ich werde es gut tun. Was geschehen muss, wird geschehen."

Dann sieht er die drei an und befiehlt: „Geleitet Jens in den Brunnen hinunter und schenkt ihm den Trost euerer Gegenwart, wenn er die magische Kugel reibt und dreht, um seine Heimat wieder zu erreichen!"

Die drei nicken. Wir steigen die Stufen hinunter. Ich schau mich noch einmal um und will Aribor zuwinken, aber Aribor ist verschwunden. Dann sind wir unten angekommen und stehen bis zu den Knien im Wasser.

„Nun dann, Jens", sagt Svidor und streckt mir die Hand hin, „ich muss sagen, du hast dich in vielen Feuern bewährt. Ich konnte mir nicht vorstellen, wofür wir einen Knaben benötigen sollten, um den Herzog zu besiegen, doch nun weiß ich es." Er drückt mir die Hand so fest, dass ich glaube, sie wird zu Matsch.

„Ist mir leid, dass unsere Wege sich trennen", meint Ningar und schüttelt mir ebenfalls die Hand.

Borri macht eine Verbeugung und grinst breit. „War mir eine Ehre, Prinz Mimir! Mir scheint, aus dir hätte ein Gaukler werden können!"

„Wir wünschen dir Segen und Heil auf deinem Weg, Jens", sagt Svidor.

„Mögest du dort so gute Freunde finden wie hier!", wünscht Ningar.

„Wir werden deiner getreu gedenken", erklärt Borri, ohne zu kichern oder zu grinsen.

„Ich werde auch an euch denken", murmle ich, und das stimmt. Denn auch wenn ich die drei gleich wiedersehe, als Jungen, das ist nicht dasselbe. Und an Svidor, Borri und Ningar werde ich noch oft denken. Wenn auch nicht ganz so oft wie an Thazo und Mimir.

„Genug der Worte!", erklärt Svidor.

„Na dann!", meine ich und hole tief Luft.

Ich reibe und drehe die Kugel, nein, nicht die Kugel, alles dreht sich um mich, die Kugel rutscht mir aus den Fingern, sie fällt ins Wasser, ich bücke mich und schwanke und sehe nichts mehr.

Und dann ist alles vorbei. Der Schwindel und das Schlechtsein und alles. Und im Wasser stehe ich auch nicht mehr. Ich spüre es, obwohl ich es nicht sehe, weil ich die Augen fest zugekniffen habe, und ich trau mich nicht, sie aufzumachen.

„He, was bist denn du für einer!", höre ich eine Jungenstimme. Und: „Was hast du hier plötzlich zu suchen!", eine andere.

Vorsichtig mache ich die Augen auf. Und da sehe ich sie. Die Jungen. Den Blonden mit der Narbe, der sich das Schwert umgebunden hat, und den Rothaarigen mit den Sommersprossen, der Pfeil und Bogen in der Hand hat, und den dritten, den mit der Gauklermütze. Wir alle stehen miteinander im Brunnen, das heißt, ich stehe und sie hocken, und der Brunnen ist trocken bis auf das kleine Rinnsal, das aus dem Löwenkopf sickert und auf der anderen Seite des Brunnenschachtes verschwindet.

„Bist du vom Himmel gefallen und gleich auf den Mund?", fragt der mit der Gauklermütze und kichert und der mit der Narbe meint: „Find ich gar nicht witzig. Das hier ist unser Versteck. Also verschwinde!"

Erst bringe ich keinen Ton heraus. Bin nur froh, dass alles geklappt hat, und trotzdem ganz durcheinander, dass es so schnell ging und die drei nun wirklich wieder die Jungen sind, die sie waren, und offensichtlich von nichts eine Ahnung haben, und überhaupt.

Aber irgendwas muss ja sagen, also bringe ich heraus: „Ich, ich wollte euch suchen ..."

„Na, dann hast du uns ja gefunden", meint der Rothaarige. „Und tschüs!" Er macht eine Kopfbewegung zur Treppe hin.

Und tschüs! Blöde Kerle! Ich habe mir Sorgen um sie gemacht, beinahe wäre ich ihretwegen in einer anderen Zeit verlorengegangen, oder wie man das nennen soll. Und was haben wir miteinander erlebt, auch wenn sie es nicht wissen! Und sie haben nichts anderes zu sagen als: „Und tschüs!“

Ich zucke die Schultern und gehe ganz gemächlich die Treppe hinauf, aber oben drehe ich mich noch einmal um und sage: „Übrigens, ihr werdet schon lange vermisst, es kam sogar im Radio, und die Polizei hat euch auch gesucht! Wäre nicht schlecht für euch zu wissen, ehe ihr nach Hause geht, hab ich gedacht.“

Ich komme aus dem Brunnen raus und stolpere fast über mein Fahrrad. Ich nehme es, trete in die Pedale und radle davon.

Borri, Ningar und Svidor waren so was wie Freunde oder wenigstens Verbündete. Auch wenn Svidor eher mit Vorsicht zu genießen war. Jedenfalls haben wir zusammengehört. Aber nun sind sie weg. Und die da, die Jungen, die können mich mal!

Der Wald lichtet sich. Da vorne sehe ich schon das Schwimmbad. Und auf der anderen Straßenseite –

Mein Herz klopft. Was wird Mama sagen, wenn ich plötzlich vor der Haustür stehe? Wie lange war ich eigentlich weg von zu Hause? Weit über eine Woche ...

Ich fahre die Einfahrt zu den Reihenhäusern hinunter, werfe mein Rad vor unsere Tür, klingle. Nichts. Ich klingle noch einmal. Wieder nichts.

Ist Mama im Garten und hört mich nicht?

Ich renne zur Straße zurück, um den ganzen Häuserblock herum den Weg zur Wiese, und dann über die Wiese an den Gartenzäunen entlang bis zu unserem Garten.

Das Gartentor klemmt. Ich klettere darüber. Mama ist auch nicht im Garten. Die Tür zum Wintergarten ist zu.

Ich setze mich auf die Gartenbank bei der Terrasse und warte. Vielleicht ist Mama eben mal zur Polizeistation gegangen, um zu erfahren, ob die etwas Neues über mich herausgefunden haben. Vielleicht macht sie aber auch überall an den Laternenpfosten und Hauswänden Plakate mit meinem Foto an, auf denen steht: „Gesucht“. Und sie weiß noch gar nicht, dass ich inzwischen wieder da bin.

Jedenfalls wird sie schauen, wenn sie mich hier sitzen sieht!

Dort auf dem Berg in der Ferne ist die Burg. Nein, nicht die Burg des Herzogs. Die Burg dort hat keine Bastionen und keine Kasematten, ist längst nicht so groß und hat auch nur zwei Türme.

Vielleicht hat die Königin die Bastionen und die ganze Burg abreißen lassen, weil sie nicht wollte, dass noch irgendwas an die furchtbare Herrschaft des Herzogs erinnert und daran, dass die Männer ihres Volkes als schwarze Krieger auf dieser Burg Dienst tun mussten und ihre eigenen Familien bekämpfen, ohne es zu wissen.

Vielleicht haben sie aus den Steinen der Bastionen, der äußeren und inneren Burgmauer und der Türme viele Wohnhäuser für das Volk gebaut und die kleine Burg dort oben. Da hat dann die Königin drin gewohnt mit Jeromir, Mimir, Malina und Lybina. Und Jeromir hat aufgepasst, dass sich nie wieder einer der silbernen Krieger im Land blicken lassen hat und dass kein fremder Herzog mehr das Land überfallen und die Macht an sich reißen konnte.

Eiline wird zu ihren Eltern zurückgekehrt sein und irgendwann ist ein Mann gekommen, den sie nett fand und den sie geheiratet hat. Aber bestimmt hat sie ihm gesagt: „Wäre da nicht Jens gewesen, der mich gerettet hat, dann hätte ich jetzt nicht deine Frau werden können. Dann hätte ich den Herzog heiraten müssen und wäre lieber tot gewesen." Worauf er sie geküsst hat und gesagt: „Dann bin auch ich ihm sehr dankbar, diesem Jens!"

Thazo ist wahrscheinlich in den Dienst der Königin eingetreten und später der Kommandant ihrer Leibgarde geworden oder so was. Wenn das so war, dann hat die Königin mächtig Glück gehabt, denn einen so treuen Vasall und guten Freund wie Thazo, auf den man sich immer und ewig verlassen kann – so einen findet man nicht alle Tage.

Mimir ist bestimmt von seinem Onkel bei der Körperertüchtigung und beim Waffentraining schwer rangenommen worden. Ich kann mir so ungefähr vorstellen, wie es ist, von Jeromir trainiert und erzogen zu werden, nicht gerade beneidenswert, aber Mimir wollte ja unbedingt ein großer Krieger werden. Und Mimir hat es geschafft, ein starker und mutiger Ritter zu werden, der sein Volk vor jedem Überfall und jedem bösen Herzog beschützt hat und der nie einen Kampf oder ein Turnier verloren hat.

Nur wenn er glaubt, dass ich ihn darum beneide, dann hat er sich getäuscht.

Aus unserem Haus höre ich Geräusche. Ich drehe mich um und sehe, wie Mama die Tür des Wintergartens öffnet und mir zuwinkt, und plötzlich ist mein Hals ganz trocken.

„Hallo!“, sagt sie, „da bist du ja! Tut mir leid, dass ich nicht da war und dass es so lange gedauert hat, ich musste mit Anne und Marie zum Kinderarzt, du warst heute früh so schnell weg, dass ich ganz vergessen habe, dir zu sagen, dass du einen Schlüssel mitnehmen sollst!“ Damit dreht sie sich um und geht ins Haus zurück.

Also das ist doch!

Jetzt begreife ich gar nichts mehr. Sie hat mich überhaupt noch nicht vermisst! Und was hat sie mit „heute früh“ gemeint?

„Ach“, sagt Mama und kommt wieder auf die Terrasse heraus, „was ich dir erzählen wollte, Jens: Ich habe ja beim Kinderarzt ewig warten müssen und da kommt man natürlich ins Gespräch und kurz bevor ich endlich dran war, kam eine Frau ins Wartezimmer, die im gleichen Haus wohnt wie einer dieser Jungen, und hat erzählt, dass die wieder aufgetaucht sind, du weißt schon, die drei, die seit gestern verschwunden waren!“

„Seit gestern?“, krächze ich.

„Na ja klar! Jedenfalls sind sie wieder da, hier ganz in der Nähe im Wald sollen sie gewesen sein, warum die Polizisten dort nicht längst gesucht hatten, ist mir allerdings schleierhaft, fliegen sie heut Morgen mit Hubschraubern durch die Gegend, aber an einen so naheliegenden Ort schauen sie nicht! Wie auch immer, jedenfalls waren die Jungen da, und weißt du was, sie behaupten, sie hätten bloß gespielt und gar nicht gemerkt, dass so viel Zeit vergangen sei, und sie könnten sich gar nicht erklären, dass schon der nächste Tag sei!“

„Der nächste Tag?“, wiederhole ich.

Mama lacht. „Ziemlich unglaubwürdig, was? Beim Spielen nicht zu merken, dass Nacht geworden ist! Sie hätten sich ruhig eine etwas bessere Geschichte ausdenken können! Jedenfalls bin ich froh, dass sie wieder da sind und dass es eben doch nur ein Dummejungenstreich war. Aber – was hast du denn, Jens, was machst du denn für ein Gesicht? Du bist ja ganz blass!“

Ich habe ein Gefühl, als würde mir jemand den Teppich unter den Füßen wegziehen. Tagelang war ich in der Burg und davor drei Tage beim Medicus, was ich alles erlebt habe – und das seit heute früh!

„Na komm, red schon!“, sagt Mama und setzt sich neben mich auf die Bank. „Was ist mit dir?“

Da fange ich an zu erzählen, wie ich auf dem Flohmarkt beobachtet habe, dass die Jungen diese magische Kugel gekauft haben und wie ich zu dem Brunnen geradelt bin und die Fahrräder der Jungen im Gebüsch gefunden habe und die Kugel im Brunnen und wie ich die Kugel genommen habe und –

Mama hört mir zu. Sitzt neben mir und sagt keinen Ton. Nur ab und zu mal so was wie: „Das ist ja eine Geschichte!", oder: „Das darf wohl nicht wahr sein!"

Als ich davon erzähle, wie ich Mimir getroffen habe und auf die Idee gekommen bin, mit ihm zu tauschen, schaut sie mich ganz erschrocken an. „Das hast du wirklich gewollt, mit ihm tauschen? Mit einem wie dem?", fragt sie.

„Ich hab es nicht nur gewollt, ich hab es auch getan", erkläre ich und erzähle weiter. An der Stelle, wo ich in der Burg wegen dem Bogenschießen beinahe entdeckt worden wäre und wo der Waffenmeister und Jeromir mich fertigmachen wollten, greift sie nach meiner Hand.

Wie ich gerade bei der Sonnenfinsternis bin, weinen drinnen im Haus die Zwillinge. Klar, es ist längst Mittag und sie haben Hunger. Mama steht auf.

„Dann musst du jetzt wohl kochen und Anne-Marie füttern", sage ich und finde das gar nicht gut. Ich weiß nicht, ob ich später noch davon erzählen mag, wenn ich erst einmal aufgehört habe ...

Mama schüttelt den Kopf. „Es geht auch einmal anders", murmelt sie und: „Ich bin gleich wieder da!"

Sie holt Anne-Marie auf die Terrasse, setzt sie in die Kinderstühle und gibt jeder eine Banane und einen Vollkornzwieback. Die beiden zerquetschen die Banane zwischen ihren Fingern und essen etwas davon, aber mehr noch schmieren sie sich in die Haare, dann patschen sie auf den Zwiebäcken rum, bis die nur noch Krümel sind, und verteilen den Bananen-Zwieback-Brei auf ihren Hemdchen. Jedenfalls machen sie eine Riesensauerei und das mag Mama gar nicht, aber heute achtet sie nicht darauf. Heute hört sie nur mir zu.

Ich erzähle, wie Svidor, Ningar, Borri und Mimir die Zwillinge aus der inneren Burg geholt haben und wie die schwarzen Krieger ihr Gedächtnis wiederbekommen haben aber der Medicus sich in Luft aufgelöst hat, und Mama stöhnt: „Diese Geschichte ist ja der reine Wahnsinn!"

Anne und Marie wollen inzwischen nicht mehr mit Bananen schmieren, und Mama setzt sie in den Sandkasten, wo sie sich gegenseitig Sand über die Köpfe rieseln lassen, der in den verklebten Haaren hängenbleibt.

Als ich erzähle, wie ich Aribor zu Hilfe holen wollte und wie meine Tränen die magische Kugel so verwandelt haben, dass sie den Magier besiegen konnte, hat Mama selber Tränen in den Augen und sagt leise: „Das ist das Schönste, was ich je gehört habe!"

„Ich bin schon ein bisschen stolz auf mich", erkläre ich, als ich mit Erzählen fertig bin.

„Das kannst du auch", sagt Mama. „Mehr als ein bisschen. Ich bin schon lange stolz auf dich."

„Aber irgendwie bin ich trotzdem ganz schön froh, dass es vorbei ist!", meine ich. „Und dass ich wieder daheim bin!"

„Daheim?", wiederholt Mama leise, zieht mich an sich und streichelt mir durch die Haare. „Ach, du!"

„Ja", sage ich, „bei dir."

Mama drückt mich noch einmal, ehe sie mich wieder loslässt. Dann sagt sie: „Du musst diese Geschichte unbedingt deinem Vater erzählen!"

Dem Papa?

Irgendwie wäre es schon gut, wenn er wüsste, was ich alles erlebt habe. Und geschafft. Weil er mir so was vielleicht nicht zugetraut hätte. Doch ich glaube nicht, dass Papa so eine Geschichte verstehen würde.

„Nein", sage ich, „ihm erzähle ich lieber nichts davon."

„Aber warum denn?", fragt sie.

Ich zucke die Achseln.

Dass jemand nur ein paar Stunden von daheim weg war und eine Kugel in einem Brunnen gerieben hat und plötzlich ein paar hundert Jahre vorher ein wochenlanges Abenteuer hinter sich gebracht hat, und dass drei Jungen, die ein Rollenspiel gemacht haben, auf einmal in ihren Rollen gelebt haben und erwachsene Männer waren – nein, da würde er abschnallen.

„Er kapiert es ja doch nicht", sage ich.

„Also weißt du!", protestiert Mama. „Hältst du deinen Vater für blöd? Außerdem finde ich es wichtig, dass er sich das anhört. Er ganz besonders. Vielleicht gehen ihm dann die Augen über dies und das auf!"

Ich schüttle den Kopf.

Papa würde gar nicht erst versuchen, das alles für möglich zu halten. Und begreifen würde er es schon gleich gar nicht. Er würde glauben, ich hätte mir einfach nur eine Geschichte ausgedacht und wollte ihn auf den Arm nehmen, und er würde darüber lachen und Witze machen und mich damit aufziehen. Und das fände ich gar nicht gut. Ganz und gar nicht.

„Und wenn ich es ihm erzähle?“, fragt Mama.

„Das tust du nicht!“, widerspreche ich. „Ich habe es nur dir gesagt und wenn du das weitersagst, dann ist das gemein! Versprich, dass du es für dich behältst, von Anfang bis Ende!“

Mama seufzt. Ich merke, dass sie was dagegen einwenden will, aber so weit lasse ich es nicht kommen. „Los, versprich es!“, wiederhole ich.

Da nickt sie. „Na gut. Wenn du es so willst. Versprochen!“

Eine Weile schauen wir beide nur Anne-Marie zu, die inzwischen über den Rasen krabbeln und Gänseblümchen rupfen. Dann sage ich: „Ich möchte mir gerne von dir was wünschen.“

„Alles, was du willst“, erwidert Mama. „Wenn ich es dir erfüllen kann.“

„Das kannst du!“, sage ich und erkläre es ihr.

Da lächelt Mama. Und dann singt sie leise mein Lieblingslied von früher, für mich ganz allein.

Kapitel 21

Ich habe Mama nichts davon erzählt, dass ich meine Lego-Eisenbahn gar nicht verkauft habe, und Papa erst recht nicht. Aber er hat sie in der Garage gefunden. „Komm mal her, Jens!“, hat er durchs Haus gerufen, in so einem Ton, dass ich gleich wusste, er ist gewaltig sauer auf mich.

Ich habe mir gesagt: Wenn Jeromir was an Mimir auszusetzten hatte, das war bestimmt viel schlimmer.

Ich bin zu Papa ins Wohnzimmer. Er hat mich nicht gerade freundlich empfangen. „Was soll das?“, hat er mich angeschnauzt. „Ich hasse es, wenn du uns anlügst! Warum versteckst du deine Eisenbahn in der Garage und machst uns weis, dass du sie verkauft hast?!“

Beinahe hätte ich gesagt: „Tut mir leid“, und sonst nichts. Aber ich habe tief Luft geholt und erklärt: „Ich wollte euch zeigen, dass mein Zimmer wirklich zu klein ist, um darin Eisenbahn zu spielen.“

Er hat die Stirn gerunzelt. „Ich muss schon sagen, du hast eine merkwürdige Art, deinen Eltern deine Meinung klar zu machen! Die direkte wäre mir entschieden lieber!“

„Mir auch“, habe ich zugestimmt.

„Ach ja? Und wozu dann das Ganze?“

„Ihr habt mir nicht zugehört. Und außerdem – damals konnte ich das eben nicht besser. Tut mir leid.“

„Damals?“ Er hat kurz gegrinst. „Man wird älter, was? Und offensichtlich klüger! Tut mir übrigens wirklich leid, wenn ich dir nicht zugehört habe. Also – jetzt höre ich zu. Ich nehme an, du hast dir Gedanken darüber gemacht, was werden soll?“

Habe ich nicht. Aber wie ich Papas Gesicht gesehen habe, gar nicht mehr sauer, sondern so nachdenklich, kommt mir eine Idee, und ich nicke. „Ich weiß schon, dass ich nicht das Zimmer von Anne-Marie bekommen kann“, sage ich, „die werden ja auch bald größer und dann kann man sie nicht zu zweit in so eine Hundehütte pferchen. Und Mamas Arbeitszimmer ist noch kleiner als mein Zimmer. Aber was ist eigentlich mit dem Hobbykeller? Da stehen doch bloß Umzugskisten rum!“

„Tja, was ist eigentlich mit dem Hobbykeller“, hat er wiederholt und sich lange das Kinn gerieben. Das macht er immer, wenn er scharf überlegt. Und plötzlich hat er gegrinst. „Ich schätze, wir beide sollten da mal mit deiner Mutter drüber reden!“

Und das haben wir dann auch getan. Und haben ihr erklärt, dass wir eine Wand durch den Hobbykeller bauen und eine Tür einsetzen und dass Papa den kleineren Teil des Hobbykellers als Werkstatt bekommt und ich den größeren als Spielzimmer, den mit der Tür in den Garten. Aber in die Werkstatt darf ich sowieso auch.

Fast genauso wie auf das Spielzimmer freue ich mich eigentlich darauf, die Wand zu bauen. Papa hat versprochen, dass er mir das Mauern beibringt und das Verputzen, und dass ich die Wand auf meiner Seite bemalen darf, wie ich es will.

Vorgestern haben Papa und Mama von morgens bis abends die restlichen Umzugskartons ausgepackt und hin und her getragen und ich habe derweil schon mal angefangen, die Schienen für die Eisenbahn auf der Seite des Hobbykellers aufzubauen, die ich einmal bekomme. Dann habe ich in Anne-Maries Zimmer ein Bahnhofsgebäude aus Lego zusammengesetzt und dabei auf die beiden aufgepasst, damit Mama und Papa mehr Zeit zum Räumen haben.

Na ja, ganz so gut wie Eiline habe ich nicht aufgepasst, jedenfalls nicht darauf, ob sie nichts in den Mund nehmen. Keine Legosteine zum Beispiel, denn gestern früh hat Anne plötzlich wahnsinnig angefangen zu brüllen. Und als Mama sie dann gewickelt hat, da hatte Anne einen Legostein in der Windel, einen roten Einer, sagt Mama. Sie wollte es mir zeigen, aber ich habe darauf verzichtet, mir den Windelinhalt anzusehen. Zum Trost habe ich Anne meinen Lieblings-Teddybär gegeben, weil ihr das ja weh getan hat. Und ich bin echt froh, dass dabei nichts Schlimmeres passiert ist.

Die Zwillinge keinen Moment aus den Augen zu lassen, ist echt schwer, ich schaffe das jedenfalls nicht. Aber etwas anderes habe ich geschafft, und darauf ist Mama richtig neidisch: Ich habe ihnen das Laufen beigebracht. Das kam so: Ich saß auf dem Fußboden und hatte eben meine Schalterhalle fertig und habe sie hoch gehalten und Anne-Marie gezeigt, die sich gerade im Stehen von außen an ihrem Laufstall festgehalten haben, und da hat Anne gelacht und den Laufstall losgelassen und ist einfach auf mich zu gegangen, vier ganze Schritte, und ich habe sie aufgefangen, ehe sie umfallen konnte. „Na, und du, Marie?“, hab ich gesagt und da ist Marie auch losgelaufen, genau auf mich zu.

Anne und Marie haben eben doch Glück mit einem großen Bruder wie mir, und ich glaube, das wissen sie auch. Und deshalb haben sie ihre ersten Schritte in meine Arme gemacht.

Ich bin gleich in den Keller und habe es Mama und Papa gesagt. Mama hat einen Schrei ausgestoßen und ist die Treppe hoch in einer Geschwindigkeit wie schon lange nicht mehr, und Papa hinterher. Dann haben sie sich beide auf den Fußboden gehockt und Anne und Marie sind immer zwischen ihnen hin und her gelaufen und Papa hat gesagt: „Wie hast du das nur geschafft, Jens!“

„Ob du’s glaubst oder nicht“, hab ich geantwortet, „ich schaff auch noch ganz andere Sachen! Sachen, die du dir gar nicht vorstellen kannst!“

Er hat ziemlich dumm geguckt. Schließlich wusste er ja nicht, wovon ich rede.

Wie das alles passieren konnte mit meinem Verzaubertwerden in Mimirs Welt ...

Merkwürdig ist das schon. Vor allem, dass hier inzwischen nur ein paar Stunden vergangen waren. Das verstehe ich selber nicht so richtig.

Mama sagt, darauf kommt es nicht an. Das Einzige, worauf es ankommt, ist, dass mir nichts passiert ist und den drei Jungen auch nicht.

Ist mir klar, dass sie das so sieht. Weil sie mich eben lieb hat und es für sie das Schlimmste überhaupt wäre, wenn mir was passieren würde. Aber ich, ich weiß schon, dass da noch etwas anderes wichtig war. Etwas ganz anderes.

Und das mit der verletzlichen Stelle, die jeder hat, und dass man auf der nicht herumhacken darf, weil man sonst was kaputtmachen kann, etwas tief innen, das werde ich Papa mal erklären, bei Gelegenheit. Wenn er noch einmal gewisse Sachen zu mir sagt.

Und dann werden wir ja sehen. Ich lasse den ICE über die Brücke donnern und den Güterwagen unten durch. Dann fahre ich beide in den Bahnhof. Mama hat schon dreimal nach mir gerufen.

Heute ist mein erster Schultag in der neuen Schule.

Ich gehe die Treppe hoch und trinke meinen Kakao. Mama hat mir ein Hörnchen auf den Teller gelegt, das mag ich eigentlich, aber ich habe keinen Hunger.

„Jens, soll ich dich nicht doch begleiten und mit dir zum Direktor gehen?“, fragt Mama.

„Bloß nicht!“, sage ich.

„Na dann! Aber melde dich im Sekretariat!“

„Ja ja!“ Ich nehme meine Jacke und gehe, hole mein Fahrrad aus der Garage, radle los. Den Weg zur Gesamtschule kenne ich, ich habe ihn schon dreimal ausprobiert.

Daheim waren wir drei fünfte Klassen, aber hier gibt es mindestens sieben sechste. Jedenfalls hat Mama gesagt, ich bin für die Klasse 6 g angemeldet. Als ich ankomme, sind die Schultüren noch geschlossen, auf dem Platz vor der Schule ist ein unglaubliches Gedränge und Geschrei. So viele Schüler auf einem Haufen habe ich noch nie gesehen. Überall begrüßen sich welche lautstark und stehen beieinander und lachen und erzählen sich was, die Kleineren rasen wie blöd durch die Gegend, manche Jungen rangeln miteinander und kennen tun sich alle. Nur ich kenne keinen.

Na und!

Die Türen werden geöffnet. Die meisten stürzen mehr oder weniger johlend hinein. Andere bleiben noch draußen und geben sich cool. Einige Große stehen in einer Ecke und rauchen.

Ich gehe langsam auf die Tür zu, werde von einer nachfolgenden Gruppe vorwärtsgeschoben. In der Halle drängen sich alle vor einer großen Tafel. Ich schaue, was es da zu lesen gibt, und sehe, dass es der Plan der Klassenzimmer-Aufteilung ist. Es dauert lange, bis ich endlich so weit nach vorne gelangt bin, dass ich lesen kann, welches Zimmer die Klasse 6 g hat: 237. Noch länger dauert es, bis ich im zweiten Stock das Zimmer 237 gefunden habe. Dieses Schulhaus ist riesig und hat fünf Treppenhäuser und jede Menge Flure, die dauernd um irgendwelche Ecken führen. Hier kann man fast so herumirren wie in den Kasematten der Herzogsburg. Aber passieren kann einem hier nicht so viel.

Endlich finde ich die Tür. Sie ist offen, aber zwei Jungen stehen darin und machen sich breit. Ich gehe auf sie zu, da kreuzen sie die Arme und sagen: „Zutritt verboten!“ Soll ich warten, bis der Lehrer kommt?

Mimir würde nicht warten. Er würde auf die beiden zugehen, ihnen genau in die Augen sehen und sagen: „Macht Platz!“ Und wenn sie das nicht täten, würde er sie beide in den Schwitzkasten nehmen, mit dem einen Arm den einen und mit dem anderen den zweiten, und sie zu Boden befördern. Und danach würde er sagen: „So geht es einem, der sich mit mir anlegt!“ Dann würde er ins Klassenzimmer gehen und nie wieder würde einer wagen, ihn blöd anzumachen.

Aber ich bin Jens.

Ich grinse die beiden an, eigentlich sind ihre Augen ganz lustig, und sage: „Klar, Zutritt verboten. Aber nur für Unbefugte!“

Sie grinsen zurück und lassen mich durch.

Im Klassenzimmer ist es ziemlich laut. Die meisten Plätze sind schon besetzt, um die hintersten Tische ist eine Rangelei im Gange. Vorne glucken eine Reihe Mädchen aufeinander. So schöne Haare wie Eiline hat keine von ihnen. Aber Mädchen interessieren mich sowieso nicht. Obwohl die eine da, die mit den dunklen Augen …

Ich bleibe erst einmal stehen und schaue, wo noch ein Platz frei ist. Da redet mich jemand an, es ist einer der beiden, die mich an der Tür erst nicht rein lassen wollten. „Bist du neu hier, oder was?“

Ich nicke.

„Wo kommst du denn her?“

„Aus Bayern“, antworte ich, weil er mein Dorf sowieso nicht kennt und weil ch jeder hört, dass ich nicht von hier bin.

„Aus Bayern!“ Er lacht. „Kannst du jodeln?“

„Sehr witzig „, sage ich.

Er grinst. „Auf meiner einen Seite ist noch ein Platz frei. Übrigens, ich heiße Stefan. Und ich bin Bayern-München-Fan.“

„Ich auch. Ich habe sogar schon öfter ein Spiel mit ihnen gesehen, im Olympia-Stadion.“

„Krass!“, meint er. „Und wie heißt du?“

„Jens“, sage ich und setze mich auf den Stuhl, auf den er gezeigt hat.

Die Schule dauert genau eine Stunde. Nicht einmal den Stundenplan bekommen wir, nur alle möglichen Merkblätter. Danach erfahren wir die Namen unserer Lehrer. Stefan flüstert mir zu jedem Namen einen Kommentar zu, bei der Englischlehrerin für den A-Kurs, in den wir beide kommen, stöhnt er und murmelt „Ätzend!“, aber am Ende erklärt er mir, insgesamt hätten wir es schlechter treffen können. Und fragt mich, ob ich eigentlich auch in der Fußball-AG mitmachen will.

„Klar“, sage ich, „ich bin ein ganz passabler Mittelfeldspieler. Meine Flanken sind jedenfalls gar nicht so übel. Und wenn du mal ein paar zusätzliche Trainingsstunden brauchst, für Fallrückzieher oder Direktabnahme oder so, ließe sich da vielleicht was machen. Mein Vater ist Übungsleiter und Spielertrainer.“

Da schaut er bloß noch und sagt wieder: „Krass! Mit Fallrückziehern habe ich tatsächlich meine Probleme. Und bevor die neue Mannschaft aufgestellt wird, gibt es vorher Probespiele, wenn ich bis dahin ...“

„Klar!“, meine ich. „Mein Vater kriegt dich schon so weit! Also – gebongt!“

Dann gehe ich ins Sekretariat und muss lange warten und bekomme noch mehr Merkblätter.

Als ich das Schulhaus verlasse, sind die meisten Schüler schon weg. Nur bei den Fahrradständern stehen noch fünf Jungen und reden miteinander.

Sie sind es. Die drei aus dem Brunnen und der vierte, der im Schwimmbad mit ihnen zusammen war. Das muss der „Magier“ sein, der bei ihrem neuen Spiel den Meister macht. Den fünften Jungen habe ich bisher noch nicht gesehen.

Ich gehe näher. Schließlich brauche ich mein Fahrrad. Aber dann höre ich, was sie reden, bücke mich, tu so, als hätte mein Reifen Luft verloren, und pumpe mein Fahrrad auf. Ich pumpe ganz langsam.

„Das könnte euch so passen!“, sagt der Junge, den ich nicht kenne. „Erst behauptet ihr, für einen Seefahrer oder einen Piraten gibt es keine Rolle in dem Spiel, und lasst mich nicht mitmachen. Und jetzt kommt ihr an und braucht mich plötzlich!“

„Sei nicht so“, sagt der vierte, der den Meister macht. „Wir konnten doch nicht wissen, dass das Spiel sich so entwickelt, dass der Junge so wichtig ist. Und ich muss schließlich schon einen ganzen Haufen andere Leute spielen. Es ist einfach doof, wenn ich auch noch den Jungen mache.“

„Einen Jungen?“, sagt der fünfte und tippt sich an die Stirn. „Ihr habt sie doch nicht alle! Ich bin ein Seefahrer oder ein Pirat oder meinetwegen auch ein Krieger, aber ein Junge? Ich bin doch nicht euer Depp!“ Damit dreht er sich um und geht weg.

„Scheiße“, murmelt der Svidor-Junge und schaut ihm nach. Die anderen nicken.

Ich pumpe inzwischen mein Vorderrad auf, obwohl es schon ganz prall ist. Jetzt oder nie!

Ich stecke die Luftpumpe in die Halterung. „Wenn ihr jemanden zum Mitspielen braucht, ich hätte nichts dagegen“, sage ich so beiläufig wie möglich.

„Du?“, sagen die anderen und schauen mich an. Sie reden alle durcheinander: „Wo kommst du schon wieder her? Läuft man dir jetzt dauernd über den Weg? Wer bist du überhaupt?“

„Jens. Ich bin erst vor zwei Wochen hergezogen, aus Bayern, wie ihr ja vermutlich hört. Und da im Brunnen – tut mir leid, ich wollte euch nicht stören!“

„Na ja“, meint der Ningar-Junge, „war gar nicht so schlecht, dass wir durch dich vorgewarnt waren, dass man uns vermisst hat und die Polizei nach uns gesucht hat. Ich für mein Teil jedenfalls.“

Die anderen nicken und der Svidor-Junge verzieht das Gesicht. „Das hat vielleicht einen Aufstand gegeben! Meine Eltern – ach, vergessen wir's! Dabei kapier ich bis heute nicht, wie das eigentlich passiert ist!“

Vielleicht erkläre ich es ihnen einmal, irgendwann. Wenn wir uns besser kennen und sie mich nicht mehr gleich für verrückt halten, wenn ich ihnen so was erzähle.

„Sag mal, bist du nicht auch der, der sich im Schwimmbad mit dem Hintern in die Dornen gesetzt hat?“, fragt der Borri-Junge und grinst.

„Genau der!“, sage ich. „Eigentlich habe ich da so eine Art Rollenspiel gemacht, in dem ich ein Spion war und euch beobachten musste. Natürlich kein richtiges Rollenspiel, weil ich ja nur allein war.“

„Rollenspiel?“, fragt der Junge, der den Meister macht. „Kennst du dich denn damit aus?“

„Klar“, antworte ich und hoffe, dass ich nicht rot werde.

Die vier schauen sich an. Der Svidor-Junge zuckt die Schultern. „Versuchen könnte man es ja mal“, meint er.

Die anderen zucken auch die Schultern.

„Aber nur zur Probe“, sagt der Junge, der den Meister macht. „Oder kennst du dieses Abenteuer schon?“ Er holt ein großes Heft aus seiner Tasche.

Mir bleibt die Spucke weg. Auf dem Titelbild ist die Burg des Herzogs gemalt, mit allen ihren Bastionen und Türmen, und im Vordergrund sieht man einen schwarzen Krieger und Aribor. Und über allem steht „Der schwarze Mond“.

„In der Geschichte geht es darum, einen Herzog zu besiegen und Zwillinge aus seiner Burg zu befreien. Wenn du willst, kannst du mitspielen. Du wärst ein Junge und siehst Prinz Mimir ähnlich, der aus der Burg geflohen ist“, sagt der Ningar-Junge. „Was ist, verschlägt dir das die Sprache?“

Ich merke selbst, was für ein dummes Gesicht ich mache. Schnell versuche ich ein Grinsen, das nicht so ganz gelingt. Wie kommt die Geschichte, die wir in den letzten Tagen miteinander erlebt haben, in ein Rollenspielheft, das schon längst gedruckt ist?!

„Was anderes als einen Jungen brauchen wir nicht in dem Spiel. Irgendwie müsstest du einen Plan finden, mit uns in die Burg hineinzugelangen“, sagt der Meister-Junge.

„Schon okay.“ Ich zucke auch mit der Schulter. „Eigentlich bin ich ein Streuner, aber wenn ihr jetzt grad einen Jungen sucht! Und das mit dem Plan: Wenn's weiter nichts ist! Wenn ich diesem Prinzen so ähnlich sehe, dann tausche ich eben mit dem und geh an seiner Stelle in die Burg zurück und tu so, als wäre ich er.“

Jetzt bleibt den anderen der Mund offen stehen. Dann klappt der Borri-Jung ihn wieder zu, grinst breit und meint: „Fett! Ich glaub, du hast wirklich Erfahrung mit Rollenspielen.“

Genau genommen hält sich meine Erfahrung mit Rollenspielen in Grenzen, ich habe bisher ja nur ein einziges gemacht und das nur bis zur Hälfte. Aber wenn es so ist, wie ich glaube, wenn die hier gerade, ohne es zu ahnen, im Spiel das Gleiche erleben wie wir gemeinsam in der Herzogsburg, dann habe ich einen riesigen Vorsprung vor ihnen und sie werden sich noch wundern, was für gute Ideen ich habe!

„Wann treffen wir uns?“, frage ich.

Der Svidor-Junge erwidert: „Heute Nachmittag um drei im Schwimmbad, hinter der Rosenhecke, wo du ...“, er klopft auf seinen Hintern und lacht.

Ich lache auch. Ist ja wirklich zum Lachen.

„Kennst du die Regeln, nach denen wir spielen?", fragt der Meister-Junge. „Hast du die gleiche Art Rollenspiele gemacht?"

„Nicht so ganz, es waren andere Hefte, ich mein, ich weiß nicht, ob es nach den gleichen Regeln ging."

„Dann gebe ich dir das Regelheft mit. Zum Glück hab ich es einstecken. Schaffst du es bis heute Nachmittag?"

„Auch an bayrischen Schulen lernt man das Lesen", sage ich, klemme das Heft auf meinen Gepäckträger, setze mich auf mein Rad und fahre nach Hause.

Mama fragt gleich ganz neugierig, wie es in der Schule war. „Nichts Besonderes!", sage ich, und als sie mich noch weiter ausfragen will, erkläre ich ihr, dass ich jetzt keine Zeit habe. Ich verziehe mich in den Garten und lese das Heft.

Ich habe schon mehr als die Hälfte durch, als sie mich zum Essen ruft: „Es gibt Chinesisch, Süß-Sauer! Und zum Nachtisch Mousse au Chocolat!" Mein absolutes Lieblingsessen, das sie während der ganzen Umzieherei nicht mehr gekocht hat.

Ich gehe rein und – ich glaub, ich seh nicht recht! Papa ist da. Sonst isst er immer in der Kantine und kommt mittags nicht heim.

Er grinst mir zu. „Ich musste doch wissen, wie es dir an deiner neuen Schule ergangen ist!"

„Das war ganz in Ordnung", erkläre ich. „Ich sitze neben einem, der heißt Stefan und ist Bayern-München-Fan. Wir wollen zusammen in der Fußball-AG spielen. Kann übrigens sein, dass du dem bald mal ein paar Trainingsstunden geben musst, bitte, ja? Fallrückzieher. Ich hab ihm gesagt, dass du das machen würdest und dass du ihn schon in die Mannschaft reinbringst."

„So läuft das nicht!" Papa schüttelt den Kopf. „Du kannst doch nicht einfach über mich verfügen, wo kommen wir denn da hin!"

Wenn ich das Stefan erkläre, stehe ich ganz schön blöd da. „Bitte, Papa! Ich hab es ihm doch schon versprochen", murmle ich. „Was soll ich denn jetzt machen ..."

„Na was schon!", erwidert Papa. „Sag diesem Stefan meinetwegen, am Freitagabend habe ich Zeit. Zum Ausgleich kannst du mir am Samstag beim Kochen und Kücheputzen helfen. Aber wenn du mich mal wieder verplanen willst, fragst du mich gefälligst vorher, kapiert?"

Ich nicke. „Danke!"

Plötzlich habe ich mächtig Hunger. Schmeckt wirklich klasse, was Mama da gekocht hat.

„Und was ist mit den Lehrern?“, fragt sie mich, als sie mir zum zweiten Mal Fleisch und Gemüse gibt.

„Der Klassenlehrer geht, glaube ich. Stefan meint, außer der Englischlehrerin, die einfach ätzend ist, sind die Lehrer überhaupt ganz gut.“

„Das hört sich doch im Großen und Ganzen gar nicht schlecht an“, sagt sie. „Und das mit der Englischlehrerin warte erst mal ab – vielleicht findest du die gar nicht so schlimm. Warst du auch im Sekretariat?“

„Klar. Ich habe hundert Merkblätter bekommen. Die kannst du dir ja alle zu Gemüte führen!“

Sie nickt. „Wenn's sein muss!“ Und dann zu Papa: „Jens wollte nämlich nicht, dass ich ihn in die Schule begleite.“

„War auch besser so!“, meint Papa. „Übrigens, Jens, ich wollte dir sagen, dass ich einen halben Gleittag genommen habe und dich heute Nachmittag zu einem Ausflug einlade. Zur Feier deines ersten Schultages in Hessen. Es gibt da eine Sommerrodelbahn ...“

Ein Ausflug mitten in der Woche. Nur wir zwei, ohne die Zwillinge. Das ist richtig nett von Papa. Schließlich muss er in seiner neuen Firma ziemlich ranklotzen. Hätte er das gestern zu mir gesagt, ich wäre ihm glatt um den Hals gefallen. Aber jetzt –

„Na, was hältst du davon?“, fragt Papa.

„Sommerrodelbahn ist echt gut“, sage ich. „Und danke, übrigens. Aber können wir das trotzdem verschieben? Heute hab ich nämlich schon was vor. Ich hab da vier Jungen kennengelernt, die gehen in die siebte oder achte Klasse und mit denen hab ich mich verabredet. Wir machen ein Rollenspiel zusammen, du weißt schon. Da kann ich nicht einfach wegbleiben.“

„Nein“, stimmt Papa zu, „das kannst du nicht. Wie wär's mit Samstag?“

Ich nicke. „Das wäre klasse!“

VON GABRIELE BEYERLEIN SIND UNTER ANDEREM DIE FOLGENDEN KINDERBÜCHER ERSCHIENEN:

Bea am anderen Ende der Welt. Kinderbuch, ab 8 Jahren. Edition Gegenwind, BoD 2012 (erstmals Thienemann Verlag 2008)

Ilo und die Keltenfürsten. Erzählung aus der Keltenzeit, ab 8 Jahren. Edition Gegenwind, BoD 2012 (erstmals Oetinger Verlag 1995)

Steinzeit – Die Welt unserer Vorfahren. Bilder von James Field. Sachbuch ab 8 Jahren. Arena Verlag 2008

Der Schatz von Atlantis. Fantasy-Buch, ab 10 Jahren. Gekürzte Fassung im Ernst Klett Verlag (erstmals Thienemann Verlag 2000)

In die Steinzeit und zurück. Eine abenteuerliche Zeitreise, ab 9 Jahren. Hase und Igel Verlag 2012

Die Sonne bleibt nicht stehen. Gemeinsam mit Herbert Lorenz. Eine Erzählung aus der Jungsteinzeit. Ab 11 Jahren. Arena Verlag 2013 (Erstausgabe 1988)

Schwarzes Wasser. Historisches Kinderbuch ab 11 Jahren. Thienemann Verlag 2010

EDITION GEGENWIND

Unter dem 2010 begründeten Label **Edition Gegenwind** erscheinen vor allem Neuausgaben früher veröffentlichter Bücher, aber auch Originalausgaben anerkannter Autoren und Illustratoren als Book-on-Demand oder/und E-Book.

KINDERBUCH (REIHE VOR- UND SELBERLESEN)

Beyerlein, Fuchs, Karger (Hrsg.), Schlüter, Zeuch
• Bücherwurm trifft Leseratte. Ab 5 Jahren. Illus.: Manfred Schlüter. 2013

Gabriele Beyerlein:
• Bea am anderen Ende der Welt. Ab 8 Jahren. Illus.: Iris Hardt. 2012
• Ilo und die Keltenfürsten. Ab 8 Jahren. Illus.: Tilman Michalski. 2012
• Lara und das Geheimnis der Mühle. Ab 6. Illus.: Susanne Smajic. 2011

Ulrich Karger:
• Dicke Luft in Halbundhalb. Ab 5 Jahren. Illus.: Hans-Günther Döring. 2011

Christa Zeuch:
• Der Frosch hat einen Frosch im Hals. Ab 6 Jahren. Illus.: Gabriele Elsler. 2013

KINDER-, JUGENDBUCH

Gabriele Beyerlein
• Der schwarze Mond. Ab 11 Jahren. Fantasy-Roman. 2013

Thomas Fuchs
• Nullnummer. Ab 11 Jahren. Jugendroman. 2013
• Leben 2.0. Ab 13 Jahren. Jugendroman. 2013
• Das Leben ist ein Fahrrad. Ab 13 Jahren. Jugendroman. 2013
• Wanted! Plötzlich gesetzlos. Ab 10 Jahren. Jugendroman. 2013

Manfred Schlüter:
• SINA und das Kaff am Ende der Welt. Ab 12 J. Illus.: Manfred Schlüter. 2013

Christa Zeuch:
• Moonskaters Traum vom Fliegen. Ab 12 Jahren. 2013
• Prinz MeMo. Ab 9 Jahren. Fantasy-Roman. 2013

Aktuelle und ausführliche Informationen
zum Programm der Edition Gegenwind
finden Sie im Internet unter:

www.edition-gegenwind.de.vu

3061410R00113

Printed in Germany
by Amazon Distribution
GmbH, Leipzig